偵団

書き下ろし学園ミステリ・アンソロジー

相沢沙呼・梓崎優 ほか

「学園を舞台にした新作短編をお願いします――若い読者にも本格的なミステリを楽しんでもらいたいので」1980年代生まれ，東京創元社デビューの新人作家五人が，編集者の要望に応えて書き上げた五つの学園ミステリを収録。『理由あって冬に出る』のシリーズで人気作家としての地歩を固めつつある似鳥鶏，『午前零時のサンドリヨン』で第19回鮎川哲也賞を受賞した相沢沙呼，『叫びと祈り』が絶賛を浴びた第5回ミステリーズ！新人賞受賞者の梓崎優，同じく第5回ミステリーズ！新人賞に佳作入選した〈聴き屋〉シリーズの市井豊，そして2011年の本格的デビューを前に本書で初めて作品を発表する鵜林伸也，以上五人の新鋭が描く謎と恋と推理のボーイズ・ライフ。

放課後探偵団

書き下ろし学園ミステリ・アンソロジー

相沢沙呼・梓崎優 ほか

創元推理文庫

HIGHSCHOOL DETECTIVES

2010

目次

似鳥鶏 | 009 | お届け先には不思議を添えて
鵜林伸也 | 081 | ボールがない
相沢沙呼 | 135 | 恋のおまじないのチンク・ア・チンク
市井豊 | 209 | 横槍ワイン
梓崎優 | 271 | スプリング・ハズ・カム

目次／扉デザイン　岩郷重力-wonder workz。

放課後探偵団

書き下ろし学園ミステリ・アンソロジー

お届け先には
不思議を添えて
NITADORI KEI
似鳥鶏

扉イラスト©toi8

一学期の期末テストが終わった七月中旬ほど開放的な時期はない。一応、スケジュール上は終業式まで一週間ほどあり、その間にテストの返却とか球技大会とかいったものが存在するのだが、僕たち生徒にとってはテストの最後の科目が終わった瞬間からもう夏休み。答案回収後に周囲の席の友人と向き合い「終わったな」「ああ、終わった」と感慨のこもった言葉を交わしながらも、心はもうどこかに遊びに行っている。そういう時期である。余裕たっぷりでいられるこの時期でなければ、あるいは僕は、この事件に関わっていなかったかもしれない。

僕が事件発生を知ったのは、テストが終わって週が明けた月曜日のことだった。この日も授業はあったが、今のうちに少しでもカリキュラムを進めておこう、と考えるまめな教師はこの学校にはいないらしく、どの授業もテストの返却と雑談で終わり、中には開始三十分くらいのところで「今日はもういいでしょう」と授業を切り上げる剛の者もいた。集中力も何も要《い》らない一日が過ぎ、なんとなくエネルギーのあり余っている放課後。僕は友人のミノこと三野小次《こじ》郎《ろう》と二人、並んで廊下を歩きながら返ってきたテストの結果について盛り上がっていたのだが、物理の平均点が十七点だった原因について喋っていたミノは不意に言葉を切り、前を見て声をあげた。「辻《つじ》さん」

ミノの視線の先を追って前を見ると、両手で段ボール箱を抱えて階段を上がってきた女子が立ち止まり、こちらを振り向いたところだった。同じクラスで、映研（映像研究会）会長兼放送委員の辻さんである。

「おーす。何やってんの？」鞄を肩にかけ直しながらミノが歩み寄ると、辻さんは段ボール箱をちょっと抱え上げてみせ、「これ、返ってきた」とだけ言った。

箱はスクールバッグくらいの大きさで、蓋の部分には辻さんの字で「文化祭ＬＩＶＥ　93年―07年」と書いてある。数日前、僕たちは映研所蔵のＶＨＳテープを段ボール箱に詰めて三箱発送したのだが、そのうちの一つだった。

「それ、なんで返ってきたの？」

ミノが訊くと、辻さんは箱を抱えたまま首をかしげる。「なんかね、玉井《たまい》さんから連絡があったの。届いたテープ見てみたら、伸びたりしてて再生できないのが何本か交じってたって。一応、他の二箱には変になってるテープ、なかったっていうから、とりあえずこの箱だけそのまま返送してもらったんだけど」

「伸びたり、ってどんな感じに？　中の磁気テープが伸びてるってことか？」

ミノが訊くと辻さんは「分かんない」と言って首を振り、いきなり箱を下ろして蓋のガムテープを剝がし始めた。「見てみようか」

廊下のこんなところでやらなくても、と思ったが、僕がそう言う前に辻さんは思い切りよくガムテープを剝がし、蓋を開いてしまっていた。箱の中にはVHSテープが数十本、隙間なくぴっちりと詰め込まれている。

「あー、こりゃひでえな」横から手を伸ばし、何本か取ってケースから出したミノが、中の一つを僕に見せた。テープは確かに、一目で分かるほど中の磁気テープが伸びてぐしゃぐしゃに絡まっていた。「再生不能っつうか、こんなの再生したらデッキの方が壊れるぞ。玉井さんとこの機材、大丈夫だったって？」

ミノから受け取ったテープをためつすがめつしながら辻さんが頷く。「玉井さんの方は大丈夫だって言ってた。箱、開けてすぐ気付いたみたいだから」

それを聞いて、僕はとりあえず安心した。もともとむこうの好意に甘えてテープを送らせてもらったのに、それで相手の機材を壊してしまっては申し訳ないどころではなかった。

——箱を発送したきっかけは五日前の放課後、福本《ふくもと》さんという映研のOBが、仕事の途中で近くを通ったから、と放送室にやってきたことだった。福本さんは、映研が大量に保管しているVHSテープをDVD化することを提案してくれたのである。

「俺の大学の後輩に玉井ってのがいるんだけど、そいつが機材無駄に持っててさ。訊いてみたら、お安い御用なんだと」操作卓に腰掛け、器用に足を伸ばして楽な姿勢をとりつつ福本さんが言った。「言えば安くやらせられるよ」

映研の手伝いで放送室に出入りしていた僕は、その時もたまたま放送室にいた。「あ、それいいですね。DVDにしちゃった方がコンパクトだし」

映研の本拠地である放送室には、本棚、ロッカー、キャビネット、パソコンデスクと、場所を塞ぐ物が大量にある。もともと狭い部屋だから当然過密状態であり、放送室は四、五人が入るともう立ち回りが困難になるような有様である。映研にとってはありがたい話だろう。

「俺がいた頃からもう、こんな感じだったからなあ」福本さんは部屋をぐるりと見回す。「俺らの代から始まったことだけど、三年が卒業する時、後輩に『俺たちの代では無理だったが、お前たちが卒業するまでにはなんとかここを片付けてくれ。頼んだぞ』って言い残していくのがもう恒例になってるみたいだからな」

「それ、私の一コ上の先輩も言われてました。なんとかしなきゃとは思ってましたけど」辻さんは壁際に置いてあるロッカーを振り返った。「でもVHSテープ、すっごいいっぱいありますよ。二十年前とかからだから、たぶん百本以上」

「ああ、構わん構わん。最初だけちょっと操作して、あとは終わるまで放っとくだけなんだから」福本さんはぱたぱたと手を振る。そういうものらしい。「ただ、時間はかかるよ。少なくとも夏休み明けくらいまでは」

「それはいいんですけど、でも、普通に業者さんに頼んだらけっこうお金かかるのに」

「玉井いわく、送料とディスク代が別なら一本百円でいいってさ。女子高生の頼みなら喜んで、って言ってた」福本さんは笑顔で言った。「ただ、連絡用に辻ちゃんのメルアド教えてくれって」

「おいちょっとそれ、大丈夫なんすか」僕同様たまたま放送室に来ていたらしいミノが横からつっこみ、神妙な顔になって辻さんに説教を始める。「辻さん、ただほど高いものはないって言ってだな」

福本さんは喉をひくつかせて笑った。「心配要らねえよ。あいつ結婚してる」

「なおさら心配っす」

「十一月に子供産まれるって」

「なおさら心配っす」ミノは頭を抱えた。「辻さん、やめとけ」

「ありがとうございます。すっごい助かります」辻さんはミノを無視して頭を下げた。「じゃ、すぐみんなにメールして訊いてみます」

「玉井の仕事の関係で、頼むんならすぐ頼まないといけないんだけど。いつ発送できる？」

「明日には」辻さんは拳を握る。「あ、ちょっと待ってください無理かも。明後日《あさって》には」

福本さんは彼女の仕草が面白いのか、苦笑交じりに頷く。「じゃ、明後日な。どんくらいある？」

辻さんはちょっと首を捻《ひね》り、壁際のロッカーを凝視《ぎょうし》していたが、やおら傍《かたわ》らの机を動かし始めた。「見てみます」

問題のロッカーは放送室の隅、机の陰になった棚のさらに陰で埃《ほこり》をかぶっており、扉の開くスペースを確保するためには十分ほどかけて扉を塞いでいる棚と机とその上に置かれた小型の本棚を移動させなくてはならなかった。映研が作った映像のうち、VHS形式のものが詰められているとのことなのだが、数年前から映像を保存するメディアはＤＶＤに統一されて別のラックに並べられるようになったためこのロッカーは用済みになってしまい、彼女によれば入部以来開けられたところを一度も見たことがないのだそうだ。なるほど邪魔な物を片付けてからあらためて見てみると、半ば壁と一体化したような様相で、なんだか下手に動かすと祟《たた》られそうだった。辻さんはためらうことなく扉に手をかけたが、僕は開ける瞬間、何か封印されていた魔物の一匹も解き放たれるのではないかと感じ、少し緊張した。

むろん実際にはそんなことはなく、上に載っていた綿埃が一つ二つふわりと舞っただけだったのだが、開けた辻さんは心配そうに福本さんを振り返った。「多いですよね？　できれば古いのから」

「ああ、こんくらいなら平気平気」顔の前に飛んできた綿埃を払いつつ、福本さんが言う。開けられたロッカーを見ると、ＶＨＳテープのラベルが百以上並んでいた。文化祭のライブビデオ。オリジナルの映画。何の記録なのか「映像記録」とだけ書かれたものや、「〇〇出品作品」と書かれたものもある。一番古いものには87年の表記があった。当たり前のことだが、僕がまだ生まれてもいない頃に高校生をやっている人がいて、市立《ウチ》の映研で活動していたのである。

福本さんはロッカーを一瞥《いちべつ》して頷く。「一度に送っちゃって大丈夫。玉井、辻さん名義でゆうパック送ってくれたら、すぐやるってさ」

「やっぱ怪しいっすよその人」ミノがまたつっこんだ。

お願いしますと頭を下げる辻さんの傍らで口を尖らせていたミノは突然、何かを思いついた顔になった。僕がおやと思ったら突然腰を折り、揉み手を始めた。「いやあ流石《さすが》は福本の旦那。心が広い先輩を持って辻さんも幸せでやんすねえ」

シャツの胸ポケットからメモ帳とボールペンを出して福本さんの言う住所を書き留めていた辻さんは、ぎょっとして振り返った拍子にボールペンを取り落とした。

僕も驚いた。「……ミノ、どうした？」

「いやいやいや」ミノはにやつく。「まあ、なんですな、ちょいとばかしつまらねえお願いが」

「何だおい」福本さんが気味悪そうに腰を低くしたミノを見下ろす。「いきなりどうした」

「いやいやいや、厚かましいお願いだってえこたあ重々、承知之助でやんすが」ミノは時代劇みたいな言い方をした。「演劇部のテープも十本ほど、お願いできやせんかねえ？」

おそらくは無意識に口を開けていた福本さんは、何秒かしてから、ようやく事態を飲み込んだ様子で言った。「……えっ、君、映研じゃないの？　何て言った？」

「いやいやいや、名乗るほどのもんじゃ」

「こいつは演劇部の三野小次郎です。僕は美術部の葉山《はやま》。すいません映研の部員じゃないんです」僕はミノに代わって素早く言った。僕は「絵が描けるから」という理由で映研の人に頼まれ、絵コンテの制作を手伝っていただけである。映研でも演劇部でもないことを早く断っておかないと、どちらかの部員にされてしまう。

「……三野？　演劇部？」福本さんはわけがわからないといった様子で片眉を上げる。「じゃ、なんでここに」

「僕は今日、手伝いで来てただけなんです」僕はなぜか申し訳ない気分になり、頭を下げた。「俺は遊びに来ていただけです」ミノはなぜか胸を張った。「まあ、袖振り合うも他生《たしょう》の縁と言いやすし、ここで会ったが百年目、魚心あれば水心でひとつ宜しくお願いしますよ旦那」

「そうか……いや、そりゃまあ、いいだろうけど」テスト中のため他の映研部員はすでに帰宅していて、この場にいるのは残って僕たちと喋っていた辻さん一人である。それを聞いて、福本さんは微妙に肩を落とした。「部員じゃないのか」

「いやあ有難い。申し訳ねえことでございます」ミノは鳩のように頭をへこへこ下げ、それから僕を引き寄せて囁《ささや》いた。「よっしゃ契約成立。お前も手伝ってくれるな?」

「それはいいけど、でも映研の先輩なのに」

「業者に頼むと一本千八百円とかかかるんだよ。ここで頭下げた方が断然安上がりだ」

「聞こえてるぞ」福本さんは呆れ顔で言った。「別にいいけどな。じゃ、明後日の放課後で大丈夫か?　仕事で近くまで来るから、梱包《こんぽう》してくれれば車でコンビニまで持ってってやるよ」

「いやいやいや旦那、そこまでしていただくこたあございやせん」

「いや、どうせ俺も玉井に送るものあるから、ついでだよ」福本さんはへこへこするミノに言う。「何だ?　車で来ると困るか?」

「いえいえいえ、取りに来させると高くつきやすし、大変有難《ありがて》えこってして」

「持込割引って一個百円だぞ?」福本さんは苦笑する。「まあ、じゃ、夕方までには来られると思うから、玄関に出しといてくれ」

「へっへっへ、すいませんねえ。じゃあお願いするってことで」

僕とミノが関わることになったのはそういう経緯である。翌々日、僕たちは辻さんを手伝ってビデオテープを梱包し、発送した。百二十本という予想外の数になった。ミノが持ってきたテープのせいもある。

覚えている限り、発送時にどこかぶつけたりひっくり返したりという事故はなかったはずだ。それまでの保存環境が特に悪かったとも思えないし、状態がそこまで悪くなっているようには見えなかったのだが――


狭い放送室で三人が顔をつき合わせていると、なんとなく息苦しくなってくる。僕は机に積み上げたテープをまとめて摑んで段ボール箱に戻すと、半歩下がってふうと息をついた。

僕の隣でテープをより分けていた辻さんがこちらを向いた。「葉山君、そっち何本だった?」

「見て分かるのは二本。九七年の①と、九八年の①」僕は机に積んだテープに手を置いて答え、逆隣のミノを見る。「そっちは?」

「あー、こっちはゼロだわ。じゃ、全部で十本だな」ミノは手にしていたテープをケースに入れ、段ボール箱に戻した。「でも、他のもそう見えねえだけでやばいかもしんねえぜ。業者に送ってチェックしてもらった方がいいと思う」

辻さんが頷く。「うん。この箱以外は大丈夫だったらしいから、演劇部のは大丈夫だって」

「そりゃ助かった」ミノはそちらについてはあまり関心がない様子で頷いて、箱を見下ろす。

「アナログはこういうとこがなあ。二十年保《も》たねえって言うし」

とりあえず箱ごと放送室に運び込み、三人で損傷しているテープの数を確認した。損傷したのは文化祭のライブビデオだけだったようだが、九五年と、九七年から九九年までのものはそれぞれ、三本に分けたうちの一本ずつが駄目になっていたし、九六年と二〇〇〇年にいたってはもっとひどく、①から③まで全滅していた。箱に戻した他の三十本も一見大丈夫そうに見えるだけで、ミノの言う通り、見えないところで磁気テープが切れたり捩《よじ》れたりしている可能性がある。

「でもこのテープ、いつの間にこうなったのかな。送る時はこうじゃなかったよね?」

辻さんに訊くと、彼女も眉間に皺《しわ》を寄せて頷いた。「うん。私も大丈夫だと思ったけど……」

「運んでる間にぶつけたとか何かで?」

「そういうのじゃ、こうはならないと思う」辻さんはテープをケースから出したりしまったりしながら、こちらを見ずに答える。「それに玉井さんからはちゃんと、送った次の日に『届いた』ってメールがあったもん。事故とかもなかったと思う」

「送る時、ちゃんと全部確認すりゃよかったな」ミノは腕を組んで、機材の載っているラックを振り返った。「壊れたデッキで再生したりするとこうなることがあるんだよ。放送室のデッキのどれか、壊れてるかもしんねえぞ。古いし」

放送室の機材は古いものであっても動かなくなるまで使うとのことで、中には昭和の時代を知っているような骨董品も平気で交ざっているらしい。いつの間にか壊れている可能性もなくはなかった。

ミノはビデオデッキを指で撫で、指先についた埃を見ながら言った。「テープとデッキの修理ができる業者知ってるから、頼んでみようか？」

「うん。ありがと」そう言う間だけミノの方を向き、辻さんはまたテープに視線を戻す。「お願いするかもしれない。手伝ってくれてありがとね」

「おう」

まだテープと向き合ったままの辻さんを残して放送室を出る。今日はエネルギーがあり余っているので、別館の美術室に行って制作中の絵を大方仕上げられる、とも思ったのだが。

僕は悩んだ末、ミノと別れて放送室に戻った。ノックしても返事はなかったが明かりはついていて、戸を開けると辻さんはまだ、突っ立ったままテープと睨《にら》めっこしていた。やはり、と確信し、僕は声をかける。「辻さん」

ノックに応答しなかった辻さんは名前を呼ばれてようやく反応し、こちらを見た。僕は尋ねた。

「……何か、気になることがあるんだよね？　そのテープ」

辻さんは無言だが、僕は続けた。「テープがそうなったことに何か……不審な点があるとか？」

「葉山君」辻さんは素早く体をこちらに向け、なぜか身構えた。「……覚《サトリ》(1)？」

（1）人の心を読んで言い当てる妖怪。言い当てるだけで何もしない。

違う。「いや、ただちょっと、そんなふうに見えただけなんだけど」

僕は手と首を振って否定したが、辻さんはなぜか警戒した様子でこちらを観察している。

「ごめん。別に何もないならいいんだけど、なんか、その、納得いってないような感じに見えたから。それだけだから」僕は妖怪でも超能力者でもないつもりなのだが、時折変な勘が働くようで、他人の心中を言い当ててしまってぎょっとされることがある。

僕が机に歩み寄り、箱に手をかけると、辻さんはちょっと体を引いた。近づかれると頭の中を読まれるとでも思っているのだろうか。「あんなにたくさんのテープがあそこまでぐちゃぐちゃになるなんて、普通はありえない……とか?」

「うん」また言い当ててしまったらしく、辻さんはすり足で一歩引きつつ頷いた。それから箱の中のテープを指さして言った。「それにね、そのテープ、九三年とか九四年のもVHSだし」

「どういうこと?」

僕にも言い当てられないことがあると知ってようやく安心したらしく、辻さんは少しだけ緊張を解いた様子で箱に近づき、テープを出して僕に渡した。「放送室《ウチ》のデッキ、S-VHS対応なの。なのにこのテープ、全部ノーマルVHSなの」

辻さんによると、VHSの中にはS-VHSという、より画像の綺麗な規格があり、デッキやテープもそれ用のものが売られていたらしい。古いVHSのデッキではS-VHS規格の映像が観られないことと、VHSの画質が向上したことなどがあり(というか、現在はほとんどDVDかBDだが)、それほど普及はしなかったそうだが、この放送室のようにS-VHS対応のデッキを置いてあるなら、なぜS-VHSのテープを使っていないのか分からないという。

「今だったら分かるの。S-VHSのテープはあまり売ってないし。だけど、九三年とかだったらそんなことないと思う。画質だって差があったし、せっかくS-VHSのデッキがあるのに、わざわざ全部ノーマルVHSっていうのは……」

「変?」

「変。っていうことはつまり」

「つまり?」

「どういうこと?」

訊かれても困る。しかし辻さんの方は僕に下駄を預けたつもりらしく、無言でこちらを見ている。どういうこと、なんて言われてもなあ、と思いながらも、僕は箱の中を見る。並んでいるテープは年ごとにメーカーがバラバラだったが、いずれも保存状態はよさそうで、ラベルなど妙に綺麗である。綺麗すぎるほどに。

……これは、もしや。

思いついた僕は、辻さんに、この中に再生しても大丈夫そうなテープがあるか訊いた。辻さんは首をかしげていたが、ぱっと振り返ると棚をごそごそと探り、ドライバーを出してテープの一本を分解し始めた。そんなことをして大丈夫かと心配になったが、VHSテープというものは簡単に分解できるようになっているらしい。彼女が分解して「たぶん大丈夫」と判じたテープを入れると、デッキは何事もなく動いた。

思った通りだった。テープのラベルには「文化祭LIVE　95年①」とあったが、観てみると中に入っていた映像は市立《ウチ》高校の体育館で撮影したものではなく、どこか他の学校の文化祭のもののようだった。これは一体どこの文化祭だ、と思って観ていたら、映像は十分程度でぷつんと切れてしまった。

異状が起こらないかとデッキのテープ差込口ばかり見ていた辻さんもさすがに驚いた顔になる。映像がそこまでしか入っていないと知ると、デッキを止めて僕を見た。僕も頷いてみせた。

「……どういうこと？」

辻さんだってとっくに分かっているはずと思っていた僕は拍子抜けしたが、とにかく説明した。「つまり、このテープは贋物《にせもの》なんだ。誰かが最近、映研の作ったライブビデオをこれとすり替えた。だから、S－VHSで撮っているはずの年のものまでノーマルVHSなんだ」

辻さんはようやく事態を飲み込んだらしく、ぱっと振り返って箱を覗く。「これ全部贋物？」

「たぶん」

「いつから」言いかけた辻さんは後ろのロッカーを振り返り、箱を覗き込み、またロッカーを振り返った。よく動くというか、考えていることが全部動作に出る人らしい。「でもこのテープ、出したのって何年かぶりだし……」

「だとすれば、この間これを送ってから、返ってくるまでの間だと思う」

「だって誰が？　何のためにそんなこと」

「気付かれないようにテープを盗むか、抹消するため。理由は分からないけど、何か犯人にとってまずい映像があったのかもしれない」喋りながら妙に陰謀めいた言い方をしてしまったなと思ったが、事実ではある。

箱をあさり、いくつかのテープをケースから出す。磁気テープが伸びて完全に使えなくなっているのは一九九五年から二〇〇〇年までのものだが、このことに何か意味があるのだろうか。

ふと思いついたことがあって、辻さんに訊いてみた。「あの福本さんっていう人、何年前の卒業生？」

「たしか、十年くらい……」そこまで考えて思い当たったらしく、辻さんは二〇〇〇年のテープを取り上げ、大声で言った。「そう。二〇〇一年度卒業って言ってた。だとしたら二〇〇〇年に二年生！」

この年のテープは全滅している。「じゃ、何かそれに関係が」

「そう。絶対それ」何か重大なことを思い出したらしい辻さんは、なぜか大急ぎでそれを伝えなければならない衝動に襲われたらしく、早口になった。「あの人、前はすっごいたまにしか来なかったのに、最近、続けて来てるの。なんか転職したからとか言ってたけど、でも、でもね、今思い出したんだけど、確かに前一度、昔のライブビデオまだ取ってあるかどうか訊かれたの！　しかも、しかもね」

「辻さん、落ち着いて」

辻さんはぴょんぴょん飛び跳ねんばかりだ。「それ、それがしかも、しかもね？」

「落ち着いて」

「しかもね、その前もなんか別の先輩が来たことがあるの。何ていったっけ?」

「僕に訊かれても」

「ああそうそう。仲宗根《なかそね》さん。あの人もなんか怪しかったの! 二〇〇〇年のライブビデオを貸してくれって言ってきて、でもね、あたしね」

「落ち着いて。その人も二〇〇〇年に在校生だったの?」

「うん。聞いてないけどたぶんそのくらいの歳だった。だからあたしね、一応、テープをそのまま貸し出すんじゃなくてダビングして渡すことになってるからダビングしますって言ったの。なのに断られたの。なんか焦った感じだった!」

「っていうことは、二〇〇〇年のテープに何かが映ってたんだね。今になってから問題になるってことは、当時は何でもなかったのか……」

そこまで考えて、ふと思い出したことがあった。箱を覗く。

「辻さん、これ、二〇〇一年のテープはなんでないの?」

「えっ、うそ?」箱に飛びついた辻さんはしかし、すぐに「あ」と言って顔を上げた。「確かこれ、最初からないんだと思う。先輩から聞いた気がする。体育館のライブ、禁止になった年があるって」

「どうして禁止になったの?」

「分からない。どうして?」

訊き返されても困る。僕は辻さんから視線を外し、息を止めて頭の中を整理した。

「つまり、前の年に……二〇〇〇年に何かあったんだ。だから翌年は禁止になった」

「何があったのかな?」

「分からないけど、何か問題になるようなことがあった。で、たぶんそれに関係する何かがライブビデオにも映ってるんだ。どうして今さらなのか分からないけど、とにかく犯人は今になってそのことに気付いたか何かして、ビデオを回収しようと思った」

「不都合な真実を闇に葬ろうとしたってこと?」

随分と大仰《おおぎよう》な言い方ではあるが、おそらく当たっている。僕は頷いた。辻さんは俯《うつむ》いて動きを止めていたが、いきなりぱっと身を翻《ひるがえ》して入口の戸を開けた。

「辻さん」

「当時の関係者を探してみる。調べなきゃ」

別に僕たちは調べなければいけないという立場ではないはずだ。しかし辻さんはシャツの胸ポケットからメモ帳とボールペンを出し、鞄を肩に引っかけた。「葉山君も事件当時を知ってる人、探してみて。進展あったらメールしてね」

放り出すように言って、もう廊下に出ている。辻さんが出ていった後の静けさの中で僕は、そういえば夏服のシャツの胸ポケットにメモ帳と筆記用具を携帯している女子って初めて見たなあ、というどうでもいいことを考えていた。

さて、二〇〇〇年のライブで何があったのか。大分前の話ではあるが、卒業生なら何か知っているかもしれない。しかし、卒業生で僕が知っている人、というと。

僕は携帯を出した。

「僕をいくつだと思ってるの。二〇〇〇年のライブなんて知らないよ」

「ですよね」

僕が電話したのは昨年の文芸部部長兼変人兼天才の伊神《いがみ》さんである。気軽に連絡ができるOB・OGでいろいろ知っていそうな人、というとまずこの人が浮かんだからなのだが、事情を話して尋ねてみても、答えは返ってこなかった。

「まあでも、面白そうだね。君の話の通りならすり替えた犯人は明らかだけど、なぜ今になって映像を消す必要が生じたのか」

それでもどうやら、伊神さんは興味をひかれたらしい。電話口のむこうから身を乗り出すような気配が伝わってくる。「とりあえず、その玉井さんっていうのが何者か、調べてみないとね。住所を教えてもらおうか」

「えっ、いきなり訪ねるんですか？」

「そりゃそうでしょ。まずその人に会わないと何も始まらない」

一旦興味が湧いたことに関しては、この人のフットワークはおそろしく軽い。僕は箱に貼られている送り状を見て、住所を言った。東京の八王子方面だが、伊神さんは「一時間で着く」と言った。

「すぐ行くんですか？」

「もちろん。それと、君は別の人にあたってもらう。三野君のお兄さんは市立《いちりつ》の卒業生だから、訪ねてみて」

そういえば以前、ミノがそう言っていた気がする。伊神さんは以前にもミノのお兄さんを知っているようなことを言っていたから、何かでつきあいがあるのだろう。僕は伊神さんの言う住所と、大学の所在地をメモした。

「訊いてくるべきことは三つ。一つ目は、二〇〇〇年の文化祭ライブで何があったか。二つ目は、二〇〇一年度卒の福本、仲宗根両名と、玉井がどういう関係か」

「はい」

「三つ目は、その三名が独身か既婚か、独身なら彼女持ちかどうか。以上」

「はい?」

あのう三つ目の質問は、と訊こうとしたが、その時にはもう電話を切られていた。

伊神さんがすでに電話してくれていたらしく、ミノのお兄さんは僕が電話するとすでに事情を諒解《りょうかい》していた様子で、研究室にいるから校内のカフェで会おう、と快《こころよ》く応じてくれた。大学生とはそれほどまでに暇なものなのか、いつでもいいから着いたら連絡してくれ、と言っていた。

午後四時半。ビルの壁に当たる日差しは少しだけ黄色っぽくなっている。訪れた某大学は下校時刻(大学ではそう言わない気もするが)らしく校門周囲に学生が溢れていた。門は広いし、車が出入りするし、中には楽器やラクロススティックをかついでいたりする人も交じっているので、なんだか学校という感じがしない。どこから入ったものか、そもそも勝手に入ってよいものか分からない僕が守衛さんに「入っていいですか」と尋ねたら、守衛さんはなぜか目尻に皺を寄せて笑いながら「どうぞ」と言い、用件を告げると丁寧にカフェの場所を教えてくれた。

学生以外が入っていいものか分からなかったので僕はカフェの入口で待っていたのだが、やってきたミノのお兄さんは「入っていいのに」と笑って僕を促した。お兄さんはミノを一回り大きくした感じの人で、穏やかさは体の大きさに比例でもするのかミノを一回り穏やかにした目つきの人だった。武蔵《むさし》という名前からしてどんな剣豪が現れるかと内心びくびくしていた僕は安心し、席に着くとすぐに事情を説明した。

「二〇〇〇年かあ。俺が入学したのは翌年だしなあ」武蔵さんはケーキの角を順々にフォークで削り取りつつ、記憶を呼び起こそうとする様子で視線を上にやった。

「翌年の文化祭では体育館ライブが禁止になったそうですが」

武蔵さんはしばらく無言のままもぐもぐ口を動かしていたが、僕が待っていると、何か思い出した様子でケーキを口に入れたまま「んん」と頷いた。

おっ、と思ってわずかに身を乗り出す僕の視線には頓着《とんちゃく》せず、武蔵さんはゆっくりフォークを置き、紅茶を一口飲んで、カップを置いてから口を開いた。

「そういえば一年の時、聞いた気がするなあ。何だったっけ。なんか怪我人《けがにん》が出たとか仲宗根先輩が言ってた」

「怪我人。いや、それより」目的とする名前がいきなり出てきたのでつい、さらに身を乗り出してしまう。膝がテーブルに当たってカップが鳴った。「仲宗根さんを知ってるんですね？　福本さんはどうですか？　玉井さんは？」

「あれっ」武蔵さんは少し驚いた様子で、細い目をくっ、と見開いた。「仲宗根先輩のこと知ってるの？」

「まあ、その、一応」伊神さんから「事情は話すな」と釘を刺されている。しかしこちらのことを話さないまま一方的に尋ねるだけというのはどうも、騙しているような罪悪感がある。

「福本先輩は知ってるよ。玉井さんって人は……」武蔵さんはマイペースに首をかしげ、フォークを動かしつつ喉の奥で唸《うな》る。「ごめん。玉井さんって人は記憶にない」

「……ええと、三野さん」ミノだって「三野さん」だから、僕としてはこう呼ぶと紛らわしくなる。しかしいきなり「武蔵さん」では少々馴れ馴れしい。どう呼ぶべきか少し迷った。「仲宗根さんたちとはどういう関係なんですか？」

「仲宗根先輩はサークルの先輩なんだ。福本先輩は仲宗根先輩のバンド仲間っていうことで、何回か会っただけなんだけど」

「福本さんも一緒にバンドをやってたんですね？」

「うん」こちらがあまりまっすぐに見すぎたせいか、武蔵さんはなぜか弁解するような口調になる。「ああ、でも俺、ライブを観たことはないんだ。バンドは二〇〇〇年で解散したって言ってたし」

「二〇〇〇年で……」座り直し、ついでに紅茶を一口すすって態勢を整える。そういえば、ケーキと紅茶はほったらかしだった。「具体的に二〇〇〇年のライブで何があったか、分かりますか？　怪我人、っていうのは……」

「いや、ごめん。俺もそれは知らないんだ」別に謝ることではないのだが、武蔵さんは申し訳なさそうに言う。その仕草がなんとなくこの人の人柄を表しているような気がする。

「バンドについて何か知りませんか？　具体的に何か、その……バンド名とか」

武蔵さんは斜め上に視線をやりながら「んー」と長く唸った。唸りながらなぜかフォークでケーキを削っているので、ケーキはすでにバラバラになってしまっている。「……バンド名はたしか、『ブーメラン・エフェクト』って」

「『ブーメラン・エフェクト』……」

「何かの用語でそういうの、あったと思うよ。ただ、それ以外はちょっと……」武蔵さんは斜め上を見たまま、申し訳なさそうに頭を掻いた。「ごめん。バンドの人たちとも何回か会ったことはあるんだけど、仲宗根先輩以外は福本先輩しか思い出せない」

「いえ、別にそんな」謝るようなことではない。「ええと、仲宗根さんとはよく会うんですか？」

「そうでもないけど、サークルにはたまに来るし、この前」言いかけた武蔵さんは、なぜか口を開けたまま言葉を切り、見えない何かを手で払う仕草をして「あー、何でもない」と言った。

「あの、何か？」

「いや。仲宗根さん、来月結婚式って言ってたの思い出しただけ」

「あ……そうなんですか」

奇《く》しくも伊神さんに言いつけられた質問事項に合致した。「……それは、おめでとうございます。ええと、もしかして市立出身の人と？」

「いや、職場で知り合った人とか言ってた気がする。よく知らないけど」

「……そうですか」

結局その点については、仲宗根さん本人に訊くしかなさそうだった。もともと武蔵さんも、仲宗根さんとはそう親しくないらしい。まあ、高校と大学が同じだからといってつきあいがあるとは限らないだろうから、武蔵さんが薄くとはいえ仲宗根、福本両名とつながりがあっただけでもついていたといえる。結局、聞けた話はそれだけだったが、武蔵さんは仲宗根さんに会ったら電話番号を訊いておく、と言ってくれた。

その後しばらくは普通に雑談した。武蔵さんは学校でのミノの様子を聞きたがり、なんだか親のようだと思った。基本的ににこにこしている人であり、情報を提供してもらったのにケーキまでおごってもらい、こういう兄がいるミノをちょっと羨ましく思った。

ただ、仲宗根さんの名前が出た時、彼が一度だけ口ごもったことだけが気になった。

武蔵さんと別れて駅まで歩きながら、とりあえず辻さんに電話しておいた。武蔵さんから聞いた話を伝えると、辻さんが鼻息を荒くするのが電話越しでも分かった。彼女の方はというと、当時のことを知っている教師はみな転任してしまっているため、聞き込みをしても収穫はなかったのだという。校史も調べてみたらしいが、体育館でのライブが禁止されたにすぎないから、何も載っていなかったとのことである。

映像作家というよりはジャーナリストの性質を持つ辻さんは僕の報告にますます好奇心を刺激されてしまったらしく、「仲宗根さんの連絡先分かったら教えて。あたしが行く」と興奮気味に言った。仲宗根さんが犯人とグルだとしたら、会えたところではたして本当の話が聞けるかどうかは怪しいのだが。

電話を切り、僕は自分の考えをまとめながら歩いた。駅の入口に辿り着き、学生服とスーツの集団をかわしながら切符を買い、ホームへの階段を上る。具体的な話は聞けなかったが、事件の真相についてはとりあえず想像がついた。要するに、二〇〇〇年のライブで「怪我人が出た」何かがあって、それでバンドも解散した。その時のことがなぜ今になって問題になるのかは分からないが、とにかく福本さんたちは映像を消して、その何かをなかったことにしようとしているのだろう。放送室が開いている時は必ず放送委員か映研部員がいるから、あのロッカーからこっそりテープを持ち出すのは不可能だ。そこでまず仲宗根さんが放送室を訪れて、テープを直接借り出そうとした。しかし失敗した。そこで彼らは一計を案じ、次に訪れた福本さんがDVD化を提案した。もちろんDVD化されて返ってきた映像からは、都合の悪い部分が削除されているのだろう。

となれば玉井さんも、少なくとも事情は知っているはずだ。考えてみれば百二十本ものテープをＤＶＤ化するなどあまりに大変な作業だし、玉井さんが機材を持っているからといって気軽に応じてくれるはずはなかったのではないか。彼もグルだったか、福本さんが頼み込んだかのどちらかだろう。玉井さんの仕事の関係で早く頼まなければならない、という福本さんの発言も、辻さんに早く発送させるための方便かもしれない。そう考えてみれば、発送時の福本さんの行動も腑に落ちる。

辻さんは玉井さんの住所を聞いていたし、発送前に玉井さんに連絡もしていたとのことだから、発送作業は僕たちだけでやってもよかったはずだ。福本さんにしたって、平日なんだからそう簡単に仕事を抜けられないだろう。なのに彼はあの日、わざわざ車で学校に来て放送室に顔を出し、発送作業を手伝ってくれたのである。

要するに、福本さんは僕たちの発送作業がちゃんとおこなわれるかが気になっていたのだろう。そう考えれば、あの時の福本さんの不自然な行動にも納得がいく。

ホームの列に並びながら、僕は発送時の記憶を丁寧に並べ直し、再生した。

——辻さんは大急ぎで顧問の先生と部員に話を通し、福本さんがＤＶＤ化を提案した翌々日、テスト最終日の昼過ぎに、テープの発送作業をした。映研ＯＢの厚意に便乗した関係上ミノは発送作業の手伝いを買って出て、なぜか僕まで手伝わされた。

とはいえ、僕が放課後すぐ放送室に行くと、辻さんとミノはもう来ていて、ミノが持参した箱を組み立て、テープを詰めているところだった。

「手伝いに来たけど……もしかして別に必要なかった？」

「いや助かる、下まで運ぶしな」僕に逃げられまいとしてかミノは即答した。

僕が作業を手伝い始めてすぐ、戸が開いた。「よう。もう荷物作ったか？」

福本さんだった。仕事中らしくスーツ姿である。

「あっ、こんにちは。スーツですね」送り状を書いていた辻さんが顔を上げて言わずもがなのことを言い、それから並んでいる箱を振り返った。「……けっこうすごい量になっちゃってますけど、ほんとにいいんですか？」

すでに梱包済みの箱が一つ。サイズ的にはもう一杯なのだが一本でも多く詰め込もうとするミノがパズルに取り組んでいる箱が一つ。どちらも片手では持てないサイズの箱だが、ロッカーを見るとまだ数十本のテープが並んでいるので、もう一箱は確実に増える。

しかし福本さんは、梱包済みの箱とロッカーを一瞥しただけで簡単に頷いた。「これだけだろ？　なら大丈夫」

辻さんはほっとした様子で礼を言ったが、ミノは揉み手をしながらまた例の変な口調になった。「演劇部のは十本ほどで済みましたんで。へっへっへ、すいませんねえ」

福本さんは簡単に応じた。「ああ、いいんじゃねえの？　全部で三箱に収まるくらいだろ？」

「へい、それはもう、きっちりと」

この口調に慣れたのか、ミノの喋りは一昨日《おととい》より滑らかだった。

玄関に車をつけてくる、と言って福本さんが出ていくと、ミノはガッツポーズをした。「よーし一万八千円浮いた。フェーダー付き調光器買ってやる」

結局、箱は三つで済んだ。梱包した箱の中身が分かるようにした方がいいとミノが言うので、辻さんが蓋の部分にそれぞれ「演劇部／映像作品　87年―97年」「映像作品　97年―07年／文化祭LIVE　87年―92年」「文化祭LIVE　93年―07年」と、あまり女子らしくない角ばった字で書いた。

箱を持ち上げてみる。ビデオテープなんて中は半分空洞なのだからたいした重さにはなるまいと思っていたが、四十本も詰めてあるだけあってそれなりの重量があった。辻さんが持とうとすると、ミノが「重いからいい」と言って止め、自分は二箱重ねて持ち上げた。

「げっ、三野君大丈夫？」

「いつも機材運んでるからな。葉山、送り状持ってこい。辻さんは片付け頼むわ」

ミノは腕の内側で箱を支えながら持ち上げ、するりと出ていってしまった。それなら僕も、と思って箱をさっと持ち上げようとしたのだが、重量に負けて落としそうになった。

「……葉山君、代わろうか」

「平気。ちょっと滑っただけだから」

急いでそう言って廊下に出ると、階段のところでミノが箱を下ろし、腰に手を当てて一息ついていた。

「おい、ミノ」

「別に予想外に重かったとか、そういうことではない。でも先行け」

なら恰好つけなきゃいいのに。

放送室は四階である。階段を下りながら両手で持った箱の意外な重さに唸り、これを詰めたミノは引越しの時に文庫本を箱一杯に詰め込んで腰を痛めた親戚と同じタイプだなと思った。

福本さんは正面玄関のすぐ外に車を停めていてくれた。「あれ？　箱、それ一つじゃないよな？」

「はい。あと二つあります」

「じゃ、それ助手席に置いちゃってくれよ。悪いな、車小さくて」

「いいえ、ありがとうございます。正門出たとこのコンビニってゆうパック出せませんし、駅前のどこかまで持っていかないといけないんです。手で持ってったら大変でした」

「で、あと二つは？」

「今、取ってきます」僕は助手席に箱を置き、玄関に戻った。ミノが箱を二つ重ねて持ち、ぱったんぱったんと足音をさせながらがに股で階段を下りてくるところだった。

「大丈夫か？」

「大丈夫だ。だが一つ持ってくれないと腕が抜ける可能性がある」

そういうのは大丈夫とは言わない。

僕がミノを連れて戻ってくると、なぜか福本さんが一つ目の箱を車から降ろし、開封していた。

「あれ、どうしました？」

「ああ、いや」福本さんは腰に手を当てて、どうしようかな、という顔で箱を見下ろしている。「そっちの二つも、スペースに余裕ないか？」

「へっへっへ。完璧に詰め込みましたぜ。詰め込みは得意分野でして」ミノがにやつく。

福本さんは「そうか……」と困った顔をし、助手席側のドアを開けて車内に首をつっこんだ。

「いや、俺も玉井んとこに送る物があったから、一緒に入れちまおうと思ったんだけど」

福本さんが出してきたのは何枚かのＤＶＤだ。「これだけなんだが、そっちの二つに入れられないか？」

ミノは頭を掻いた。「すんません。三箱ともぴっちり詰めちまいました」

「どのくらいぴっちり？」

「それはもう、芸術的に」ミノはへっへっへ、と笑った。「蟻《あり》一匹入りません」

福本さんが残り二箱を開封してみると、なるほどミノの言った通り、テープは美しいまでに隙間なく詰め込まれており、本当に蟻一匹入らないのではないかと思われた。確かに、どうせゆうパックを送るなら一つの箱には詰め込めるだけ詰め込んでしまった方が得だし、中でテープががたがた動くのはよくない。

福本さんはテープを何本か取り出し、ケースから出してみたりしながら何か考えているようだった。テープには「文化祭ＬＩＶＥ　二〇〇〇年③」と書かれていた。詰め込まれてはいても特に歪んだりはしていないようだ。

福本さんは笑ってテープをしまい、車からガムテープを出してきて梱包し直した。「本当に

まってつい」
「そりゃもう」ミノは笑い、それから頭を下げた。「すんません。なんか途中で面白くなっちまってつい」

気持ちは分からないでもない。福本さんも苦笑する。「いや、俺のは別に送るからいいよ」

その後は特に問題らしい問題もなかった。ゆうパックを扱っているコンビニがなかなか見つからなくて駅前をぐるぐる回る羽目になったり、駅前のコンビニに駐車場がなかったため車を停められず行ったり来たりしたり、ミノがレジで「やべえ手持ちねえ」と焦りだし結局僕が立て替える羽目になったりしたが、まあ、そのくらいである。福本さんは発送後、僕とミノを学校まで送ってくれ、そこですぐに別れたし、ミノに代わって支払いをした僕は、辻さんに送り状控えとレシートを渡してすぐに立て替え分を回収できた――

ホームの列の前に並ぶおじさんの胡麻塩《ごましお》頭を眺めながらそこまで振り返った僕は、一つ納得して頷いた。福本さんの行動の意味するところが分かったのだ。

箱を車に積む時、福本さんはテープを箱から出しただけでなく、何本かはケースから取り出していた。箱の詰め具合を見るだけならその必要はないわけで、あれはつまり、狙う二〇〇〇年のテープがちゃんと入っているかを確かめるつもりだったのだろう。辻さんはテープの本数の多さを気にしていたから、荷作りをしてみてこれはあまりに多すぎると思ったら、遠慮して一部の発送を見合わせてしまうかもしれない。その場合、優先的に送られるのは古いテープだろうから、二〇〇〇年のテープがなかなか玉井さんのところに届かない、ということになる。福本さんはそれが不安だったのだろう。思い返してみれば、あの時福本さんがケースから出して見ていたテープには「文化祭ＬＩＶＥ　00年」の三本も含まれていた。

そしてもう一つ納得した。まず玉井さんを訪ねた伊神さんの判断はやはり正解だったのだ。

あの箱が発送されるまでに中身をすり替えるのは不可能だった。だとすれば、考えられる可能性は二つしかない。一つは、玉井さんが福本さんたちとグルだった場合だ。玉井さんは箱を受け取ってから、何食わぬ顔で贋テープを詰め直し、送ってもらったテープが損傷していた、と言って送り返せばいい。

もう一つは、玉井さんがグルでなかった場合だ。この場合でもすり替えは不可能ではない。犯人は箱が届く頃、玉井さん宅にお邪魔して開封に同席し、こっそり中身をすり替えればいい。

いずれにしても、鍵は玉井さんが握っているのだ。伊神さんもおそらくそう考えたのだろう。前者の場合、伊神さんであれば、脅すなり騙すなりして（もちろん、もっと穏便な手段をとる可能性もあるが）玉井さんが共犯であることを訊き出すか、少なくともその状況証拠ぐらいは摑んでくるだろう。後者の場合でも、犯人は玉井さん宅を訪れなければならないから、玉井さんから証言が得られるはずである。

それですべてに納得がいく。残された、そして最も重要な問題は、いかにしてテープを回収するか、だった。二〇〇〇年のライブで何があったかについては結局、テープを観ないと分からない。それに辻さんは忘れているが、実際上、一番の問題は「映研のテープがなくなってしまった」ということなのである。ＯＢの知り合いに預けた結果、保存していたテープを四十本も紛失してしまったのだ。もし取り戻せなければ、福本さんの提案に乗り、部員や顧問の承諾を得て回った辻さんが責任を問われることになる。

だが、どうやって取り戻すか？

贋物を用意してまですり替えの事実を隠そうとした福本さんが、すんなりと犯行を認めてテープを返してくれるはずがない。証拠を手に入れて突きつければいいだろうが、僕にそれができるだろうか。

電車がホームに入ってきたちょうどその時、伊神さんから電話があった。

「あーもしもし葉山君。どうやらちょっと面白いことになってきたかもしれないよ」

「はあ」僕は携帯を耳に当てたまま、後ろのおじさんにぶつかられながら列から脱出し、人の来ないベンチ付近まで移動した。嫌な予感がする。「何があったんですか？」

「どうやら玉井さんは、すり替えに関与していない」

一瞬、思考が停止した。ついまともに訊いてしまう。「そうなんですか？」

「僕もてっきり、彼がすり替えるか、すり替えの事実を知っていると思ってたんだけどね。どうもそうじゃないみたいだよ。玉井さんは単に福本さんの大学の後輩だというだけで、市立には何の関係もないし、福本さん以外とのつながりもない」

「でも、だからって関与してないとは」

「そうなんだけどね」伊神さんは一拍置いた。路上で話しているらしく、背後から車のエンジン音が聞こえる。

「僕が訪ねた時、玉井さん本人は不在でね。奥さんから話を聞いたんだけど」伊神さんは、よく聴いてね、と断ってから言った。「荷物は三つとも一昨日の夕方に届いた。受け取ったのは奥さんだけど、送り主に心当たりがないから玄関に置いておいた。その夜、御主人が帰ってから、玄関に迎えに出た奥さんはその場で荷物のことを説明し、夫と一緒に居間に箱を運んですぐに開封した。つまり玉井さんが荷物を開けるまで、箱には誰も手をつけていないんだ。そして開封時は奥さんも一緒にいた」

「はい」

「開封した直後、奥さんがテープの損傷を発見した。夫と一緒に他のテープを確かめ、どうも損傷しているものが複数交じっていると分かり、御主人は辻君にメールを送った」

「それって、つまり」

「そう。つまり、玉井さん宅に届いた時点でもう、テープの中身は入れ替わっていた」

「まさか」つい声が大きくなり、慌てて周囲を見回す。ホームにはぱらぱらと人がいたが、誰も僕を見ているわけではなかった。「ありえませんよ。事情は説明しましたよね？　発送前に中身をすり替えるチャンスなんてありませんでしたよ」

発送時を振り返る。梱包を一度解いた時にちゃんと本物のテープが入っていたのを、僕もミノも確認している。そしてその後はずっと僕が傍《そば》についていたのだ。

「何か他の可能性はないんですか？」また声が大きくなってしまい、近くにいた女性がぎょっとした顔で後ろに下がったのが見えた。僕は背中を丸めて電話機を口に寄せる。「玉井さんの奥さんが嘘をついたっていうのはどうですか？　玉井さんに頼まれて」

「それはないだろうね。彼女は市立とは無関係の人間で、福本、仲宗根両名にも会ったことがない」

「でも、頼めば」

「玉井さんが犯人、またはその一人だったとして」乗ってきたらしく、伊神さんの声に楽しげな響きが交じってきた。「見られてまずいものなら『自分宛に荷物が届くから開封しないように』と言っておけばいいし、自分が受け取れる時間に配達させてもいい。そもそも犯行がバレて、誰かが奥さんに話を聞きに行くことまで玉井さんが想定していたとでもいうの？　そのわずかな可能性のために、奥さんにすり替えのことを話し、嘘をつくよう頼んで、わざわざ秘密を共有するリスクを冒したとでも？」

「……確かに」ずらずら言われたので整理するのに時間がかかったが、言われてみればその通りである。「でも、それじゃどうしようもないじゃないですか」

証拠収集どころの話ではない。それでは怪奇現象ではないか。

「ほら、面白いでしょ」伊神さんは満足げに言う。「君が持ち込んでくる事件だからそう簡単に解決しないとは思ってたんだけど、予想が当たったね」

「そんな予想をしてたんですか」あまり変な期待をされても困る。

「まあ、そういうわけだから、玉井さん本人の帰宅を待たずに帰ってきたんだよ。発送時の話を詳しく聞きたいから、そっちに行くよ」

「えっ、今からですか？　っていうか行くってどこに」腕時計を見ると、もう六時前になっていた。「学校もう閉まってますし、僕ももう帰らないと」

「話を聞くだけだから学校である必要はないでしょ。もう向かってるから一時間半で着くよ」

伊神さんはもはや問答無用という雰囲気になってしまっている。僕は困った。「いえ、あのう、僕はその時間、夕飯を」

「そんなものは」

「いえ今日、母さんが夜勤だから妹に夕飯作らないと」

「それならその前でいいから」

せめて「後」と言えないのかこの人は。

「……なるほどね。箱にテープを詰めたのは誰」

「三つ目は僕ですけど、あとの二つは辻さんが入れて、最後にミノが詰め込んだそうです」

「箱とか送り状は誰が持ってきたの？」

「ミノだそうです。……伊神さん、獅子唐《ししとう》以外もちゃんと揚がってるので」

「行くコンビニを決めたのは？」

「お兄ちゃん、いつもはこんなに作らないよね」

「亜理紗《ありさ》はホタテ以外も食べなさい。……結局、僕が見つけました。しばらく道に迷ってたんです」

帰って夕飯を作らないと、と僕が言っているのに、伊神さんは発送時の話を聞かせろと言って退《ひ》かず、試しに「じゃあうちで夕飯食べますか」と言ってみたら本当に来た。僕の家には祖父母以外めったに来客がないから、お客様用の椅子が埋まっているとそれだけでそわそわするというか、非日常の雰囲気になる。しかもその客が伊神さんとなると尚更で、いつもの食卓にいつもの食器が並んでいるのに、自宅のダイニングにいるという気がしない。気合いが入りすぎていつもより一品多く作った上にいつもはやらないホタテの天ぷらをやった僕を妹は面白がっているが、自分だって伊神さんが来ると聞いた途端、自分の部屋の散らかっているものを押入れに詰め込み始めた上、どう見てもよそ行きの服に着替えて出てきた。お互い様である。

「最初に梱包してから発送まで、君が箱から目を離したのは最長でどのくらい？」

「積み込む時と、レジに持っていく時に少し。どっちも一分以内です。あ、伊神さんドレッシングもう少しかけますか？　いいですか？」

「とすると五十秒……もちろんそこまで時間がかかるかどうかはあらかじめ分からなかったわけだから、計画に組み込めるのは三十秒といったところかな」

自分の作ったものを初めて食べる人の反応は怖い。嫌いなものばかりじゃないか味付けが好みに合っているかと気をもむ僕をよそに、伊神さんの方はもっぱら話にしか興味がないらしく味についてのコメントは全くしてくれなかった。まあ、発送時の話を聴いている間ですら箸《はし》は動いていたから、食べる気がないということでもないようだが。

「さっきの話だけど」妹が僕をつつく。「箱、一回開けたんでしょ？　その時に中身をすり替えたんじゃないの？」

「無理だよ。僕もミノも見てたんだ」

「じゃあ、お店に出す時は？」

「時間がないよ。レジに出す時は僕とミノが一箱ずつ運んで、僕はすぐ車に戻った。目を離したのはせいぜい五十秒くらいなんだ。それと亜理紗、ホタテ全部食べるな」

妹は無視して最後のホタテに箸を伸ばす。それを見て僕は、お客様が来る時ぐらいおかずは一人分ずつ別々に盛り付けるべきだったと後悔した。めかしこんでいるから今日はこいつも上品な食べ方をするだろうと思っていたが、妹が上品に見せているのは表情だけで、食欲と食べ方はいつも通りだった。もっとも、伊神さんの方もさっきから獅子唐と蓮根《れんこん》ばかり食べているから、これはこれでうまくいっているのかもしれない。

伊神さんは最後の蓮根に箸を伸ばしながら言う。「箱を開けて中身を取り出し、どこかに用意してあった贋物を持ってきて詰め替え、本物をどこかに隠して、また箱を閉じる。……五十秒では済まないね。贋物の入っていた箱の状態はまだ見てないけど、たぶん二分以上はかかる」

現実にはあの箱はミノが芸術的に詰め込んでいた。あれを再現するとなるともっとかかるかもしれない。

僕は誰も手をつけない南瓜《かぼちゃ》をつまんだ。「今、妹に言われて気付いたんですけど、福本さんが最初から車の中に中身を詰めた贋の箱を用意しておいて、僕とミノが店に入っている間に箱ごとすり替えたのなら間に合いますね」

「福本さんの小さな車の中に贋の箱なんてものが置いてあったの？」

「ありませんでした。……じゃ、あらかじめ店の近くに箱を用意しておいて」

「行く店を見つけたのは君じゃなかったの。しかも、箱を持ってきたのは三野君でしょ」それまでご飯に全く手をつけていなかった伊神さんは、浅漬けだけでご飯を食べ始めた。「無理だよ」

「……そうですね」考えてみたら、四十本のテープを入れた箱を数秒で取りに行ける場所に用意しておいたのだとしたら、僕たちに見つかる可能性が大きすぎる。

伊神さんは呆れ顔でお茶をすする。伊神さんの湯飲みが空になると、妹がさっと立ち上がり、お茶のお代わりを注いでからなぜか伊神さんに微笑みかけた。そこで恰好をつけるなら食べ方の方をもっと上品にすればいいのに。

炒め煮の皿から豆腐ばかりを選んで小皿に取る妹と、小松菜ばかり選んで小皿に取る伊神さんの妙な連携を横目で見つつ、僕は考える。玉井さんは箱をそのまま返送してきたし、返ってきたのは確かに辻さんの字で「文化祭ＬＩＶＥ　93年―07年」と書かれたあの箱だった。となれば当然、玉井さんが受け取る前にあの箱の中身をすり替えていなくてはならない。つまりどこかであの箱を開け、中身を出して贋テープを詰め直さなくてはならないはずなのだ。だが車に積み込む前に中身は確認した。レジに出す際も中身を詰め替える時間はなかった。

おかしい。どう考えてもつじつまが合わない。まさか本当に怪奇現象だろうか。

唸っていると妹につつかれた。「最後のアジもらっていい？」

「うん」つゆにつけてから訊くな。

味噌汁をすすりながら考える。発送時に詰め直す時間がないなら、発送後ではないか。

顔を上げると、伊神さんはさっさとご飯を平らげていた。

「伊神さん、一つ思いついたんですけど……あ、ご飯お代わりどうですか？」

「思いつきの方が先」

「……ええと、ちょっと気になったんですが」立ち上がりかけた僕が座り直すと、妹が普段決して見せない甲斐甲斐《かいがい》しさで立ち上がり、伊神さんから茶碗を受け取る。

「宅急便なんですけど」

「ゆうパックでしょ。……いや、少なめでいいよ」

「ゆうパックなんですけど、あれって発送後にキャンセルできますよね？　っていうことは発送した後、一度キャンセルして、中身を入れ替えてまた送ればいいんじゃないですか？　三箱ともキャンセルしてもいいし、一箱だけキャンセルしても、すぐに送れば他の二箱と一緒に届きますよね」

伊神さんはちょっと考える様子で視線を外し、なぜか漬物をつまんでから応じた。「ゆうパックのキャンセルには何が要ると思う？」

「それは……」僕の中で思いつきが急速に形をとり、思わず立ち上がりかけてしまう。「そうですよ！　送り状の問い合わせ番号が分かれば、キャンセルも宛先変更もできるんじゃないですか？　送り状は車の中に置いてあったんだから、問い合わせ番号を見ておくチャンスは」

「『クロネコヤマトの宅急便』ならね」

「はい？」

「宅急便のキャンセルは問い合わせ番号だけでできる。でも、ゆうパックは違う。キャンセルには送り状控えと本人確認が必要で、問い合わせ番号だけでできるのはせいぜい配達日の変更ぐらいなんだよ。……あ、ありがとう」

伊神さんは妹から茶碗を受け取って、無表情のまままた浅漬けだけでご飯を食べ始めた。

「キャンセルにいちいち本人確認が要るというのは不便である反面、問い合わせ番号しか知らない人間が荷物を横取りする危険がないとも言える。まあ、民間企業たるヤマト運輸は利便性を、もともと国営だった日本郵便は安全性を重視しているってことなんだろうね」

そんなことをいつ知ったのか、伊神さんはあっさりとそう言ってご飯を口に運ぶ。

「……よく知ってますね」

「たまたま知ってただけだよ」伊神さんは浅漬けの最後の一切れに箸を伸ばした。「おそらく、犯人も知らないだろうね。知っていたなら宅急便を使うようにもっていけば済むんだし」

「なるほど」伊神さんがどういう理由で「たまたま知ってた」のかは不明である。「でも、だとするともう、方法がないように思えますけど」

「それはちょっと諦《あきら》めがよすぎるよ。まだいくつか考えられる」

僕にはもう行き止まりとしか思えないのに、この人は平然とそう言う。やはり頭の作りが僕とは違うのだろう。

伊神さんは食後にお茶で一服し、三十分ほど喋ってから腰を上げた。「ごちそうさま。さて、そろそろおいとましようか。一晩ゆっくり考えてみたいしね」

僕を押しのけて伊神さんを玄関まで送り、さっと靴を揃える妹を小突きつつ、上がり框《かまち》から伊神さんに言う。「すいません、こいつが魚介類みんな食べちゃって。お客さんがぐぇ」

妹に肘打ちされた僕を見て、伊神さんは可笑《おか》しそうに笑った。「いや、おいしかったよ。一人暮らしじゃああいう献立《こんだて》はやらないから、ありがたかった」

「いえ、そんな」まともに言われたので、照れ隠しについ余計なことを言ってしまう。「……そんな言うなら、時々作りに行ってあげてもいいですけど」

要らないと言われるかと思ったが、伊神さんは微笑んだ。「ありがたいね。ついでに事件の一つも持ってきてくれるともっとありがたい」

「そこまでは保証しません」


結局のところ、僕も伊神さんと同じ性質を持っているようだ。箱の中身がいつの間にか入れ替わっていた、という怪奇現象は一夜明けても頭を離れず、時折ぼうっとしてしまうことがあった。とりあえず、テスト中でなくて幸運だったといえる。この日の休み時間はミノも交え、教室ではあまり話したことがなかった辻さんとも珍しくいろいろ話した。発送時の怪奇現象について知らなかった辻さんは、もともと乗り気だったところますます好奇心を刺激された様子だったが、興奮した時の彼女の特徴なのか説明の仕方がやたらと断片的でかつ錯綜《さくそう》しているので、彼女から事情を聞こうとしたミノは混乱し、最後には「ああ頭痛え」と訴えて机に突っ伏した。後でちゃんと説明してやろうと思う。

放課後、辻さんと一緒に放送室に向かったのだが、鍵穴に鍵を入れて回した彼女は、戸が開かないことに気付いて「あれっ」と漏らした。

鍵を入れて回したのに戸が開かないということは、鍵は最初から開いていたということである。しかし放送室の鍵を借り出せるのは映研部員か放送委員だけで、しかも僕と辻さんが鍵を借りに事務室に行った時、鍵は所定の位置にちゃんとあった。だとすれば、まず考えられる可能性は映研部員や放送委員の誰かが開けっ放しで鍵を返したか、誰かが鍵を使わずに戸を開けたかである。

僕は戸をノックし、部屋の中にむかって声をかけた。放送室を開けっ放しにする映研部員や放送委員は見たことがないが、ピッキングを駆使して勝手にあちこち入る人は知っているのだ。

「伊神さん、いるんですね？」

戸のむこう側からかたりと音がした。僕は辻さんの肩越しに手を伸ばして戸を開け、さっさと中に踏み込んだ。「伊神さん、これじゃ不法侵入ですよ」

「ん。まあね」伊神さんは適当に答え、机に置かれた問題の箱をあさっている。以前、学校に来た時も着ていたスーツ姿だが、さすがに暑かったとみえて袖をまくりネクタイを緩めている。いつも疑問に思うのだが、この人は毎回ちゃんと学校に入る許可をとっているのだろうか。

伊神さんは、僕の後ろで口を開けて素直に驚いている辻さんに声をかけた。「事情は聞いたよ。辻君、とりあえず送り状控えを見せてもらいたいんだけど」

辻さんは伊神さんが侵入していたこと自体に驚いている様子でぽかんとしていたが、しばらくしてから慌てて財布を探り、送り状控えを三枚とも渡した。

伊神さんはふうん、と鼻を鳴らして頷く。「この『辻霧絵《きりえ》』っていうのが君だね」

「うっ。……そうです」呼ばれた辻さんはなぜか顔をしかめ、それから決意の表情で伊神さんに告げた。「分かってます。これで明日からまた、私の渾名《あだな》『辻斬り』になるんですよね。もう慣れました」

そんなことは誰も言っていない。

「なるほどね。確かに辻君の筆跡だね」伊神さんは辻さんの溜め息を無視して送り状控えと箱に書かれた文字を見比べる。「あとレシートはある？」

辻さんは素直に財布を探るが、僕は引っかかった。「レシートが手がかりになるんですか？」

「一応、確認のためにね」

伊神さんは受け取ったレシートを一瞥し、頷いた。どうやら「一晩じっくり考え」て、だいたい結論を出してしまっているらしい。「辻君に質問だけど、福本さんがＤＶＤ化を提案した後、彼に何か訊かれなかった？　二人の時に」

辻さんは「えっ……」と漏らし、伊神さんを上から下まで観察して不審げな声で答える。

「そういえば、葉山君と三野君が何者なのか、帰る時にもう一回訊かれましたけど……どうして分かるんですか？」

「勘だよ。そうかもしれないと思っただけ」

伊神さんはそれだけ言って踵《きびす》を返した。「じゃ、現場に行くよ」


発送したコンビニまでは徒歩で二十分といったところである。たいした距離ではないのだが、ジャケットを小脇に抱え外回り然とした恰好で歩く伊神さんはどうやら「考え中」であるらしく、道中ほとんど喋らなかったため、僕は話しかけようにも話しかけられず、なんとなく居心地が悪かった。もともと伊神さんとは歩幅が違うので、一緒に歩く時は時々早足にならないとついていけない。雲が出ている上に風があり、それほど暑くない日だったが、伊神さんの歩調に合わせていたら着く頃には汗をかいていた。

伊神さんは店の前に着くと、周囲をうろうろし、店にも入ったり出たりし、何かを確認しているようだった。雛鳥《ひなどり》じゃなし、ただ後にくっついてうろうろしても仕方がないので、僕は店の外で、発送時のことを考えていた。

伊神さんが送り状控えを確認した以上、やはり犯人は発送後に何らかの手を使って中身をすり替えたのだろう。だが、送り状の控えを見て何か分かることがあるのだろうか。

……いや、もしかしたら。

何度目かに店の自動ドアを開けて出てきた伊神さんを呼び止める。「伊神さん、あの」

「この店舗に集荷に来るのは一日一回。二十時頃だってさ」

「はあ」

伊神さんは僕の反応に構わず、店の中を振り返る。「あと、君の言う通りだね。レジは入ってすぐだから、レジに出す間にすり替える時間はやっぱりない」

「そうです。ええと、それで」思いついたことがあるのだが、どう切り出したものか分からない。「一つ、考えたんですが」

すり替える方法が分かりました、と言うと、伊神さんは、おや、という顔になって立ち止まり、傍らの街路樹に手をついて聴く態勢になった。

「昨日から考えていたんですが」噛むと嫌なので、ちょっと咳払いをして喋る準備をする。「どうしても解けない矛盾点が一つありました。つまり、犯人が箱の中身を詰め替えたのは間違いないはずなのに、発送までに詰め替える時間はなかった、という点です」

伊神さんの表情にはまだ何も浮かんでおらず、正解か不正解かは分からない。

「それなら、発送後はどうでしょうか？　犯人には発送後、送った荷物に接触する機会があって、その時に詰め替えたのだとしたら」

伊神さんの顔に、楽しげな色が浮かんだ。「キャンセルはできないはずだけど？」

「はい」頷く。そこは昨夜、教えてもらった。「その必要はなかったんです。それどころか犯人は何もする必要がなかった。ただ待っているだけで、日本郵便が自分のところに箱を運んできてくれるんですから」

伊神さんの目をじっと見る。「……つまり、僕たちが最初に聞いた玉井さんの住所は嘘だったんです。あれは福本さんか、福本さんの仲間……仲宗根さんの住所だったんじゃないですか？」

僕が伊神さんに伝えた住所は、玉井さんから返送されてきた箱の送り状を見たものだから、正しかった。だがその住所と、辻さんが送り状に書いた住所は違っていたのではないか。

「だとすれば簡単です。福本さんは荷物を受け取ってから悠々と中身を詰め替えて、辻さん名義の送り状を自分で書いて、何食わぬ顔で玉井さんに届ければいい。……だから伊神さん、さっき辻さんに送り状の控えを借りたんですよね？」

「別に、そういう理由で借りたんじゃないんだよね」伊神さんは困ったような顔になったが、財布を探り、辻さんから借りた送り状控えを僕に渡した。

「玉井さんの奥さんにも確認してきたけど……」伊神さんは、どこから説明しようか、という顔で、視線を斜め上にやった。「荷物はちゃんと、送った次の日に届いたんだよね？」

そういえば、辻さんはそう言っていた。「そうか……」

「うん。君の今言った方法をとったなら、荷物の到着は早くて翌々日でしょ。それに、そもそも辻君に間違った住所を言ったまま放置しておいてバレないと思う？　発送後も玉井さんとのつきあいがしばらく続くはずなのに」

確かにそうだ。そしてもしバレてしまった場合、犯人は住所付きで明らかになってしまう。

「まあ、それについては後で説明してあげるよ」伊神さんは頭を抱える僕の肩をぽん、と叩き、簡単に言った。「それと、遅くても六日後までにはテープは返ってくるだろうし」

「え？　返ってくる、って」

「言葉の通りだよ。無傷で返ってくるから心配しなくていい」

「……そうなんですか」

それでは万事解決ということになってしまう。だが、本当だろうか？　あまりにあっさりと言われたので実感が湧かない。

一体この人の頭の中はどうなっているのだ。思わず伊神さんの目を覗き込んでしまうが、それで脳味噌の中が覗けるというわけでもない。僕は呆れるだけだった。


忘れていたことだが、伊神さんは人使いが荒い。コンビニ行くならついでに食パン買ってきて、という調子で重労働を指示したりするから油断ならない。

伊神さんが宣言した六日後。夏休み中ではあるが、補講期間でもあるため校舎本館はまだ開いているこの日、僕は玉井さんの家からＳ－ＶＨＳテープの詰まった箱を持ってくる、という役目を仰《おお》せつかり、炎天下、二時間以上かけて重さ約九キロの箱を持ってきた。玉井さん宅は東京の都心を横断したさらに先である。ちょっと行ってくる、というような距離ではないのだが、朝、僕の携帯に電話をしてきた伊神さんは、玉井さん宅まで「ちょっとお使いに」行ってくるよう一方的に指示して電話を切ったのだ。

僕はおとなしく指示に従ったのだが、これが予想以上に大変だった。玉井さん宅を出てから最寄り駅に辿り着くまでの十数分ですでに僕は、東京の夏がいかに暑く粘つくものであるかを思い知らされ、汗だくになっていた。こういう日に限って天気は快晴で、気温は狂気じみて高く、街は時が止まったかのような無風状態である。シャツは吸湿力の限界を超えて背中に貼りつくし、抱えた箱は腕を伝わる汗でしっとりしてくる。学校に着く頃には、僕はとっくに汗をぬぐうのを諦めていた。

重労働をしている人間は独り言が多くなる。やっとのことで本館に着き、上履きに履き替えた僕は、あともう少しだ、という意識も手伝って妙に元気になり、階段を一階分上るたびに「二階到達！」「三階到達！」と言っていた。四階到達時に「四階到達！」と叫んだら、すぐ近くにいた男子に変な目で見られた。恥ずかしさのあまり大急ぎで放送室に駆け寄り、足で戸を開ける。「お荷物です」

机に置かれた「贋テープの箱」を挟んで立っていた伊神さんと辻さんの二人が、同時にこちらを振り向いた。伊神さんが辻さんに言う。「返ってきたよ」

辻さんが机を回り込み、突進してきた。「葉山君それ中身は？　本当に返ってきたの？　どうやって？　誰から何て言って」

「辻君とりあえず落ち着こうね」伊神さんが動物をなだめるようにして彼女を座らせる。

僕が玉井さん宅からえんえん運んできたのは、なくなったはずの「本物のテープ」の入った箱である。玉井さんは伊神さんからすでに事情を聞いていたらしく、箱をすんなり引き渡してくれた。玉井さん宅で受け取った箱をよく見たら僕にも犯人の用いたトリックが想像できたので、伊神さんに電話をしてそれを確かめようと思ったのだが、伊神さんはどこにかけているのかずっと話し中だった。

　返送されてきた箱――つまり辻さんの「文化祭LIVE　93年―07年」という文字が書かれた箱の隣に、今さっき持ってきた箱をどっかりと置いて蓋を開ける。受け取る時にも確認したが、確かに中身はなくなったライブビデオだった。そして、それは僕たちが梱包し、そのあと福本さんが開けた時に見たそのままの状態だった。辻さんは、信じられない、という顔で腰を浮かせ、箱の中を見ている。

「物も揃ったし、手短に説明しようか」伊神さんが口を開いた。

　辻さんが授業でも始まるかのように座り直し、胸ポケットからメモ帳とボールペンを出した。伊神さんはそれを見て何か言いかけたが、そのまま話し始めた。

「一番問題になったのが、犯人は箱の中身をいつ、どうやって贋のテープにすり替えたか、ということだよね。車に積み込む直前に三人で中身を確かめてもいるし、発送時に葉山君が目を離したのはせいぜい五十秒で、箱を開け、どこかに用意していた贋物を取ってきて詰め替え、本物のテープをどこかに隠してからまた梱包する時間はない。実験してみたけどね、二分は絶対にかかる」伊神さんは本物のテープの入った箱を指先でとんとんと叩く。「だからまず、そこを説明する」

　伊神さんは僕と辻さんに言い、二つの箱の中身をすべて出させた。「テープをすり替えた『犯人』の行動を順を追って説明するよ。まず、最初は梱包する前だから、この状態」

　机の上には空の箱二つと、本物のテープ四十本、贋物のテープ四十本が積まれている。

伊神さんは二つの箱に手を置いた。「とりあえず、辻君のところに返送されてきた箱をA、葉山君が今持ってきた箱をBとする」

僕たちが頷くと、伊神さんは本物の方のテープを取り、Bの箱に詰め始めた。「まず犯人は、放送室に置いてあった本物のテープをBの箱に詰める。この時点では辻君も傍にいたからおかしな動きはできないけど、これはただ普通に梱包しているだけだからね」

伊神さんは手早くBの箱にテープを詰めた。練習でもしてきたのか、ミノがやったように隙間なく収まっている。机の上のガムテープを取って蓋を閉じ、それから僕たちに見せる。

「で、ここが最初のポイント。犯人はBの箱を梱包した後、辻君が送り状を書いている隙に」伊神さんはBの箱を持ち上げ、今はまだ何も入れていないAの箱の中に、箱ごとすとんと入れてしまった。「こうやって、Bの箱を丸ごとAの箱の中に入れてしまう。つまり、この時点で問題の箱は二重になっていた」

やはり予想した通りだ。僕は心の中で頷いたが、辻さんはまだ頭の中で状況を整理しているらしく、箱を凝視している。

「で、Aの箱も閉じてしまう」伊神さんはAの箱もガムテープで閉じた。確かにこうすると、外から見ただけでは箱が二重になっていることには気付かない。

「辻君はこの状態で、外側になったAの箱に『文化祭LIVE　93年—07年』と書いた」伊神さんは二重に梱包した箱をぽん、と掌《てのひら》で叩き、今度は机の上に置いてあったカッターナイフを取った。

「で、この箱はこういうふうに」伊神さんは箱上面の縁に沿って、蓋を閉じているガムテープをカッターナイフで切断した。ＮＨＫ教育テレビの工作番組のごとく、口で解説しながらも手は淀みなく動いている。「手だけで蓋を開けられるように、貼ったガムテープを切っておく」

伊神さんの手元を凝視している辻さんの方もなんだか、教育番組を夢中になって観る幼児のように見えてきた。口を開けているせいだろうか。

「で、この箱を運び出す。犯人は葉山君の話によれば、階段のところで葉山君を先に行かせて数十秒、一人になっている。その間にこうして」

伊神さんは箱に貼られたガムテープを指で裂き、蓋を開けると、抱え上げて逆さまにし、中に入っているＢの箱を出した。「Ｂの箱を出し、用意しておいた送り状を貼り、辻君の書いた字を真似して蓋に書く。それから空になったＡの箱を、近くの教室なり、廊下の掃除用具入れの陰なり、階段から見えないところに隠す。これだけなら、あらかじめ練習しておけば三十秒程度でできる」

伊神さんはズボンのポケットからマジックを出し、Ｂの箱を元通りひっくり返して上面に書いてある字をなぞった。空になったＡの箱はさっさと机の下に隠してしまっている。

「そして何食わぬ顔でＢの箱を持っていき、車に積み込む。この時点で犯人は、後に辻君のもとに返送されてくることになるＡの箱を入手できた」

伊神さんはさっき隠したＡの箱をまた引っぱり出し、机に置いた。

「あとは簡単だよ。本物のテープが入ったＢの箱はそのまま発送してしまう。その後で、犯人は手に入れたAの箱に贋テープを詰め、同日に同じ店舗から辻君の名義で発送する。結果、葉山君たちの手で発送された、Bの箱を含む三箱の他に、犯人が後から発送したAの箱が……つまり合計四箱が、玉井さんに向けて発送されることになる」

発送した店舗に集荷に来るのは二十時頃だった。犯人はあらかじめ周辺の店舗すべての集荷時刻を調べておいたのかもしれないが、もともとコンビニには一日一、二回しか集荷に来ない。贋物を発送する時間は充分あったはずだった。

「そして、本物の入ったBの箱は問い合わせ番号を控えておいて、届ける日時を遅らせてもらう。配達日時の変更なら問い合わせ番号だけでできるからね。……つまり、玉井さんのもとに最初に届くのは、今回、問題にならなかった他の二箱と、犯人が後から送った、贋物入りのAの箱の三箱っていうわけ」

僕が頷くと、伊神さんは辻さんに視線をやった。辻さんは口を開けたままである。

「ゆうパックは配達日を、出した翌日から十日後まで指定できる。つまり、本物のテープの入ったBの箱は十日間、届くのを遅らせることができる。犯人は、十日も経つ頃にはもうAの箱は返送されてきていて、一通りごたごたが済んでいると踏んでたんだろうね。後は玉井さんに連絡して、適当な口実をつけて、後から届く四箱目……つまりBの箱を回収する。Bの箱については『後回しでいいし業者並みの料金も払うから、映研とは別にもう一箱、頼めないか』とか適当に説明して、その上で、さらに適当な名目をつけて回収に向かえばいい。『どうやらこちらにも損傷があるらしいと分かった。また送り返してもらうのは悪いから、自分で取りに行く』……とかね。四箱目になるBの箱の送り主が自分の名義でないことが不安なら、わざと玉井さんが不在の時間を指定して、奥さんには『友人の名義で出した』とか、そう説明すればいい」

つまり今日に至ってもまだ、犯行は完結していなかったのだ。

伊神さんが「六日後までには」と言っていたのはこのためだった。伊神さんは玉井さんに電話して、四箱目が来たらまず自分に連絡してほしいということと、その箱について他から問い合わせが来たら「まだ到着していない」と言ってごまかしておいてほしい、と頼んでおいたらしい。そして届き次第、僕を回収に行かせた。大変だった。

「……なるほど。分かりました」辻さんは二つの箱を見比べて頷く。

しかしすぐに「あれっ？」と言い、伊神さんに食ってかかるように詰め寄った。「あの、どういうことですか？　つまり、それって、犯人は」

「三野君だよ。誰だと思ってたの」伊神さんはさりげなく辻さんを押しとどめつつ答える。「このトリックのためには、AB二つの箱の外見が同じで、Bの箱がAの箱の中にちょうど入る大きさでなければならない。可能なのは箱を持ってきた三野君だけでしょ」

唖然とする辻さんを見ながら、僕もこっそりと反省する。僕だって今日まで、犯人は福本さんだと思っていたのだ。しかし考えてみれば、もし福本さんが犯人なら、「玉井のところまで車で持っていってやる」と言えば簡単にテープを支配下に置くことができたのだ。

そして、ミノが犯人だと明らかになってみると、思い当たることがあるのだった。ミノが演劇部のテープを一緒に、と頼んだのは、自分が発送作業を手伝う口実だったのだろう。箱に入れるテープを持参すれば、箱詰めの作業も自然に手伝うことができる。

ミノが変な口調で福本さんに頼み込んでいる時、僕は違和感を覚えなくもなかったのだ。DVD化には一本につき二時間かかる。十本も頼んだら二十時間になってしまう。普段のミノは「ついでに」などという軽い調子で、部費を浮かせるためだけにそんなことを頼むほど図々しくはない。

「最初からそうだろうとは思ってたけどね。これを見て確信した」伊神さんはポケットを探り、辻さんから借りた送り状控えとレシートを取り出してみせた。「宅急便にもあるけど、ゆうパックには、一度に複数の荷物を同じ宛先に送ると割引になる『複数口割引』がある。話によれば、三野君はゆうパックの持込割引を知っていたのに、複数口割引の方は使わなかった。複数口割引用の送り状を使わなかっただけかもしれないと思ったけど、レシートにも割引の記載はなかったしね」

複数口割引を使ってしまうと、荷物のうち一つだけ配達日を遅らせることはできなくなってしまう。ミノが送り状を持参した理由もそれだろう。辻さんに任せて、複数口割引専用の送り状を持ってこられてはどうしようもない。

そう。思い返してみれば、伊神さんは最初からミノが犯人だと疑っていたようなのだ。僕が最初に電話した時点で伊神さんは「犯人は明らか」と言っていたし、武蔵さんに話を聞く役ならミノに任せていいはずなのに、そうしなかった。しかし。

「伊神さん、どうしてミノだと思ったんですか？　最初に電話した時はまだ、発送した時の状況だって話してなかったのに」

「消去法だよ。事件に関わったのは君と辻君、それに三野君と福本さんの四人。君が犯人なら僕に話を持ってくるはずがないし、映研の部長で放送委員の辻君ならこんな方法をとらなくても、いつでもテープをすり替えられる」肝心のところはもう説明した、ということなのか、伊神さんはリラックスした様子で後ろの本棚にもたれかかる。「そして、すり替えられた贋テープには十分くらいしか映像が入っていなかったんでしょ。それじゃ、後で誰かがテープをチェックした時、ちょっと早送りすればすぐに贋物だと分かってしまうのにね」

　もたれかかった途端に本棚の上から落ちてきた本を空中でキャッチして棚に戻しつつ、伊神さんは淀みなく続ける。「だから、犯人は贋テープをきちんと準備する時間がなかった人だろうと思ったんだよ。なにしろ犯人は計画を立てて、贋テープの素材を手に入れて、それを四十本分ダビングしなければならない。ダビングを一本二時間と計算したら六十時間かかっちゃうことになるでしょ。デッキが複数あったとしても、準備は一日二日じゃ終わらない」

「福本さんが犯人なら、贋テープを作ってからDVD化の話を持ち出せばいいわけですね」

「そう。それにS‐VHSのテープは今では品薄だけど、大きな店にはまだあるし、通販でも扱っている。映研のOBである福本さんならS‐VHSを用意するはずなのに、犯人はそうしなかった。このことだって、犯人がS‐VHSのテープを揃える暇がなかったからだ、と考えれば腑に落ちるしね」

確かにそうだ。それに考えてみれば、特定のバンドの映像一つを消すために、映研のライブビデオを四十本も道連れにするというのはあまりにひどい。福本さんが犯人ならそれこそ玉井さんに協力を求めるなり何なり、別の方法がいくらでもあったはずだ。

「三野君のお兄さんが電話番号を教えてくれたから、どういう事情があったのか、仲宗根さんに訊いておいたよ」どうやって訊き出したのかについては、僕は知らない。伊神さんはこう言っているが、正確には「仲宗根さんに吐かせた」のだろうと想像がついた。「仲宗根さんは来月に、挙式を控えている」

「はあ」それがどう関係するのか、と辻さんが首をかしげた。

「ところが、どうやら誰かが披露宴の二次会で、昔のバンドの映像を流そうと画策している、という話を友人から聞いてしまった。彼にとっては高校時代のあの映像は『なかったことにしたい』過去で、まして二次会の会場で流されるなんてとんでもないことだった。だから自分の手でテープをこっそり破棄してしまおうと思った。仲宗根さんたちバンドのメンバーはある事情から、問題の映像は放送室にあるオリジナル一本だけだと知っていたからね」

伊神さんは辻さんを見る。「ところが辻君は、『テープは貸し出せないから、ダビングする』と言った。それでは駄目だし、なによりダビングなんかされた日には、辻君にもろにあの映像を観られてしまう。それで慌てて断った」

辻さんは眉をひそめる。「私が観るのも駄目なほど、まずいんですか?」

「披露宴の日は近づくし、映像を流そうとしているのが誰なのかも分からない。しかし、それまで全く放送室に行かなかった自分が何度も出入りしては怪しまれる。そこで彼はつてを探した。大学の後輩である三野武蔵さんに頼んで、現役生である弟を紹介してもらった」

武蔵さんが仲宗根さんたちを知っていたと分かった時、僕はそれをただの幸運だと思っていた。実際は違ったのだろう。ミノが犯人で、過去の映像が焦点になっている以上、卒業生で兄である武蔵さんは仲宗根さんらとの間に何かしらのつながりがあるかもしれないと、伊神さんは初めから予想していたのだ。

「仲宗根さんは三野君に依頼した。自分の披露宴の二次会で二〇〇〇年のライブビデオを流そうとしているやつがいるのだが、流されては困る。そいつが映像を手に入れる前にテープを抹消することはできないか、と」

僕は武蔵さんと会った時のことを思い出していた。武蔵さんはおそらく、ミノを紹介してもらったことは秘密で、と仲宗根さんに頼まれていたのだろう。口ごもったのはそのせいだ。

「依頼された三野君は応じたものの、いざ放送室に行ってみると、二〇〇〇年に在籍していた福本なる人が出現し、問題のテープをＤＶＤ化する、と不自然な提案をした。それを聞いて三野君は、『映像を流そうとしているやつ』とは福本さんのことなのだ、と誤解した」

伊神さんは両手を広げる。「状況は極めて厳しかった。発送は明後日。しかも福本さんは三野君のことを疑っている。部員でもない三野武蔵の弟が都合よく放送室にいて、しかも発送に反対するような態度をとっているんだから、当然だね」

福本さんはＤＶＤ化を提案した日、二人になった時に辻さんに僕たちの素性を尋ねていた。

考えてみれば、発端になったのは僕の一言だった。僕があそこでミノを「演劇部の三野小次郎」と紹介しさえしなければ、福本さんはそこまで疑いを抱かなかったかもしれない。姓が「三野」で名が「小次郎」とくれば、彼が「三野武蔵」の弟であることは明らかである。

「三野君は福本さんが『車で取りに来てやる』と言い出した意図を推測した。つまり、自分が発送時に何か細工をしないか、発送前にチェックするつもりなのだろう、とね」

その厳しい状況でなお、テープをすり替えられる方法を考えた、というわけだ。

そして、ミノの推測は当たっていたのだ。発送時、福本さんは問題のテープをケースから出すことまでして確かめていた。そうした本当の理由は、ミノが問題のテープを贋物とすり替えていないかをチェックする必要があったからだろう。辻さんがちゃんと発送したかどうかを確かめるだけなら、ケースから出す必要まではないはずである。

「……じゃ、福本さんが放送室に来ていたのは」

「仲宗根さんと同じ理由だよ。彼だってバンドのメンバーなんだから、一緒に映っているし、仲宗根さんの披露宴に出席することになってもいる」伊神さんは、呆れたような顔で言う。「もっとも、福本さんはテープを抹消する気まではなかったそうだよ。来月の披露宴が終わるまでとりあえず玉井さんのところに『避難』させておいて、念のため玉井さんには『自分も二〇〇〇年のテープは持ってるから、もし辻さんから二〇〇〇年のテープが必要になった、っていう連絡があったら教えてくれ』と頼んでおいた」

「……なるほど」慎重なことだ。「そうしておけば、映像を流そうとしている人間が放送室に来ても、玉井さんからそのことを連絡してもらえるわけですね」

連絡する役目を辻さんでなく玉井さんに頼んだのは、下手に二〇〇〇年のことに言及して、戻ってくればテープをいつでも観られる立場の彼女が、中身に興味を持つことを怖れたからだろう。どうやら、問題の映像は余程辻さんに観せたくないものであるらしい。

伊神さんは腕を組み、視線を上にやった。講義口調で喋るのに疲れてきたらしい。「ところが放送室に三野武蔵の弟が出現して、発送を手伝うと言い出した。福本さんは疑った。問題のテープは、二〇〇〇年当時はダビングも自粛していた。映像を流そうとしている人間は今でもまだダビングを自粛していると思っていて、三野武蔵の弟に頼んで、こっそり持ち出してもらおうとしているのではないか、とね」

それで、箱を開けてまで確認した。要するに仲宗根さんと福本さんは、お互いに相手のことを「映像を流そうとしている犯人」だと思い、テープの取り合いをしていたわけだ。

「もっとも福本さんは、発送時にテープを確認して安心してたみたいだよ。三野武蔵の弟がいたのはただの偶然で、こっそり持ち出そうとしているのではないか、というのも自分の思い過ごし。映像を流そうとしている犯人はまだ学校を訪ねてきてはいないのだ――とね」伊神さんは薄く笑って、テープの箱を指差す。「だから、さっき電話して事情を話したら驚いてたよ。問題のテープはとっくに玉井さんのところに届いていると思っていたらしい」

「……凄いすれ違いぶりですね」福本さんにしろミノにしろ、随分と無駄なエネルギーを使ったものだ。僕は二人の徒労に心の中で合掌した。「要するに、ミノの勇み足ですね。放送室に現れたのが福本さんだ、っていうことを仲宗根さんに一言報告していれば、お互いこんなことをしないで協力できたのに」

しかし、伊神さんはぱたぱたと手を振った。「いや、仲宗根さんの話だと、三野君はちゃんと仲宗根さんに相談したそうだよ。仲宗根さんはテープを手に入れようとしているのが福本さんだと聞いた上でなお、彼が映像を流そうとしているのではないかと疑い、なんとか発送前に回収できないか、と三野君に頼み込んだ。だから三野君は動いた」

「え?」

理解できた、と思っていた僕は混乱した。「でも、福本さんだって映ってるんですよね? それなら流そうとするわけが……」

「ある映像を『恥だ』ととらえるか、『いい思い出だ』ととらえるかは人それぞれだよ。仲宗根さん自身は問題の映像を『恥だ』と思って消そうとしていた。でも、福本さんも同じように考えているとは限らないと思っていた。もしかしたら福本さんの方はあれを『いい思い出だ』と思っているのかもしれない……そう思ったから、三野君に頼み込んだんだよ」

「……『いい思い出』?」怪我人が出て、バンドは解散したと聞いている。それがいい思い出なのだろうか。「じゃあ問題のテープって、何が映ってるんですか?」

伊神さんは答えず、無言で肩をすくめた。

それまで黙って聴いていた辻さんが、身を翻して箱に手を伸ばした。「そうだ、映像観ないと」二〇〇〇年のライブビデオを見つけて取り出した辻さんに、伊神さんが後ろから声をかける。「玉井さんによれば入っているのは③だそうだけど、観ない方がいいと思うよ」

「どうしてですか?」辻さんは険しい表情になる。「すべての発端はこのテープです。真実をこのまま闇に葬れ、と?」

「別にそういうわけじゃないけど、闇に葬った方がいいと思うよ」

「それは民主国家においてあってはならないことです」

文化祭のライブビデオに民主国家も何もなかろうが、辻さんは気合い満点でデッキにテープを入れる。それを見て伊神さんは、やれやれ、と肩を落とした。「せめて画面から離れなよ」

モニターに、照明効果で派手に演出された体育館のステージが映る。問題のバンドはテープの最初に入っていたようで、再生するとすぐに「ブーメラン・エフェクト」のテロップが出た。体育館のざわめきがスピーカーから流れる。客の数はかなり多く、生徒の十数人は舞台前に張りついている。

マイクを通して司会の人の声が響く。――さあ盛り上がってまいりました。続いては、「ブーメラン・エフェクト」のみなさんです!

途端に観客が騒がしくなった。どうやら女子が悲鳴をあげたらしい。

モニターに張りつく辻さんの横から画面を覗いて、僕は納得した。「ブーメラン・エフェクト」のメンバーは全員、競泳用のブーメランパンツ一丁だった。

女子の悲鳴と男子の笑い声が交錯する中、バンドは演奏を始めた。のっけから最高潮に激しい曲である。ヴォーカルの人は水球部か何かなのか、やたらと筋肉があり、腹筋が割れていた。

そしてその隣で口を尖らせてギターを掻き鳴らしているのが、明らかに高校時代の福本さんだった。ということは、他の四人のうちの誰かが仲宗根さんなのだろう。

辻さんは画面を観たまま硬直している。どうやら二の句が継げない状態であるらしい。

僕はそこで疑問に思った。確かに馬鹿なバンドだが、それでライブ禁止になるとは思えない。

そう思った途端、スピーカーから「ぎゃあああ」という悲鳴が聞こえてきた。観ると、フロントマン三人がブーメランパンツを脱いで全裸になっていた。脱いでどうするのだと思ったら、全裸の三人は後ろの二人が出した本物のブーメランを受け取り、それにパンツを絡めて客席に投げた。悲鳴が一層大きくなる。

辻さんの動きが止まっている。僕は心配になって肩を叩いた。「あの、辻さん」

辻さんはゆっくりと振り向いた。目の焦点が合っていない。「葉山君、これ……」

「だから、観ない方がいいって言ったんだよ」後ろの壁際から伊神さんが言う。

辻さんは我に返った様子で、映像を振り返り、僕を振り返り、あたふたとし始めた。

「葉山君これ、モザイクを、映像をっ、お詫びのテロップをっ」

「辻さん、落ち着いて」

「あの形状で飛ぶわけないよね。空気抵抗が大きすぎる」

「伊神さん、それはどうでもいいです」

辻さんがパニックになっているので、なだめつつとにかくデッキのストップボタンを押す。

なんだか、溜め息が出た。

「……確かに、恥ですね」しかし、普通これを「いい思い出」だから流そう、と思うだろうか。どうやら仲宗根さんは、福本さんのことを相当変な人だと思っているらしい。

「ただの恥ならいいけど、ライブ終了後、問題になった。結局、このバンドは活動禁止を言い渡されて解散し、映研もライブビデオのダビングを自粛した。編集して、他のバンドの演奏はダビングしていたらしいんだけど……」

言いかけた伊神さんが振り返ると、入口の戸が開いた。開けたのはミノだった。そしてその後ろに、スーツ姿の二人。

「三野君、早かったね。いや遅かったのか」伊神さんは、突然の闖入者《ちんにゅうしゃ》に驚く様子もない。

「玉井さんからテープが届いたって連絡が来ねえから変だと思ってたら、仲宗根さんから電話があったんすよ」ミノがズカズカと入ってくる。福本さんともう一人が続く。おそらく仲宗根さんだろう。「……観ちまったんすか？　伊神さんと葉山はともかく、辻さんまで」

ミノの言葉に、後ろの二人は同時に「げっ」と漏らした。頭を抱えてうずくまっている辻さんを見て福本さんは天を仰ぎ、仲宗根さんはうなだれた。

「……あれじゃ確かにライブ禁止になりますよね」

僕が言うと、伊神さんは小さく首を振った。「違うよ。この人たちのバンドはあれのせいで解散させられたけど、翌年のライブ禁止とは無関係」

「えっ、そうなんですか」

伊神さんは答えず、福本さんを振り返った。伊神さんと目が合った福本さんが、頭を掻きなから説明する。「俺たちの後に出たバンドの誰かが舞台上からダイブして怪我したんだよ。客に受け止めてもらうつもりだったらしいんだけど、誰も受け止めなくて床に激突したんだと」

「君が三野君のお兄さんから聞いてきたんじゃないの？　翌年のライブは怪我人が出て禁止になったって。裸踊りで怪我人は出ないよ」

「裸踊りって言うなよ」福本さんは苦しそうな表情で言う。「忘れてぇよもう。あんなの」

「だからといって、今更隠したがるほどのことでもないでしょう。どうせ辻君はもう観たんだし、もう時効です。せっかくですから、ついでにダビングしてもらってはどうですか？」

「いいよ。要らねぇよこんなの」

「そう言えるのは、映像が残っているうちだけですよ」

福本さんはそれでも、嫌でたまらないといった顔で首を振った。

「まあ、本人の自由ですが」伊神さんは、特にこだわる様子もなく頷いた。「ところで、三人揃って来たのはどうしてですか？」

「ん、ああ。……君から連絡をもらった後、仲宗根に電話して」福本さんが悄然《しょうぜん》として答える。

「それで事情が分かったから、強引に仕事抜け出して一緒に来たんだよ。まったく、こんなことになってるなんて全然知らなかったよ。玉井のやつ、テープ返送したなら俺にも一言教えてくれりゃいいのに」福本さんは溜め息をつき、うんざりという調子で仲宗根さんに言う。「お前が三野の弟に頼み込んだんだって？　先に言えよそういうことは」

仲宗根さんは福本さんに言い返した。「俺はてっきり、お前が流そうとしてると思ったんだよ」

「じゃあ俺に言えよ。回りくどいことすんなよ」

「お前、言ってもやめねえだろうが。ていうかますます面白がるだろ」

「んなわけねえだろ。俺も忘れたいよあんなの。俺、必死だったんだぞ。二次会ってお前、長沢さんとか茜ちゃんも来るんだぞ。あんなの観られたら何言われるか分かんねえよ」

「俺の方がやばいよ。お前、俺は嫁に観られるんだぞ。変態だと思われたら即離婚騒ぎだよ」

「じゃ誰だよ流すって言ったの？　小田っちか？　サモハンか？」

「ダビデだよ。絶対あいつだよ。あいつだけだよいい思い出だと思ってるの」

誰だそれは。

どうやらすべてバレているらしいと知って肩を落としていたミノだが、後ろでわあわあ言い合う二人を見ているうちに馬鹿馬鹿しくなってきたらしい。肩をすくめて、頭を掻きながら辻さんに言った。「辻さん悪かったなあ。問題のとこだけ消したらすぐ返すつもりだったんだけど」

辻さんは声をかけられても反応せず、「記憶、消したい……」などと呟いている。

僕は一応、ミノに確かめておくことにした。「業者に渡して修復してもらう、って言ってたのはそういうこと？」

「ああ。直った、つって返すつもりだったんだよ」ミノは頭を掻く。「全部済んだら玉井さんとか福本さんにも説明するし、仲宗根さんに金出してもらってＤＶＤ化してもらう、っていう約束だったんだが」

「なかなか面白かったよ。君らしい凝り方で」伊神さんはにこにこしている。「普通なら、問題のテープだけ梱包時にこっそり抜けないか、と考えるところだよ」

「別に凝ったわけじゃないっすよ。仲宗根さん、二〇〇〇年のテープが何本あるかとか、どれに問題の映像が入ってるかとか、何にも分からねえって言うから」

二〇〇〇年のテープを全部回収するとなれば、隙を見てこっそりと、とはいかないだろう。

ミノは机の上の箱に目をやる。「どうしようかって思ったんすけど、家にちょうどいい段ボールがあったし、バンドやってる昔の友達から、そいつの高校の文化祭のライブビデオ借りられたんで。……いやあ、バレねえと思ったんだけどなあ」

「伊神さん、なんだか最初から気付いてたみたいだったよ」そう言った僕は、伊神さんが仲宗根さんたちの結婚云々を気にしていたことを思い出した。「そういえば伊神さん、どこまで事情、分かってたんですか？　僕はてっきり、ライブ禁止が何か関係あるのかと」

「犯人が、映研のテープにそこまでこだわった、っていうこと自体が不思議でね」伊神さんは、戸の前で喋っているOB二人にちらりと視線をやった。「怪我人が出るような大事件なら、テープ以外にも証人なり記録なりが残っていてもおかしくないし」

「でも、どうして披露宴とか、そういう話だって分かったんですか？」

「なに、ちょっと聞いたことがあるんだよ」伊神さんは肩をすくめた。「タレントにでもならない限り、過去の映像が必要になるのは一生に一度。披露宴の時ぐらいなんだってさ」

「……それ、なんだか絶望的な気分になりますね」

「そうでもない。たまに引っぱり出して盛り上がるから楽しいんだと思うよ。ああいうものは」

伊神さんはそう言って、親指でＯＢ二人を指す。福本さんと仲宗根さんはすでに笑顔で、僕の知らない固有名詞を交えて昔話に花を咲かせていた。

■お届け先には不思議を添えて

似鳥鶏さんは一九八一年千葉県生まれ。『理由《わけ》あって冬に出る』で第十六回鮎川哲也賞に佳作入選し、二〇〇七年に同作品を創元推理文庫から刊行してデビューを果たしました。ミステリの世界では、登場人物は往々にして単なる駒として使い捨てにされがちですが、しかし『理由あって冬に出る』からは、作者がすべての登場人物にひとしく興味や愛情を持っていることが伝わってきました。こういう応募者は、実は珍しい。奇妙である意味大胆なタイトルも、遊び心が感じ取れる好ましいものでした。

市立高校の芸術棟で発生した幽霊騒動の謎を、主人公の葉山君や名探偵の伊神さん、演劇部長の柳瀬さんらにわか高校生探偵団が解き明かすデビュー作は好評を博し、二〇〇九年にはシリーズ待望の続刊『さよならの次にくる』を刊行しました。まだ三冊しか著書のない新鋭ですが、二〇一〇年には講演会（大阪大学推理小説研究会主催）やインタビュー（明治大学推理小説研究会機関紙《一方通行》収録）の依頼を受けるなど、人気が高まっています。

現在、似鳥さんはシリーズ作品集『まもなく電車が出現します』の刊行に向けて執筆中ですが、本書収録の「お届け先には不思議を添えて」はそれとは別に、このアンソロジーのために書き下ろして戴いた、シリーズ最新作です。映像研究会が発送した箱の中身が、先方に到着した段階ですり替わっていた——しかし、すり替える機会があったとは思えない。犯人はいつ、どうやって中身を入れ替えることができたのか?という、不可能興味漂う力作です。残念ながら、シリーズ中最高の人気を誇るあのひとは登場しませんが、その代わり（?）主人公である葉山君の妹が初登場しますので、ファンの方は読み逃せない作品になっています。

ボールがない

UBAYASHI SHINYA
鵜林伸也

扉イラスト◎平沢下戸

「ダリぃ。激、ダリぃ」

そう言って最初に音をあげたのは、ピッチャーのケンジだった。一年生には見えないくらい、いいガタイをしているが、根性はない。体力がないわけじゃない。我慢強くない、ってだけだ。というより、誰だって少々のしごきには耐えるし、耐えなきゃ、甲子園出場経験もある野球部にはいられない。ただ、あまりにも作業が不毛で、先が見えなくて、ダルいのだ。

「おいおい、そう言うなよ。こっちまで、ダルくなっちまうじゃないか」

そうたしなめると、ケンジは俺のほうを睨《にら》んで、

「うるせーぞ、ツカサ！　ダルいもんはダルいんだから、ダルいっつってなにが悪《わり》ぃんだよ。んな文句言ってるくらいなら、とっとと探せよな」

いいや、ぶつくさ言って探してないのはそっちだろうが……と言いかけたけれど、どうせ言い返されて終わり。ダルい。それなら、とっとと探すべきなのは、まちがいない。

実際、俺たちがこんなやりとりをしているのが耳に入らないのか、外野手の御園治憲《みそのはるのり》、ノリは、地面にしゃがみこんで、黙々と探している。しかし、さっきから同じところばかり見てい

ないか？　まるで、アリの行進を眺める小学生のようだ。

「しかしまー、なんでこんだけやって、見つからないかねぇ」

腰が疲れたのか、立ち上がって伸びをしているのは、マネージャーの三輪《みわ》葉子《ようこ》。連帯責任というわけで、こんな遅い時間だというのに、ライトに照らされたグラウンドを一緒になって探してくれている、いいやつだ。

「もう、あんたらとっとと見つけなさいよね。早く帰りたいんだから」

そう言って葉子は、しゃがみこむ俺のケツを蹴り上げた。両手を腰にあてている。口答えすれば、どうなるか。だからなにも言わない。三輪葉子様はいいやつ。そういうことにしておく。

それにしても、本当に、見つからない。ボールが。気が変になりそうだった。学校のすぐ隣にある、野球部専用グラウンド。その中を、いったい何周探し回ったか。二十人はいる一年生が、目を皿のようにして、直径七センチあまりの白いボールを探している。しかし、見つからない。非常に、ダルい。腰をかがめ、いく度同じ茂みを手で探ったか。バックネットの裏側も、何度も見た。数えまちがいじゃないか、とさっきからもう一人のマネージャー、佐倉《さくら》菜々美《ななみ》は何度もボールを数え直し、そしてそのたびに、ため息を吐《つ》いている。それもこれも、ケチな監督がいけないのだ。ケチな監督を不機嫌にさせた、二年生たちが悪いのだ。ボールが見つかるまで帰るな、だって？　ふざけるな！　しかし、そんなことを言っても、なんの解決にもならない。とにかくボールがない。どこにもない。まるで、誰かが魔法をかけてしまったかのように、ボールが消えてしまった。コンタクトレンズを探すわけでも、ダイヤの欠片《かけら》を探すわけでもない。拳くらいの大きさの白いボール。なのに、見つからない。

不意に一人が、ばね人形のように立ち上がった。キャッチャーの小栗康介《おぐりこうすけ》だ。

「これは、ミステリーだ」

眼鏡が少し、斜めにずれている。ダルすぎて、頭がおかしくなったんじゃないだろうか。とにもかくにも。

「ボールがない」

この物語は、そういうごくごくつまらない、しょーもない、しかし、俺たち部員にとっては冗談じゃないほど切実な話である。


日泉《にっせん》工業高校野球部。同じ県出身で、ちょっとでも高校野球を見る人間ならば、一度くらいは聞いたことがある名前だろう。昔はよく甲子園に出場していたし、一度、夏の甲子園で準決勝まで勝ち進んだこともあった。あまり活躍しているとは言えないが、何人かプロに進んだOBだっている。ただ、四年前に春の選抜甲子園に出て以来、ここ何年かはよくて県大会ベスト4止まり。そろそろ「強豪」というよりは「古豪」と呼ばれるほうが多くなってきている。だって最近は、私学がめちゃくちゃ強い。県内外から有力選手を集めてくるし、設備だってすごい。ウチだって、夜間練習のできる専用グラウンドがあるんだから、設備じゃ負けてないが、選手は基本的に地元出身だ。甲子園に出ていたころは、その知名度で県内の有力選手が集まったらしいけど、しょせんその程度。最近の私学は、全国各地から選手を集めてくるし、それがまた、小学生のころから野球で飯を食うつもりでやってる連中だ。なかなか敵《かな》うもんじゃない。

そして俺が、なぜ日泉工業高校野球部に入部したのか。バリバリやっている私学の野球部で、生き残れるかどうか不安だったのは事実だ。でも、それだけじゃない。半分は、下降線を描きつつある名門校を自分の力で復活させたい、という気持ちだった。

日泉が最後に甲子園に出た四年前。当時俺は、小学生だった。左のいいピッチャーがいて、右打者の膝元にびしっと投げるストレートが、たまらなくかっこよかったのだ。体は小柄だったけど、常に強気の表情で、打たれても決して下を向いたりしなかった。結局、ベスト8まで進んで負けてしまったけれど、あのときは熱心に応援したものだった。もちろん、県の代表は毎年応援する。でも、あの年は特別だった。

俺だって、自信がないわけじゃない。部活野球ではあったけれど、中学時代は四番でショート。チームは県予選の三回戦で負けたが、俺はノーエラーで打率は五割。メンバーにさえ恵まれれば、もっといける、と思っていた。甲子園なんて、テレビの中の別世界のよう。でも、必死になってがんばれば、やれるかもしれない。そう信じていた。

で。四月になって。

いやはや、とんでもなかった。

やっぱり、別世界は別世界である。

まず、ノックの打球スピードが半端ない。硬球だぞ、硬球。あのスピードで下手に当たれば、骨折れるって。イレギュラーバウンドとか、マジで怖い。びびって腰が引けたら、「びびってんじゃねぇぞ、ボケェ！」と、怒声が飛ぶ。この人はヤクザか、と思ったら監督だった。だが、俺のあとにノックを受けた二年の先輩は、まったくびびる様子も見せず、華麗に捌《さば》く。三遊間の深い打球も、ノーバウンドで一塁へ送球。とんでもなく上手い、と思ってみていたら、試合ではベンチ入りすらしていなかった。当然、三年生のレギュラーショートは、それよりさらに上手い。スイングも鋭いのに、打順は八番。二年後、自分はあの場所に立っている？　あんな華麗な守備を見せている？　とてもじゃないが、想像できない。気が遠くなりそうだ。けど、そんなチームも、夏の県大会では準々決勝で負けた。相手チームのショートがそれ以上に（本当にもう、同じ人間とは思えないくらい）上手かったのは、言うまでもない。

俺がチームを引っ張るぜ、なんて気持ちは、三日で失せた。とんでもないところへ来ちまった、と思い、しかし、始めたからには意地でも辞められるか、と思い、引っ張るなんてとんでもなく、ただただ毎日の練習についていくのが精一杯。筋肉痛に顔をしかめ、監督や先輩のしごきに耐え、ひたすらこの苦痛の日々が早く過ぎ去ることを望むのみ。はじめは四十人以上いた新人部員も、十人以上辞めた。今日の練習でも、久しぶりに顔を見たな、ってやつが現れたが、結局練習の途中から姿が見えない。明日からはもう来ないだろう。

そんな俺たち野球部は、世間から見れば、やはり少し浮いているらしい。そりゃそうだ。土日も放課後も、休みなんてなし。朝から晩まで、体をいじめ続ける。練習が終わって、疲れてへたりこまない日はない。

クラスには、帰宅部のやつらもいる。まぁ、当たり前に世間話はする。アイドルやバンドの話だってするし、テレビの話もする。だが、根本的なところで、どこかすれちがうのだ。絶対に、チケットを買って土曜日にライブに行こう、なんて話にはならない（絶対に、絶対に練習だ）。夜六時、七時のテレビなんて、まず見る対象にならない。その時間は確実にボールを追っている。

心に植えつけられた野球至上主義とでも言おうか、野球教に洗脳された信者とでも言おうか。毎日忠実に教えを守り、修行に励む信者たちと同じように、毎日野球の練習をすることに、疑いを持つことすらない。というか、疑いを持つ余裕すらない。これがなんの役に立つんだ？どうあがいたって、プロ野球になんて進めないことは、もう分かってる。なのに、これだけ必死に練習して、なにか役に立つのか？――なんて考えると、つらくなるのだ。だから、考えない。ただ、体を動かす。

ひたすら野球。エロに興味はあれど、恋愛なんて縁がないし、仲間たちに友情を感じないわけではないが、それは甘ったるいものではない。

いわゆる「甘酸っぱい青春」ってやつとは、一切無縁の生活なのである。

さて。秋大会も終わり、いよいよ冬がやってくる。クリスマス？　お正月？　そんなのは関係ない。とにかく、冬。とにかく、きつい。夏の練習だって十二分にきつかったが、冬はその比ではないらしい。ボールさえ使うことはない。とにかく走り込み、ウエイトトレ。アメリカンノックにひーひー言ってたら、先輩に「冬はこんなもんじゃない」と言われた。そりゃ、地

なく冬を迎える。

今日は、県外の強豪校へ出かけて、三校交流の練習試合だった。この秋最後の練習試合で、今日でボールを使った練習は終わりを告げる。例によって例のごとく、監督が大型バスを運転して生徒を連れていくのだが、人数に制限がある。部員は、一年、二年それぞれ三十人ほど。バスは四十人乗りなので、二十人ばかりあまる。一軍、二軍みたいなもんだ。当然俺は、居残り組。二年生マネージャーは試合についていき、一年生マネージャー二人が学校に残った。鬼の居ぬ間、というのはまさにこのことだ。副顧問の須藤《すどう》先生はいるものの、マイペースな人で、本職の野球指導者じゃない。節目の日だから、なんて言って、部室脇の側溝の蓋を開けたり、脚立《きゃたつ》を持ってきて部室の屋根に登ったりしている。掃除をしているつもりのようだが、物を右から左へ動かすばかりで、ちっともきれいになったようには見えない。須藤先生が掃除に熱中しているものだから、俺たちはのびのびと練習をした。いやむしろ、明日から地獄だ、という思いの下、悲壮な顔つきで最後のパラダイスを楽しんだ、というほうが正確だろうか。そう思うと、フリーバッティングはもちろん、ノックでさえ名残《なごり》惜しくなるから、不思議なものだ。

しかし、受難はここからだった。うちは、公立校であるせいか物品の管理にはうるさい。ボールだって、ちょっと縫い目がほつれたくらいでは、捨てない。マネージャーが縫う。それでもどうしようもなくなったボールは、皮を剝いで芯だけにし、ビニールテープを巻いて、トスバッティングに使う。そもそも監督がボールの管理に厳しかった。だから、練習後はいつもボールの数を数え、あまりに足りなければグラウンド中を探した。

弱小校ならいざしらず、甲子園を狙おうかという学校じゃ、まず聞かない話だ。監督曰く「ボールが欲しけりゃ甲子園行け」とのこと。保護者やOBからの寄付金がどっさり来るらしい。いや、その前に、この面倒くさいボール管理の時間を練習時間に回さなきゃ、甲子園なんて行けないよ、と思う。

試合に行く前に監督から「今日は百球だけでやれ」とボールを渡されていた。たった二十人とはいえ、トスバッティングをするには足りないくらいの数だが、ボールが少ないほうが一球への集中力が増す、というのが監督の持論だ。

日が沈むころになって、バスが帰ってきた。

ところが、である。

監督が、まっ先にバスから降りてきた。その顔が、まぁえげつなかった。「おかえりなさい」と声を掛けた須藤先生の顔が、瞬時にひきつったほど。酒でも飲んだのか、と思うくらいの真っ赤な顔。常に右頬がぴくぴくと痙攣している。後続の先輩方は、しょんぼりと肩を落としていた。どうやら練習試合でこっぴどくやられちまったらしい。

肩をいからせて、監督がグラウンドへと歩いてくる。ちょうど、練習が終わったところだった。マネージャー二人がボール籠のそばにおり、他の部員はボールを探してグラウンドに散っている。その様子を見た監督は、

「おい、マネージャー」

おい、というところは、うぉい、と表記したほうが正確かもしれない。

「ボール、いくつだ」

「九十九球です」

その瞬間、監督の眉が釣り上がった。

「……ボケどもがぁ！」

来る、と思ったんだよなぁ……それでも、びびっちまう怒声。

「今日はボール使う最後の日やぞっ！　いい加減にせんかぁ！　おまえら、百球そろうまで今日は帰るな！」

……と、いうわけで、今に至るのである。


ボールを探し始めて、はや一時間が過ぎた。日はすっかり暮れて、照明が煌々《こうこう》とグラウンドを照らしている。ボール一個よりも、絶対に電気代のほうがもったいないよな、と思うのだが、そんなことを言ったら、ぶん殴られかねない。

さすがに今は、手を上げることはないが、昔はしょっちゅうだったらしい。ときどき顔を出してくれるOBさんから聞いた話だが、あるピッチャーが、練習試合でバントに失敗した。スリーバント失敗、ツーアウト。「こっち来いやぁ！」と監督に怒鳴られて、「はいぃ！」と走っていったら、往復ビンタ三発、鼻血。ティッシュを鼻に詰めて、次の回もマウンドに上がったらしい。恥ずかしかっただろうなぁ。でも結局、三者凡退におさえたっていうんだから、すごい話だ。

監督はとっくに職員室へ戻っている。残された俺たちは、おとなしく粛々《しゅくしゅく》と、ボールを探す。はじめは、すぐに見つかるだろう、とタカをくくっていた。いつもボールを探しているグラウンドだ。よくボールが見つかる場所は、だいたい分かっている。二十人で探せば、すぐ見つかるだろう、と思っていた。

だが、予想に反し、ボールは見つからない。みんな、足取りが重い。口数も減った。腰をおろして茂みを探すのに「よっこらせ」と声を出したくなるほど、緩慢な動き。ケンジじゃなくたって、文句の一つも言いたくなるだろう。

疲れと苛立ちで、思考がどんどんおかしくなる。本当に、なにかのマジックなんじゃないだろうか。つまりミステリーだ。ボールは、ミステリーサークルにとらわれて異次元へと紛れ込んでしまったのだ。あるいは誰かが魔法をかけて、ボールを一つ消し去ってしまったにちがいない！

なにをバカなことを、と、俺は俺の考えを否定した。

だが、否定しなかったやつがいた。

「これは、ミステリーだ！」

そう叫んで突然立ち上がった、キャッチャーの小栗康介。みんな、コースケと呼んでいる。眼鏡をかけているうえ、体格も華奢《きゃしゃ》。見かけはおよそ野球部らしくないやつだ。中学時代は県の準決勝まで残ったらしいが、きっとメンバーに恵まれたのだろう。セカンドへの送球は山なりだし、バッティングもまるで迫力なし。練習で一度、本塁クロスプレーになったことがあった。サードから突っ込んできたのは、ごつい体の三年生。すわ、どうするか、と思ったら、なんとコースケは、先輩の突進をひらりとよけた。もちろん、タッチもせずに。さすがにあのときは、監督にケツを蹴り上げられていた。

配球こそ上手いが、取り柄はそれだけ。いったいなんで、こんな名門野球部にいるのか、さっぱり分からない。どうせ夏には辞めるさ、と思っていたが、なんだかんだで秋まで続いている。すぐに「論理的に言って」だの「効率的な」だのと御託を並べる。本当におかしなやつだ。

「うるせぇんだよ、バカ!」

と、声をあげたのは、ケンジだった。練習態度はお世辞にも真面目とは言えないが、能力はピカ一。中学時代は、学校の軟式野球部ではなく、硬式ボールを使うシニアのチームに入っていたから、顔は知らなかった。だが、四月に「沢村《さわむら》健二、ポジションはピッチャーです」と自己紹介をした瞬間、ああ、俺たちの世代のエースはこいつだろうな、と思った。そういうやつだ。今日だって、朝遅刻したもんだから監督に怒られて、居残り組にさせられただけ。そうじゃなけりゃ、きっと先輩をおしのけて、出番をもらっていたことだろう。

「しょうもないこと言ってっから、やる気なくなっちまったじゃねーか」

帽子を逆にかぶったケンジは、手をついてグラウンドに座り込んでいる。元から、やる気なんてない。

「やる気がないのは、僕も同じさ」

腰に手をあてて、物怖《ものお》じすることもなくコースケは言う。「こんなくだらないこと、いつまでも続けるのは、嫌だ。だから、もっと効率的な方法を提案したい」

ふむ、と唸《うな》って、ケンジはコースケを見上げた。「それについては、同意見だな。効率的な方法ってのには、興味がある。まぁ、座れや」

促されて、コースケは腰を下ろす。ついでだ、おまえらも座れ、と近くにいた俺とノリも座らされた。一塁側のベンチの近く、茂みのすぐ横に、高校球児四人が腰を下ろす。きっと周囲からは、茂みの中を探しているように見えるだろう。

「効率的な方法って、なんだ？　聞かせろ」

「やみくもに探すのは、ばかばかしい。もっと論理的にいこう、ってことさ」

と、人差し指を立てて、コースケは言った。

「論理的？　頭を使おうってか？　よく分かんないけど、まぁ、やってみろや」

ふんぞり返ってケンジは言う。コースケは、真面目くさった顔で切り出した。

「じゃあまず、論を進めるにあたって、一つ同意を得たい」

「なんだ？」

と、ケンジが尋ね返す。

「このグラウンドの中には、もうボールはない、ってことさ」

「なんだって？」

と、俺は思わず大きな声をあげてしまった。片眉を上げて、コースケは言う。

「別に、驚くことじゃないだろ？　二十人がかりで、一時間も探して見つからないんだ。いくらグラウンドが広いからって、地面に埋まってるわけじゃない。探すところも限られている。ということは、このグラウンドの中には、もうない」

「なるほどね。それは分からないじゃないな」

と、ケンジは腕を組んでうなずく。

「グラウンドの中に、ボールはない。だから、グラウンドからボールがどうやって出ていったか、その可能性を論理的に考えていこう、というわけさ」

なるほど、と俺はうなずく。どんな結論になるかは想像もつかないが、このままやみくもに探すよりは、まだましなような気がする。なにより、単純で不毛な作業に、俺だって飽きているのだ。

「グラウンドの外へボールが出る機会っていえば……やっぱ、ホームランだよな。ほら、実戦形式のフリーバッティングで、ノリがケンジからでっかいの打ったじゃないか」

そう俺が言うと、ノリは四角い顔の仏頂面のまま、「おう」と、小さくガッツポーズをしてみせた。ケンジはちぇっと舌打ちして横を向く。フリーバッティングなのに、ケンジは本気で投げて、俺たちは誰もまともにヒットを打てなかったんだ。ところが、出会い頭とでもいうべきか、ノリのアッパースイングにちょうどボールがぶつかって、見事レフトオーバーのホームラン。ノリのスイングは、なんといったらいいか、まるでロボットみたいにかくかくしていて、いつもはちっとも当たらない。たぶん、ノリがあんな見事なホームランを打ったのは初めてで、珍しく大きくガッツポーズをしていた。それもまたロボットのようでおかしくって、みんなで笑ったっけ。

俺は声をあげる。

「たしか、今日の練習で、外野フェンスを越えたのは、あれ一度きりだったろ？　きっとあのまぐれ当たりのせいだぜ！」

レフト側の外野は、雑木林になっている。

「なるほど！」

と、ケンジが叫ぶ。

しかし、軽く首をかしげて、ノリは言った。

「でも、あんときたしか、三輪さんがボール取りに行ってたけど」

よく見てるもんだ、と俺は感心する。

んじゃ聞いてみよう、と、ケンジは猛然とダッシュ。あっという間にマネージャーの三輪葉子を連れてきた。

「御園クンのホームランボール？　ええ、取りに行ったわよ」

両手を腰にあてて、いつものように仁王立ちで葉子はうなずく。

「で？　見つからなかったんじゃないか？　足りない一球は、それなんじゃないか？」

んもぅ、と葉子は頬を膨らました。

「もしそうだったら、さっさとそう言ってるに決まってるでしょ！　私がちゃんと見つけて、元に戻したわよ！　バッカじゃない！」

きりっとした目鼻立ちで、笑っていると美人だが、睨まれると怖い。「あ、それもそうか」と間の抜けた返事をすると、さっさと探しなさいよね、と言い捨てて葉子は、ショートカットを揺らして行ってしまう。

「バカって言われちまったじゃねぇかよ！」

と言って、ケンジはコースケの頭にげんこつを振り下ろした。

「痛いなぁ、ホームランを持ち出したのは、ツカサだろ。僕はなにも言っちゃいない」

おまえか、と今度は俺がこづかれた。

「しっかし、バカじゃない、とは相変わらず、葉子はきっついなぁ」

殴られた頭を撫でながら俺が言うと、

「いや、意外とああいうタイプは、惚れたはれたになると、しおらしいもんだぜ」

腕組みしながら、もっともらしくケンジが言う。そういや、ケンジと葉子が付き合ってるんじゃないか、なんて噂もあったっけ。試合での活躍も、マネージャーの愛も、結局はエースに持ってかれるんだ、と思ったものだった。

「口ではぶつくさ言ってるけど、仕事は熱心だしね」

と、ノリも言う。たしかに、それは認める。もう一人の一年生マネージャー、佐倉のほうが、いつもにこにこと笑顔が多いし、白いもち肌で（ついでに言うと、巨乳で）部員からの人気も高いが、「これ、重いから運べなーい」とか「針仕事苦手だからできなーい」なんてよく言っている。それに比べ葉子は、仕事はさっさと済ませるし、手際もいい。口ではきつく言いながら、つらい仕事は率先して引き受けて、佐倉に楽な仕事を回そうとすることすらあるくらいだ。最上級生になったら、マネージャーたちを仕切るのは、まちがいなく葉子だろう。

「とりあえず、ホームランじゃねえ。まさか、ファールってこともないだろ？　ファールゾーンはさんざん探してるし」

そうなのだ。もともと一塁側には、すぐそばに住宅地があるため、プロの球場でも滅多にない、というくらいフェンスが高い。そそり立つ、という表現がぴったりで、あのフェンスを越えるような打球は、半年間で数回しか見たことがない。三塁側はブルペンやなんかがあって広いから、こちらもフェンスを越えることはないだろう。バックネット裏には部室や物置なんかがあるから、その陰に紛れ込んだ可能性はあるが、もちろんその周辺はすでに探されている。グラウンドにない、という論理を認めるならば、ファールゾーンにもないはずだ。

「論理的に考えて、グラウンドの外へボールが出るのは、ホームランやファールのときだけじゃないさ」

眼鏡をくいっと上げてコースケは言う。

「たとえば、縫い目がほどけたボールは、どうなるか」

あ、と俺は声をあげた。「一個ほどけかけたボールがあったから、マネージャーに渡したぞ！　佐倉に渡した！」

「なるほど！」

と叫んで、またケンジはダッシュ。今度は、佐倉を引っ張ってくる。

しかし、返ってきた反応は、葉子と同じ。

「んもぅ、私たちだってカウントしてるんだから、もし返してないボールがあったら、覚えてるわよ。あのボールは、すぐに私たちが縫って練習球に戻しといたわ。今日は他にほつれたボールはなかったから、やっぱり百球あるはずなのよ」

薄っぺらいジャージ姿の佐倉は、頬をぷうっと膨らませて言う。

コースケはしたり顔で、

「いや、論理的に考えて、こうなるんじゃないかとは思っていたよ。佐倉さんの言う通り、マネージャーが預かったなら、彼女らがそれを忘れるはずはないからね」

と、落ち着いた口調で述べる。おい、本当にそう思ってたのか？　今思いついた言い訳じゃないのか？　だが、言っていることには筋が通っている。俺は黙るしかない。

「つーか、頭で考えたって、結局なにも分からなかったじゃねぇか。どうすんだよ、コースケ」

ケンジが詰問する。だがコースケは、ここからが本番さ、と言ってにやりと笑い、語り始めた。

「ボールが見つからない。これは、今までほとんどなかったことだ。ボールがよく隠れている場所、たとえば茂みやベンチ脇の溝のことはみんなよく知っている。だから、そういう場所をしっかりと探せば、いつもならばボールは出てくるはずなんだ。しかし、今日に限って出てこない」

「なにが言いてぇんだ？」

唇を尖らせて、ケンジが問い詰める。

「難しいことじゃないさ」と、コースケは言う。「論理的に考えよう。今日に限って、ボールが見つからない。じゃあ、今日特別にあったことは、いったいなんなのか。それを考えれば、答えに近づくんじゃないか、と思ってね」

「なるほど！」と、俺は声をあげる。「今日は、練習試合があった！」

「それは関係ないだろ」

と、ノリの冷静な突っ込み。

「そうそう。先輩たちが練習試合に行ったからって、ボールの数には関係ないだろ？　他に、なにか変わったことあったっけ？」

ケンジの言葉に、一同顎《あご》に手を置き、考え込む。まったく、不思議な光景だ。甲子園を狙う高校球児なんて、脳味噌まで筋肉でできているような連中じゃないか。それが、体を動かさず座り込んで、頭を働かせている。

——おっと。一人だけ、例外はあるか。

キャッチャーだけは、いつも、座り込んで考えているポジションだ。

「あ」

黙考十数秒、一番はじめに声をあげたのは、ノリだった。「掃除だ」

「掃除？」

と、俺は問い返す。

「そうか、側溝か！」

そう叫んで、ケンジがいきなり立ち上がった。

「どういうことだよ？」

「わかんねーのかよ、ツカサ！　今日、須藤のやつ、節目の日だからって普段開けない部室脇の側溝の蓋開けて、掃除してたろ？　きっと、ファールボールがそこに飛び込んだんだ！」

たしかに、今まであんなところにボールが落ちたことはない。誰も、側溝なんて開けたりしないからだ。まちがいない、あそこだ！と叫んで、みな走る。その様子に他の連中も三々五々集まってきた。ケンジが（まるで自分が考えたかのように）堂々と推論を語ってみせる。

「よぉし、おまえら、とっとと蓋を開けるぞ！」

「おうっ！」

全員、拳を振り上げる。さすが、野球部だ。コンクリでできた蓋はやたら重いし、掃除をしたはずなのに、側溝の中は泥でいっぱいだ。しかし、屈強な体躯《たいく》を生かし、一糸乱れぬ動きで、あっという間に蓋は開けられる。大騒ぎの下、泥の中が浚《さら》われた。

が、しかし。

頬に泥をつけて、仁王立ちでケンジが叫ぶ。

「見つからねぇじゃねぇか、バカヤローッ！」

「――ったく、あんたたち、そんなこと考えてたのね？」

呆れたように腕を組んでいるのが、葉子&佐倉のマネージャーコンビ。

唇を尖らせて、ケンジは「ちぇっ」と地面を蹴っている。

「言いだしっぺはコースケだよ。全部コースケが悪ぃんだよ」

そう言ってケンジはコースケをねめつける。しかしコースケは、どこ吹く風と平気な顔だ。

ただ一人、ノリだけが黙々と側溝に蓋を戻している。ホント、生真面目というかなんというか。トンボかけだって率先してやるし、練習終わりには、マネージャーに交じってボールを拭いていたりする。他の部員は誰一人としてそんなことをしない。本当に、いいやつ。あとはただ、野球の才能さえあればなぁ。

そんなノリには目もくれず、ケンジは言う。

「とにかく、もうボール探しはダリぃんだよ。なんとか頭振り絞って、さっさと見つけようぜ。おまえらも、知恵貸せ」

「ま、私たちも早く帰りたいのはやまやまだしね」と葉子は言って、佐倉に向かってうなずいた。「てかその前に、御園クンと一緒に蓋、戻しなさいよね」

女王からのご命令。さすがのケンジも従って、四人で蓋を元通りにする。華奢なコースケはふらついていて、足元が危なっかしい。

「今日あった特別なこと、っていう考えは、そんなに悪くないと思うのよねぇ」

　左手を腰にあてて、葉子は言う。

「だろ？　この側溝の中にあっても、おかしくなかったと思うよ。論理的にはまちがっちゃいない。だから、実際に調べた。そして、なかった、というだけさ」

　バッターの読みを完全に外したけど、結局打たれた、みたいな言い草だ。どんなに上手く配球したって、打たれちゃ一緒だよ。

「じゃあ、他に今日特別にあったことって、なんだろ？」

　改めて佐倉は、頰に指をあてて思案している。

「御園クンがホームラン打ったこと？」

「それはもう出たって」と、俺は口を挟む。「ノリのホームランボールは、ちゃんと見つかったんだから」

　横で、葉子がウンウンとうなずいている。

「他は……阪木《さかき》クンが久しぶりに来たこと、かなぁ」と佐倉。

「ああ、アイツね。でも、もう来ねぇだろうな」

　と、ケンジは無関心な様子で言う。

「だって、今日ぐらいの練習で、体の調子がって言っていなくなっちまうんだぜ？　冬とか、絶対もたないだろ」

「残念だなぁ、仲間が減るのは。いいやつなんだけど」

ノリは、少しうつむき気味で呟く。

そういえば、ノリは阪木とよく話していたっけ。仲がいい、ってほどでもないけれど、アップのときはよく一緒にキャッチボールをしていた。野球センスだけなら、ノリよりも阪木のほうがあったかもしれない。

「嘆いたって、しょうがねぇだろ」

ケンジは突き放すように言う。

「いいやつとかそんなの、関係ねぇよ。力があってレギュラーになるか、力がないけど続けるか、諦めて辞めるか。それだけのことじゃねーか」

ケンジの言葉は正論だ。ノリも黙っている。だが、自分自身のことを思えば……その通りだよ、と強く言う気にはなれない。

俺は、ケンジとはちがう。三年になったからって、レギュラーどころかベンチ入りすら怪しい。もっといえば、阪木のようにリタイアせずに、この冬を乗り越えられるかどうかさえ、不安でいっぱいだ。それは、ノリだって同じだろう。

けど、今の自分に、辞めてったやつらをいちいち振り返る余裕がないのも、たしかだ。少しでも脇を見れば、落伍してしまう。今俺がいるのは、そういう場所だ。

「でも、阪木クンが来たのって関係なくない？　だからって、ボールは減ったりしないでしょ？」

だが、佐倉の言葉にコースケはふと身動きを止める。

「うん……たしかに『来た』こととは関係ない。でも、『帰った』こととは関係があるかもしれないんじゃないか？」

「どういうことだ？」

問い詰めるようなケンジの言葉に、コースケは答える。

「論理的に考えれば、簡単なことさ。あいつ、球拾いしてたろ？　普通は、すぐに籠《かご》に入れる。でも、一球くらいはポケットに入れて、うっかりそのまま、なんて可能性もあるんじゃないか？」

「それだ！」

またケンジは叫んだ。まっ先に走る。俺たちはそれを追いかけた。

行先はもちろん、部室だ。

「阪木のやつ、ユニホームを持って帰ってなきゃいいけどな」

そうノリが呟く。

「ま、なんにせよ開けてみりゃわかるさ」

と言って、ケンジは濃紺の引き戸を勢いよく開けた。

「お」

と、ケンジは漏らす。阪木がユニホームを持って帰っていないことは、一目瞭然だった。

なにせ、本人自身がまだ帰っていないんだもの。

阪木は、ユニホームのままぶっ倒れて、ベンチにうつ伏せになっていた。腕をだらんと垂らして、身じろぎもしない。大丈夫か、と俺やノリが声を掛けるより早く、「ラッキー、まだいるじゃねぇか」と言ってケンジが、無造作にユニホームのポケットをまさぐる。ほんと、情け容赦ないやつだ。

しかし。

「くそったれめ！　ねえじゃねぇか！」

そう毒づいて、ケンジはベンチを蹴っ飛ばす。すると、その衝撃で阪木は目を覚ましたらしい。「ん、あ」と薄目を開けて呟く。

ケンジは苛立たしげに、

「やる気ねぇんなら、とっとと帰れよ！」

と、言い捨てた。阪木は慌てて、自分の荷物をひっつかむ。そして、ユニホーム姿のまま部室を飛び出していってしまった。

「もう……来ないだろうな」

阪木を見送って、寂しげにノリがぽつりと呟いた。

ケンジが力一杯引き戸を閉めて、ガタンと大きな音がした。

「今、阪木クンが飛び出してったけど、なにかあったの？」

扉の外で待っていた佐倉の問いかけに、ケンジは唇を尖らせる。

「あいつが部室でぶっ倒れてただけだよ。たいしたことじゃねぇ」

うか。

眼鏡の奥で眉間にしわを寄せている。ミステリに出てくる名探偵にでもなったつもりなのだろ

その横ではコースケが、顎に手を置き首を傾むけ「ここにもなかったか……」と呟いている。

ケンジの言葉に、葉子と佐倉はあからさまに肩を落とす。

葉子の問いに、ちぇっとケンジは舌打ちする。「ないよ。なかった」

「で、ボールはあった？」

「ったくよぉ、ほんの一球ボールがないくらいで、居残りさせやがって」

ケンジの言葉に、葉子もうなずく。

「ほんとほんと。いつもなら、一、二球くらいは大目に見てくれるのに」

「まぁ、今日は練習試合に負けて機嫌が悪い、ってことで、諦めるしかないんじゃない？」

と、佐倉も首を振りながら言う。

そのときふと、ノリが口を開いた。

「なぁ……そもそも、発想を変えてみないか？」

発想を変える、なんて、まるでコースケみたいな言い回しだ。

「どういうことだ？」

「ほら、なくなったボールを探している、っていうのが、今の俺たちの状態だろ？　でも別に、ボールが百球あればそれでいい話じゃん。部室を探せば、一球くらいボールが転がってないかな？　それを持っていって『見つかりました』って言えばいいだけじゃないか？」

「なるほど！」

と、またケンジは叫び声をあげる。

「論理的なやり方とは言えないけれど……まぁ、現状を考えれば、次善の策であることは否めないね」

コースケも肩をすくめて言う。

「よぉし、じゃあおまえら、一緒に部室を探そうぜ！」

だが、ケンジの呼びかけに、葉子と佐倉はもじもじと、意味ありげに目を合わせてその場から動かない。

「あんたたちだけで、探しなさいよね」

「なんで？」

「だって……ねぇ？」と、二人は口にもしたくない、という態度で顔を見合わせた。

実は一月ほど前、ちょっとした事件があったのだ。基本的に、部室は男子オンリーで、女子が入ることはない（女子は、部室ではなく校舎内の更衣室で着替える）。部室には、ユニホームやグローブ、スパイクなどの用具が置いてある。が、あるとき二年生マネージャーの一人が言った。「なんか、臭いわよ」と。

無理もない話だ。誰も掃除なんかしないし、飲み終わったジュースのパックや、パンの袋などがあちこちに散乱している。そして、汗臭い男たち、六十人。これで、臭わないほうがおかしい。

そこで一言「きれいにしなさい」と言ってくれればよかったのだ。だが、二年生のマネージャーは、葉子のごとき女王陛下ではなく、仏のように優しい方たちだった。マネージャー全員で、部員たちが練習している間に、こっそり部室を掃除してあげよう、と思ってくれちゃったのである。

ところが。ロッカーには、グローブなどの用具だけでなく、それぞれの私物が置いてある。まぁ、多いのは、マンガ雑誌。マンガ雑誌なら、問題ない。が、健全なる男子高校生であれば誰でも縁があるものが、何冊も置いてあったのだ。

「あれはないわよ、ねぇ！」と、二人は顔を見合わせる。

練習が終わった部員たち。部室に戻って、びっくらこいた。マネージャー全員で美しく片付けられた部室。ゴミは捨てられ、床は掃き清められ、ロッカーには余分なものは一つもなかった。

そして、各自のロッカーに放り込んであったエロ本が、整然と一つの棚に並べられていたのである！

「どうせまた、変な本が置いてあるんでしょ！　そんな部屋、入りたくないわよ！」

と言って、葉子は俺たち全員を睨みつける。まぁ、否定はしない。

「変な本ってなんだよ、え？　ちゃんと言ってみろよ」

と、唇を歪ませてケンジが意地悪く言う。すると、珍しく葉子は赤くなり、「バッカじゃない！」と言って、そっぽを向いた。「こんなところにエロ本置く男なんて最低よ！　ありえないわ！」

　葉子の言い分も、分かる。目撃して、気持のいいものじゃないだろう。だが、こっちだってばつが悪いのだ。自分のエロ本の趣味を女子に知られるとは……あれからしばらく、まともにマネージャーたちの顔を見ることができなかった。

　ちなみに、唯一ノリだけが、被害にあわなかった。なんでエロ本持ってないんだ？と先輩が尋ねたら、「僕は、家でゆっくり見る主義なんです」と、真面目くさった顔で答えてたっけ。「まぁいいや。じゃあおまえらは、外のロッカーとか物置を調べてくれよな。そこにだってボールはあるかもしれねぇし」

　一刻も早くこの場から立ち去りたいのだろうか、うん、とうなずいた瞬間、葉子はそそくさと去っていった。部室の外の、グラウンドから見て反対側の壁際には、ロッカーや水道がある。そのロッカーはマネージャーが管理をしていて、お茶やスポーツドリンクの粉末、アイスノンや救急箱、縫製道具など、マネージャーが使うものが一式置いてあるのだ。なにもすることがなければ、マネージャーはよくロッカーの前に座ってボールを磨いたりしているため、部屋ではないが、マネ部屋と呼ばれている。たしかに、そちらにボールが紛れ込むのも、ありうる話だろう。

　俺たちはまた、部室の中に戻った。

　せっかく片付けてもらったはずなのに、一か月足らずで部室は元の乱雑な状態に戻っている。片付けてもらったエロ本だって、再分配済み。というか、まっ先に元に戻された。だってあれは、ちゃんと個人の趣味趣向に合わせた、個人の所有物なんだから。まぁ、そんなこと口が裂けても女子には言えないけれど。

「さて、ボールが見つかりゃいいんだけどなぁ」

散らかった部室を眺め回しながら、ケンジが言う。

普通に考えれば、そうそう部室の中にボールはない。だって、監督の管理がうるさいのだから。しかし。

「今なら、ボールが見つかる確率はそう低くはない。そんな計算もあって、言いだしたんだろ?」

俺の問いにノリは、にっと笑みを見せる。

「うん。記念ボールブームがあるからさ」

記念ボールブーム。きっかけは、三年生が引退したあとの新チーム最初の練習試合でのこと。エースである佐伯《さえき》先輩は、気合いの入ったピッチングで見事完封勝利。さすがの強面《こわもて》の監督も「ナイスピッチング!」と称賛するほどの内容だった。

ことが起こったのは、試合後。汗を拭こうとする佐伯先輩に、例の仏のごとく優しい二年生マネージャーが、タオルとともに「はい、ウイニングボール」と、ボールを差し出したのだ。こっそりキャッチャーからボールをもらっていたらしい(相手グラウンドでの試合だったので、ボールが一球くらいなくなっても問題なかったのだ)。なんともいじらしい話だ。結局、それがきっかけで二人は現在、お付き合い中。このエピソードは女子に大うけで、佐倉を筆頭にきゃあきゃあ言っている。もっとも、そんな佐伯先輩のロッカーからももれなくエロ本は発見されていて、彼女さんもずいぶんショックを受けていたっけ。

そんなエピソードが広まって以来、なにかと、記念ボールを大事に持つ、というのが日泉野球部でブームになっているのだ。もちろん、プロの試合じゃないので、なかなか記念ボールを手元に置くことはできない。それでも「勝ち越しタイムリーを打った打席で内野席へ打ったファールボール」とか「練習試合で打ったホームランボール」とか、それ持ってて意味あるの？と突っ込みを入れたくなるようなボールを、何人かが持つようになった。佐伯先輩は、今でももらったボールをずっとカバンに入れて持ち歩いているらしい。だから、部室にボールがある可能性もある、というわけだ。

「っていうか、大事に持ってる記念ボールだろ？　それを勝手にパクっていいのか？」

「気にすることたぁねぇよ。記念ボールって言ったって、本当にそのときのボールかどうか、怪しいもんさ。持ってるとかっこいいもんだから、あとで別のボールを持ってきて『あのときの記念ボールだ』って言ってるだけだって」

そう言ってケンジは、ロッカーを片っ端から探っていく。それぞれのカバンさえ、勝手に開けて中を見ている。まぁ、そうしないと見つからないのも分かるが、ちょっとは遠慮しろよ、と思わないではない。

だが。

結局、誰のカバンからも、ボールを見つけることはできなかったのである。

「——まぁ、こうなるんじゃないか、とは思っていたけどね」

したり顔でコースケは言う。

「だって、今部室に荷物を置いているのは、練習試合に連れていってもらえなかった連中ばかりだろう？　ということは、必然的に記念ボールを持てるような活躍はしていないはずだからね」

たしかに、返す言葉もない。俺だって、練習試合にすらろくに出ていないし、出たとしても、目覚ましい活躍なんてしていない。記念ボールを持とう、という気にすらならない。

残念ながら、女子のほうも見つけられなかったようだ。葉子は、ジャージの上からジャンパーを羽織って、両手をポケットに突っ込んでいる。

「そのジャンパー、どうしたの？」

「寒くなってきちゃって。誰のか分かんないけど、ロッカーに一着だけあったから、拝借してきちゃった」

と、葉子は答える。時間も遅くなった。そろそろ、寒さが忍び寄ってくる。

「ホントもう、早く帰りたい」

ジャンパーがないから身を震わせて、佐倉が言う。

ちぇっ、とケンジは舌打ちをする。

「とにかく、ボールだ、ボール！　なんでまだ見つかんねぇんだ！　みんな、とっとと考えろ！」

　俺も、改めて腕組みをして、考えてみる。しかし、体を動かすことには自信があっても、頭を働かすことに関しては、まったく自信がない。あれこれと考えているうちに、思考はおかしな方向へ流れていく。そもそもなにか、おかしくないか？　これって、効率のいい方法、じゃなかったっけ？　なのに、側溝の蓋はひっくり返すわ、ケンジにこづかれるわ、葉子に睨まれるわ。疲れた。ぜんぜん、効率よくない。こうしている間にも、グラウンドを探していれば、見つかったんじゃないか？　なにか、おかしい気がするぞ？　とはいえ、相変わらず俺たち以外の面々はグラウンドに這いつくばっている。ボールはまだ見つかっていない。地道と論理と、どちらが近道なんだ？

　だが、そんな俺の気持ちにはまったく気付いていないらしい。人差し指をすっと立てて、コースケは言った。

「僕は、そもそも前提がまちがっているんじゃないか、なんていう気もしている」

「前提がまちがっている？」

　と、ケンジが聞き返す。コースケはうなずいて、

「そう。ボールがなくなった。それを、僕たちは探している。しかし、あまりに見つからなすぎるんじゃないか？　今日だけの突発事項という可能性も、つぶした。しかし、見つからない。これはいったいなぜなのか」

「いったい、なにが言いたいんだ？」

と、首をかしげてケンジは問う。

「可能性をつぶしていこう」と、コースケは切り出す。「グラウンド中探して、見つからない。つまり、グラウンドにボールはない。ホームランでもないし、ファールでもない。とすると残る可能性は、なにか理由があって、誰かがグラウンドの外へ持って出た、ということになる。たとえば、ほつれたボールを縫うため」

その言葉に、佐倉が小さくうなずく。

「しかし、持って出た人間は、そのことを申告する。だって、申告しないことによって、こうして居残りをする羽目になっているんだからね。だから、僕らが把握していないだけで、似たようなことが他にあったとしても、同じことが言えるだろう」

「もう、なにが言いたいんだかさっぱり分からねぇよ！　もっと分かりやすく言え」

と、舌打ちをしてケンジが言う。

「簡単なことさ。百球目のボールは、なにものかによって持ち去られた。そして、ボールを外へ持ち去った人物は、居残りをするような状況になってもなお、そのことを隠している。つまり、こうなることを見越して故意にボールを持ち去った、というわけさ」

コースケの言葉に、一同きょとんとした顔をして、動作を止めた。言葉が耳から入って、頭に到達し、ぐるりと一周回っているかのよう。本当に、自分自身を含めて、呑み込みの悪い人間ばかりである。

「故意……ってことは、わざとってことか？」

おいおい、それは同じことを言い換えただけだって、ケンジ。

「故意にボールを隠した……つまり、意地悪をして、ボールを見つからなくして、私たちが帰れないようにしてる、って言いたいわけ？」

「そこまでは言っていないけど、まぁ、簡単に想像しうる推論ではあるよね」

と、コースケはしたり顔で言った。うーん、さっきから本当に、妙に堂々としている。ま、普段から無駄に堂々としているが、そのプレーを見る限り、まったく根拠のない堂々。だが今は、やけにしっくりとしている。小難しい推理を振り回すほうが似合っているらしい。ホント、なんでこんなやつが野球部にいるんだ？　生徒会とか、演劇部とか放送部とかにいるほうが、よっぽど似合ってるんだが。

「信じられないっ！」と、頬を膨らまし葉子が言った。「ふざけんじゃないわよ！　なんで、そんな意地悪されなきゃいけないのよ！」

ポケットに右手を突っ込んで吐き捨てるその姿は、いっちょまえのヤンキーのようである。

まぁまぁ、と俺はなだめた。

「まだ、誰がやったかすら、分かってないんだしさ」

「そう、それだよ」と、ケンジも唾《つば》を飛ばして言う。「いったい誰が、こんなことをやるっつーんだよ？　ぜんぜん分かんねぇ」

「そうねぇ……」

と、小首をかしげて呟いたのは、佐倉だった。

「とにかく、今ボールを探してる部員たち、ってことはありえないわよね。だって、みんな早く帰りたいに決まってるんだし」

「それは、確実な根拠とするにはちょっと弱い論理だけど、まぁ、続けて」

と、コースケが言う。

「須藤先生、ってこともないわよねぇ。だいたい気が優しくって、そんなことするタイプに見えないもん」

「じゃあまさか……監督⁉」

葉子の言葉に、みんなはぴたりと動きを止める。ケンジが叫んだ。

「まさか……これもしごきの延長だっていうのかよ！」

「ありえないっ！　そんなの、男子だけにしてよね！　マネージャーは関係ないわ！」

「おい待てよ！　連帯責任だろーがよ！」

「なんですって！　男子が引き受けるぜ、みたいな自己犠牲精神、ないわけ？　あんた一人で探してなさいよね！」

……途中から、論点がずれた。睨み合うケンジと葉子を横目に、俺は言う。

「たしかに、監督が犯人っつーのは、リアリティーがあるなぁ。考えたくない話だけど、これもしごきのうち、って言われりゃ、納得はできる」

そう、悲しいことに、納得はできてしまう。だって、居残ってボールを探すなんて、しごきとしては生易しいほうだ。タイヤを引っ張ってグラウンドを走るとか、他校での練習試合後に学校までランニングとか、坂道ダッシュ五十本とか、日常茶飯事。そして、それがほんの些細な気まぐれで、いきなり倍に増えたりするのも、よくある話。

だが佐倉が、頰に人差し指をあて、「ちょっと待ってよ」と、口を挟む。

「たしかにそんなことしそうな監督だけど……それって、おかしくない？　だって、監督が練習試合から帰ってきたとき、私たち、ちょうど練習が終わって、ボール探してたわよね？　そのときにはもう、一球足りなかったわ。練習試合に行ってた監督が一球抜き取るなんて、無理じゃない？」

なるほど、たしかに佐倉の言う通りだ。コースケもうなずく。

「僕も、それは気付いたよ。だから、同じ理由で、二年生の先輩たちが、練習試合で負けた腹いせに、なんていう可能性もない。さっさと帰ってしまったからね」

「じゃあやっぱり、俺たちの中の誰かか、須藤先生？」

そうなのだ。今日は一日、俺たちと須藤先生しかこのグラウンドにいなかった。練習が始まってから、ボールを片付けるまで。だったら、犯人はそのうちの誰か、ということになるんじゃないか？

「いや、それもおかしな話なのさ」

と、クソ真面目な面持《おもも》ちでコースケは言う。

「たとえば、どうしても早く家に帰りたくない理由があった、あるいは、部員の誰かを早く家に帰らせたくなかった。あるいは、誰かとの待ち合わせを邪魔したかった、なんて理由で、僕らのうちの誰かが犯人、という推理も成り立つと思う。でも、それだってありえないのさ。だって、いったい誰が『ボールが見つかるまで、家に帰れない』なんて予想できたんだ？　練習試合に負けて監督が不機嫌になるとは限らない。ボールが一個足りないだけで、ここまで居残りする羽目になることだって、滅多にない。僕らのうちの誰も、それは予想しえないことだったんだよ」

噛んで含めるようなコースケの説明を、俺はなんとか順を追って理解する。

「言いたいことは分かったけど……監督は犯人じゃない、先輩たちもちがうし、私たちでもない、となれば、犯人がいなくなっちゃうじゃない」

佐倉の指摘はもっともだ。だが、にやりと笑ってコースケは言った。

「そう思うだろ？　ところが、たった一人だけ、犯人となりうる可能性を持つ人物がいるんだ」

もったいぶったコースケの口調。焦《じ》れたように「いったい、誰よ？」と、葉子が問い詰める。

「原点に戻ってみようよ。ボールが見つからないと帰れない、というのが、故意にボールを隠す動機を成立させる条件だ。しかし、その条件が発動されることは、監督が帰ってくる前には、誰にも知りえなかったことだ。けど唯一、例外がある」

「例外？」

「それはずばり、条件を作り出すことができる人物——監督自身、さ」

論理が、一周ぐるりと回って、元に戻る。

葉子が言った。

「でも、監督にはボールを隠すチャンスがないじゃない」

「ところが」コースケは、眼鏡をくいっと上げる。ライトに照らされて、眼鏡の端が光って見えた。「一つだけ、可能性があるんだよ」

「そっか！」まっ先に声をあげたのは、佐倉だった。「はじめから、ボールは一つ少なかった！」

その通り、とコースケは大きくうなずく。

「はじめっから監督は、僕らを居残りさせるつもりだったんだろう。どういう理由かは分からないけどね。そしたら、たまたま練習試合に負けた。上手く不機嫌さをアピールすることができて、状況はより自然になった、というわけさ」

「あー、もう、むかつくなぁ！」

と、抑えた声ながら、身を震わせるようにして葉子は漏らす。

「ったく、かなわねぇよ。そこまでしてしごきたいか、俺らのこと？　ふざけんじゃねーよ」

ケンジも不満の声をあげる。

だが、俺の心の中になにか、釈然としないものがあった。たしかに、コースケの推論は論理的だ。でも、なんだかすっきりしない気もするぞ？　ありうるようでいて、ありえない気がする。この感覚はなんだ？

葉子が言う。

「じゃあ私たち、いつになったら帰れるわけ？　監督の気が済んだら？　そんなの、バカらしくってやってられないわ」

「ちょっと待ってよ……」

と、佐倉が呟く。

「早く帰れる方法があるかもしれない」

「どういうことだ？」

ケンジが間髪を容れず問い質《ただ》す。

「はじめっから、ボールは九十九球しかなかったわけでしょ。じゃあ、そのことを証明できればいいんじゃない？」

「なんでだ？　監督は、百球渡した、って主張するだろ？」

「監督だって、人間よ。数えまちがうことだってありうるでしょ？　はじめからボールは九十九球でした、監督の数えまちがいでした、って証明できたとしたら、どう？」

「たしかに……そう言われたら、納得せざるをえないよなぁ」

「納得する、どころじゃねぇーぜ。俺らをしごいてやろう、とか思ってたのを、恥かかせてやれるじゃねーか。よし、それ採用！」

「採用、って言ったって……」と、俺は肩をすくめる。「はじめから九十九球でしたよ、なんて、どうやって証明するんだよ？」

勢いよく拳を振り上げていたケンジも、あ、えと、と口をぱくぱくさせる。

「練習を始める前、ボールって数えた？」

俺の問いに、佐倉は首を横に振って、

「そんなの、いちいち数えたりしないわ。はい、百球、って籠三つ渡されただけだもん」

「そうかぁ」と唸って、俺は腕組みをした。

うーん、と六人そろって、考えを巡らせる。

「あ、あれはどうだろうかな」

唐突に口を開いたのは、ノリだった。

「あれ？」

「シートノックだよ。昼休みに入る前にやったろ？」

「なるほどね」と、コースケは言った。「それはいいかもしれない」

今日の午前中の最後、散らばっていたボールを集めつつ、シートノックをやった。ポジションごとにノックをして、取ったボールをファーストに集め、すべてのボールが集まったら、練習終了。ボールが少ないときによくやるやり方だ。

「シートノックの経過を思い出せば、ボールの数をカウントできるかもしれないね」

ノッカーは、コースケがつとめていた。ポジションがキャッチャーだ、というのもあるが、やたらノックが上手いのだ。打球スピードは速くないけれど、妙にコースが正確。ほとんど打ち損じはない。

シートノックは、ポジションごとに順番に打つ方法と、試合形式でランダムに打つ方法とがある。試合形式は常に全ポジションが緊張する羽目になるので、きつい。監督がいないときは、特別に指示されていないかぎり、ポジションごと。

打つ順番は学校によって微妙にちがう。ウチの学校では、ピッチャーから始まってファースト、セカンド、ショート、サード。そして、ライト、センター、レフトに打って、またピッチャーに戻る。監督がノックをするときはキャッチャーも入るが、部員がノックをするときは入れない。キャッチャーフライを打つのは難しいのだ。二十人いるから、当然ポジションが被《かぶ》ることがある。そういうときは、二巡目に交替することになる。

「最後、誰で終わったっけ？」

「セカンドだよ。あ、俺まで回ってこねえんだ、と思ったの、覚えてるから」

俺の言葉に、ノッカーのコースケもうなずく。

「打ち損じとか、あったっけ？」

「一回、あったぞ。ほら、ショートのはずがサードの正面にいっちゃってさ。もう一回ショートに打ちなおしてたろ」

と、また俺が言う。

「そうそう。三遊間の深いところに打ってやろう、と思ったのが、ちょっとずれちゃったんだよな。たしか、あれ以外は打ち損じはなかったはずだよ」

百球もノックして、一球しかミスがない、ってのはなかなか優秀だ。

「えーと、ポジションが全部で九個あって、あ、でもキャッチャーはないから……」

と、ケンジは指を折りながら、ぶつくさと唱えている。口に出さないと計算できないのかよ、と突っ込みを入れる。

ポジションは八か所。百を八で割ると、四余る。が、そのうち一球打ちなおしがあった。ということは、余りは三なわけで……

「おかしい」

一番はじめに計算を終えたのは、やっぱりコースケだった。腕を組み、真剣なまなざしで首を横に振る。

「もしボールが九十九球なら、余りは二だ。つまり、ノックはファーストで終わっていたはず」

「……ってことは？」

コースケが言う。

「ボールは、ちゃんと百球あったんだよ。つまり、監督は犯人じゃない」


放課後のグラウンド。あたりはもうすっかり真っ暗で、ただ照明だけが明るく俺たちを照らしている。夜になると気温も下がって、風が冷たい。風で防球ネットが揺れて、かさかさと音を立てる。これなら、坂道ダッシュかヒンズースクワットでもやっているほうがましなくらいだった。そろそろ、ユニホームの上にジャンパーがいる季節、なのだ。

「なにもかも振り出しに戻っちまった、ってわけだな」

普段はだらしなくボタンを開けていることが多いケンジも、今は上まで閉めている。寒いのだろう。ボールを探し始めてから、ダルそうに座り込み、コースケの推理に興奮し、叫び、先頭を切って走ったケンジは、今は淡々としている。

「なかなかいい推論だったと思うんだけどね」

と、コースケは惜しむように言う。

でも俺は、どこか納得したような気持ちでもあった。たしかに推理の道筋は合っているように見える。だが、あらかじめこっそりボールを隠して、居残りさせるなんて、あまりにもやり方がまどろっこしすぎる。監督らしくないのだ。残らせたいのなら、ただ「残って、走っとけ！」と、一言怒鳴れば済む話である。

「でも別に、なんの収穫もない、というわけじゃないよ」

負け惜しみだろうか。コースケは言う。

「少なくとも一つ、分かったことがある」

「なんだよ？」

「ボールがなくなったのは、午後だ、ってことさ」

なんだよ、たったそれだけのことかよ、とケンジは吐き捨てる。午後か、午後になにがあったっけ、と俺は考えを巡らせる。阪木がいなくなったのは、昼すぎだったな。ほつれたボールを佐倉に渡したのは、午後だった。そりゃそうだろう。だって、そうじゃなきゃシートノックのときには、ボールが一球少ないはずだったんだから。ノリのホームランもそう。佐倉にボールを渡したちょっとあとだったたっけな。わざわざ葉子が探しに行ってくれたんだ。普通、マネージャーが率先して雑木林に探しに行くなんて、なかなかない。えらいもんだなぁ。

そんな風にとりとめもなく考えていたら、不意にコースケが語りだした。

「誰かがボールを持ち出した。これは、まちがいないんだよ」

はあ⁉ とケンジはドスをきかせて言い、コースケを睨みつける。さんざん振り回されて、いい加減にしろ、と思っているのだろうか。けれどコースケは、まったく意に介さなかった。いつもの調子で、語り続ける。

「論理を整理しようよ。まず、ボールがこのグラウンド内に、ない。ホームランでもファールでもない。ということは、誰かが持ち出したにちがいない。だが、その誰かが、持ち出したことを黙っているのは、おかしい。つまり、その誰かには悪意があるのではないか、という推論が生まれた」

「でも結局、それはちがったんでしょ？」

葉子の言葉に、コースケはうなずく。

「悪意を持ちうる人物に、犯行の機会はなかった。よって『悪意を持ってボールを隠した』がために、ボールを持ち出したことを黙っている、という可能性はなくなった」

「じゃあ、どうしたってんだよ」

焦れたようにケンジが口を挟む。

「難しいことじゃない」と言ってコースケは、くいっと眼鏡を上げた。「ボールを持ち出した人物は、故意に隠そうとした、ってわけじゃないんだよ。自分の行為がボールを足りなくさせている、ということに気付いていないのさ」

「はぁ、なんだよ、それぇ？」首をぐいっと傾けて、ケンジが言う。「わけわかんねーぞ。誰かのポケットに入って、いつのまにか出ちまった、ってことか？」

その言葉に俺は、阪木のことを思い出す。

「それはちょっとちがう。もう少し正確にいえば、『たった一つの誤解』で、運び出したボールと、元に戻したボールの勘定が合わなくなった、ということなんだよ」

勘定が合わない？　いったいどういうことだ？

コースケは語り続ける。

「朝、ボールは百球あった。お昼まで百球あったのはまちがいないね。そして、ツカサがほつれたボールを佐倉さんに渡す。これで、九十九球」

うんうん、と俺と佐倉はうなずく。

「そして、ノリがケンジからホームランを打つ。これで、九十八球」

「でも、その両方とも、元に戻したろ？」

ケンジの言葉に、コースケは意味ありげに頰を歪めた。

「ツカサが佐倉さんに渡したボールも、ノリのホームランボールも、元に戻した、と証言されている。もうちょっと厳密にそれぞれのコメントを思い出してみようか。ノリのホームランボールは、三輪さん自身が『私が拾いに行って、戻した』と証言している。そして、佐倉さんは？『私たちが、ボールを縫って、戻した』と証言している」

コースケの記憶は正しい。だが、それがいったいなんだっていうんだ？

「僕は、こんな想像をしてみたよ。三輪さんが、ノリのホームランボールを取りに行く。そして、それを手にした。しかし、なんらかの理由によって、それをそのままグラウンドには戻したくなかったんだ。数が足りないから居残り、なんてことは予想できないにしても、これまでの監督の言動から、できればボールの数を合わせておいたほうが無難だろう、と考えるのは、自然だね。そこで三輪さんは、代わりのボールをグラウンドに戻しておくことにしたのさ」

「代わりのボール？」

「そう。ボールを求めて三輪さんは、マネ部屋に足を向けた。そしてそこには、三輪さんの期待通り、一球だけボールがあった」

「俺が、佐倉に渡したボールか！」

コースケはうなずく。

「佐倉さんは、針仕事が得意とは言えない。ツカサからボールを預かって、そのままにしておいたんだよ。よくマネ部屋には、縫えば練習球に戻せるほつれたボールがあるからね。今日預かったボールだ、とは知らなかったんだろう。だからホームランボールの代わりに、三輪さんはボールを縫って、練習球に戻した。そして、その様子を佐倉さんは見かけた。つまり、三輪さんとしてはノリのホームランボールを戻した行為が、佐倉さんにとってはほつれたボールを縫って元に戻す行為だった、というわけさ」

グラウンドから出ていった二つのボールと、「元に戻した」という二つの証言。でも、佐倉は厳密に自分自身が戻した、と証言したわけじゃない。ここに、勘違いがあったんだ。

「ってことは、ボールは……?」

コースケが、黙って指をさす。

「ボールはきっと、そこにあるはずさ」

右手が突っ込まれたままの、葉子のジャンパーのポケット。

「おかしいな、と思っていたんだよ。普段、自己犠牲心に富んだ三輪さんが、一着しかないジャンパーを、佐倉さんに着せるのではなく、自分が着ているんだから。ボールは、マネージャーのロッカーにあったんだね。しかし、そこを佐倉さんと一緒に探すと、見つかってしまう。そこで、自分のポケットにしまうことにした。だが、薄っぺらいジャージ姿では、直径七センチあまりの球状の物体は、目立ってしまうだろう。だから、佐倉さんを差し置いてでも自分がジャンパーを着て、ボールが目立たないようにしなければならなかったのさ」

暖かそうなジャンパーは、ぼったりと葉子の体を覆っていた。たしかに、ジャンパーを着てから葉子は、ずっと手をポケットに入れていた気がする。

みんなの注目を浴びて、葉子はうつむいて身をよじらせる。なにも言わずに待つ。やがて、意を決したように、右手をポケットから取り出した。

その手のひらには、百球目のボールがのっていた。

たしかに、ボールは見つかった。たしかにこれは、ミステリーだった。もつれた糸を、力任せに引っ張ったりしなかった。丁寧に解きほぐすことで、たった一つのボールのありかにたどりついたんだ。

でも俺には、まだ一点だけ、分からないことがあった。

「おいコースケ、葉子がノリのホームランボールをそのままグラウンドに戻さなかった理由って、いったいなんなんだ？　それが分からねぇ」

俺の問いにコースケは、苦笑いして大きく肩をすくめた。

「さぁ、それは僕もよく分からない。三輪さん本人に聞くしかないんだろうけど、それは少し、野暮かもしれないね」

百球目のボールを手に持ったまま。葉子は、口を尖らせて下を向き、右足を揺らしている。

「……御園クン、これまで一度も、ホームラン打ったこと、なかったし……」

それじゃ理由にならないだろう、と問い詰めかけて、「野暮」と言ったコースケのセリフを思い出す。

そうか。これは、周りがどうこう言うのは、野暮なことなのだ。せめて練習試合で打ったやつとかにしろよ、と思うけれど、ノリの力じゃ、代打で出るのだって難しい。

「……記念ボール、ブームじゃない？　珍しく、喜んでたし……。いっつも、マネの仕事手伝ってくれてたから……そのお礼っていうか……」

葉子のセリフは、歯切れが悪い。そのためだけに、一時間以上も居残りでボールを探している間、ボールを出さなかったのか、と言いかけたけれど、それはやはり、野暮だ。

「でも、仕方ないわよね。ホラ、これでもう、帰れるわよ」

そう言って葉子は、ボールをケンジに向かって差し出した。唇をへの字に結んで、まっすぐケンジを見返している。

ケンジは、ちっと大きく舌打ちをして、地面を軽く蹴った。砂が飛ぶ。

「いいじゃねぇかよ、別に。いまさら、どうでもいいよ」

ぶっきらぼうにケンジは言う。まるで、言い訳をするいじめっ子みたいな口調だ。

「いくら監督でも、そろそろ帰らせてくれるだろ。それまで、ただ黙ってグラウンドを回ってりゃいいんだから、楽なもんさ。だから、ボールはロスト。それでいいだろ？」

ケンジは、威嚇《いかく》するみたいに葉子に向って拳を突きつけた。

「だから別に、そのボールを出す必要はねぇ。ホラ、さっさと渡せよな」

ノリは、四角い顔をさらに強張らせて、口を真一文字に結んでいる。けれど、目は泳いでいる。葉子がボールを差し出すと、そちらを見もせずにボールを受け取った。そんなノリの様子に、葉子はふっと笑みを漏らす。

そのときだった！

「ボール、見つかったぞぉ！」

大きな声が響く。それと同時にこだまする「ウォー！」「やったーっ！」という歓声。俺は「へ？」と間抜けな声をあげる。いったい、なんで？

「そ、そんなまさか！　いったい、どうして！」

コースケの眼鏡が、半分ずり落ちている。サヨナラ負けしたって見せないような、ショックを受けた表情がそこにはあった。

「論理的に言うと」俺は、笑って言う。「はじめから、百一球あった、ってことじゃないか？　それが今、見つかったんだろ。監督、ろくに数えちゃいなかったんだな」

ははは、と大きく笑い声をあげたのは、ケンジだった。

「バッカバカしいでやんの。やっぱり、地道に探しとけばよかったんじゃないか。でもまぁ、なんにせよ、解決したんだ。よかったよかった」

そう言って、握り拳でやけに強くノリの肩を叩いた。ノリが、固まっていた顔をしかめるほど。なんとまぁ、遠回りで非効率的な話だ。ボールを探すのも、気持ちを伝えるのも。しかし、人生なんてそんなもんだろ、という気がする。今なら、こんなバカバカしいやりとりも、笑って許せる。俺もケンジにならって、拳を握ってノリの肩を叩く。

ノリと葉子が、初めて目を合わせて、そして笑った。明日からの練習は憂鬱だ。とにかく、体がきつい。野球漬けの毎日。でも今は、少し気分がいい。

前言を少し、訂正する。野球部の日常は、たしかにつらい。野球以外のことを考える余裕なんてない。ひたすら、しごきに耐える毎日。

でも、甘酸っぱいことだって、ほんの少しではあるけれど、ないわけじゃないんだ。

ボールがない

　本編が初の作品発表となる鵜林伸也さんは、鮎川哲也賞およびミステリーズ！新人賞の常連投稿者でした。投稿をはじめたころの作品は、きわめて荒削りで問題も多かったのですが、年々レベルアップしてゆき、ついには二〇〇九年、決定打ともいうべき長編を第二十回鮎川哲也賞に投稿します。

　その作品――宇宙エレベーターの中での連続殺人を描いた『スレイプニルは漆黒を駆ける』は、近未来を舞台にしながらも、どこか英米黄金期の古典名作を髣髴させる端正なロジックを展開させた、堂々たる本格ミステリでした。しかし二次選考の場において見逃せない科学的瑕疵《かし》を指摘され、残念ながら最終選考に駒を進めることはできなかったのです。

　ところが選考終了後、その出来を惜しむ声があがり、御本人を交えての討議の結果、大幅改稿の上で刊行することが決定しました。二〇一三年の刊行を目指し、現在鋭意改稿中です。

　鵜林伸也さんは一九八一年兵庫県生まれ。この書き下ろし学園ミステリ・アンソロジーの企画が本格的に始動してしばらく経ったあと、『スレイプニル～』の刊行が決定し、それならばと鵜林さんに急遽参加を打診したところ、時間に余裕のないなか書き上げてくださったのが本編です。百球あるはずのボールが、なぜかいくら探しても九十九球しか見つからず、残り一球を求めて一年生の野球部員たちは居残りをさせられる羽目に。高校球児たちは、たった一球のボールの行方を推理で突きとめようとします。前述の『スレイプニル～』とはがらりと作風を変えた軽妙な作品ながら、ロジカルな展開を楽しめる好編と言えるでしょう。

なお、梓崎優さんが受賞し市井豊さんが佳作入選した第五回ミステリーズ！新人賞にも、鵜林さんは「宇宙《コスモ》倶楽部へようこそ！」という短編を投じて一次選考通過を果たしていました。強引な部分もありましたが、なかなか大胆な真相を用意したユニークな青春ミステリなので、こちらもいずれ改稿の上で御紹介できないかな、と考えています。大型新人の今後の活躍に御期待ください。

相沢沙呼
AIZAWA SAKO
恋のおまじないのチンク・ア・チンク

扉イラスト◎加藤木麻莉

1

授業の終了を報せるチャイムが鳴り響いて、今か今かと時を急《せ》かすような教室の空気がふっと緩んだような気がした。金曜日の六限目。本日最後の授業ともなれば、時計の針が進んでいくのが、いつもよりいっそう遅く感じられるようになる。藤島《ふじしま》先生は板書を続けていた手をふと止めて、「じゃあ、今日はここまでにしとくか」と、チョークを持った手を下げた。今日は放課後のホームルームがない日なので、「起立、礼、ありがとうございましたー」で、ほとんどの子は一目散に帰路やら部活やらに去っていく。

「ちなみに――」数分前とは打って変わって賑やかになった教室で、藤島先生は言った。「先生は、甘いものが大好きだぞ」

帰り支度を整えていた何人かの動きが、はたと止まった。女子達の笑い声に見送られて、藤島先生はどこか飄々《ひょうひょう》とした様子で教室を出て行く。

藤島先生は、僕らのクラスの担任教師。日本史の先生でもあり、生活指導の先生でもある。

生活指導をしている人がそんなことを言っちゃうのはどうなのよと思わなくもないんだけれど、なるほど、どうやらこの高校ってば、その手のことに関しては本当に緩いんだなぁ。少し前から、演劇部の先輩女子達の間で、その手の話を聞いてはいたのだけれど、先生自らがそんな宣言をしていくなんてさ。

なんのことかといえば、明日は二月十四日——。そう、男子であれば、意識してしまうとなんとなく憂鬱になってしまう日、バレンタイン・デイ。しかも第二土曜日なので、僕らの高校では、明日も授業があることになる。

バレンタインは、密かに想いを寄せる相手へと、女子がチョコレートをプレゼントする特別な一日——な一んて漫画的イメージは、中学校三年間を過ごして木っ端みじんに打ち砕かれてしまった。実際のところ、女子から本命チョコを貰って、しかも告白されちゃった！　なんてやつは、ただしイケメンに限る的な男子だけの話で、そんな想いの丈を告げる特別イベントは、当の本人達の間だけで密やかに行われているものだから、僕ら普通の男子にとってはバレンタインの恋愛なんて、まったくもってあずかり知らぬ縁遠い世界なんだよね。だからさ、どちらかというとバレンタインといえば、女子達の間で行われている友チョコ交換——のついでに義理チョコやらジョークチョコやらを貰えれば上々、という印象の方が強いわけだよ。

だから、まぁ、どうせ今年も、義理のチロルチョコあたりをポリポリ齧《かじ》って、そのささやかな甘さを噛みしめるだけの、ごくごく普通で当たり前の一日になる——のだろうと、思っていたんだけれど。

思わず溜息《ためいき》が零《こぼ》れかけ、それを誰にも悟られまいとして、ぐっと堪える。そうすると今度は顔がにやけてしまいそうになり、必死になって頰に力を込めた。今朝なんて、「ポチくんってばなにニヤついてんの？　キモイからやめた方がいいよー」などと大声で春日井《かすがい》さんに笑われてしまった。当人は冗談のつもりで言ったんだろうけれど、僕はもう死ぬかと思った。

窓際の席に、視線を向ける。端整な顔立ちの横顔は今は俯《うつむ》いていて、垂れる長い黒髪の合間に、白い耳が覗いている。柔らかな輪郭のそれを視界に収めただけで、頰が緩んでいく。どうしてだろう。今はもう、彼女の耳の先とか、丸みを帯びた爪のかたちとか、そんなところまで可愛らしく見えて仕方なくなる。騒がしい教室の空気からはかけ離れて、彼女は一人黙々と鞄の中にノートを仕舞い込んでいた。

酉乃《とりの》初《はつ》。常に静けさの中にいて、誰よりも優しく、そして誰よりも寂しがり屋の彼女——。こうして彼女を見つめるだけで、胸は息苦しくなり、呼吸のたび、心のどこかが震えていくのがわかる。そう、僕が今、絶賛片想い中の女の子。去年のクリスマスの日に、好きだよって告白をしたんだけれど、本人はそうと気付いてくれなかったのか、あるいははぐらかされちゃっているのか、友達という関係から抜け出せず曖昧なままになっていて……。

席を立った彼女と眼が合った。気まずさを覚えて、耳が高速スピードで赤く染まるのを自覚する。酉乃は切れ長の眼をまばたかせ、数秒の沈黙のあと、こくんと頷いて教室を出て行った。たぶん、今のはさようならの挨拶なんだろう。前みたいに睨《にら》まれるようなこともなくなって、ほっと安堵の吐息が漏れた。

って、ああ！　安心してる場合じゃないよ。酉乃、帰っちゃったし。また一緒に帰ろうって誘えなかった。いいかげん、もっと度胸を付けるべきだよね。でも、最近は週に一回くらいは、一緒に帰ろうって、言えてるし。確率にすると、二十五パーセントくらい？　一昨日《おととい》だってタイミングを合わせて一緒に帰って、彼女が最近ハマってるデビッド・ストーンっていうマジシャンの話を聞くことができたし。彼女ってば、普段は寡黙《かもく》なのに、マジックの話になると、人が変わったみたいによく喋るんだよね。「彼の眼はね、すごく愛嬌があるの。フランス人らしい彫りの深い顔立ちでとてもハンサムなのだけれど、瞳が可愛らしくって、どんなにハチャメチャなマジックをしても赦されてしまうキャラクターなの。なんだか憎めないのよね。いたずらをしている子供みたいに可愛いって思えちゃうことがあって」なんて、一昨日もこんな感じで、いやはや僕もフランス人に生まれてくれば良かったとつくづく思う。

寂しがり屋のくせに孤独を好む彼女は、以前まで、昼休みになると学校のプールや非常階段など、物寂しい人気のない場所でお昼を食べていた。ところが今年に入って寒さも本格化してくると、いつの間にやら教室でお昼を食べる姿を見かけるようになった。それはそれで、昼休みにいちいち彼女の姿を探す必要がないから、以前に比べるとずっと話しかけやすくなった……と思っていたのだけれど、教室だとクラスメイトの目が気になって、逆に声をかけづらい。それでも、織田《おりた》さんは酉乃と仲良くしているみたいで、机を挟んで一緒にお昼を食べている光景をよく目にする。

それにしても、そう、織田さんか……。彼女は、もう部活に行っちゃったかな？

また、思わずニヤついてしまった。

昨日のことを、ついつい思い返してしまう。

深夜、電話でたたき起こされた。織田さんからだった。

「ポッチー、ポッチー、ちょっと聞いてよ！」

彼女は用件もなしに電話してくることが多い。女の子からの電話っていうのは、眠っているときにかかってきても嬉しいもので、機嫌が悪くなったりすることもなく電話に出ることができる。男ってばホント単純で阿呆な生き物だよ。

「昨日のことなんだけどさー」織田さんは、なにやら笑いを堪えているようだった。声の随所にそんな気配を含ませながら、もったいぶったように言ってくる。「ロフトの一階でね、おニューーを見かけちゃって！」

「え」出てきた名前で、一気に目が覚めた。「西乃さんが、どうかしたの？」

「いやいやー、べつにどうもしてないんだけどー。ほら、この時期にロフトの一階だよ。ロフトの一階ってなにがあるかわかる？　そう、この時期に一階にあるのは、バレンタインチョコに決まってるじゃん！　おニューってば、凄まじい形相でチョコ睨んでいたから、なんか面白くって、暫《しばら》く声かけないで観察しちゃった」

西乃が、チョコレートを？

「誰にあげるのかなぁ、ふふふー。ああ、やっぱこれ、言わない方が良かった？　言わない方が良かったよね？　ああーん、ごめんよおニュー、あたしこういうの黙ってられなくって！

ちゃんとびっくりしてあげるんだよ、もう！」

織田さんは他にもなにやら騒がしく面白おかしい情報を語って聞かせてくれたのだけれど、それは右耳から左耳へ通過し、枕へと吸収されていくだけで、僕の頭の中には一切入ってこなかった。

酉乃が、チョコレートを？

気付いたら、電話が切れていた。そういえば無意識に「じゃー織田さん、そろそろ遅いし、今日はもう寝ようよおやすみー」と勝手に口が動いて話を切り上げていた気がする。申し訳ない気分になりつつも、やはり頭の中は織田さんが教えてくれたその事実でいっぱいだった。

酉乃が、チョコレートを選んでいた……。

これは、もう、期待するなという方が無理だった。

中学時代、その手の妄想はいくらでもしていたと思う。今思えば清く正しい中二病の症状だった。匿名の手紙で呼び出され、学校の屋上へ向かうと、寒空の中で健気《けなげ》に待っていてくれた可愛い女の子が、頬を赤らめチョコレートの箱を両手でそっと差し出してくる……。とかなんとか、そういうの。皆さん、欠片《かけら》でも考えたこと、ないですか？　ちょっとくらい、あるでしょ？　でしょ？

妄想は止まらなかった。妄想ならぬ暴走だった。あ、うまいこと思い付いたな僕、と思いながらも、やはり妄想は止まらない。そう、酉乃のことだから、きっと驚かせてくれるに違いない。最初は、やっぱり匿名の手紙かもしれない。あえて名前を書かずに、屋上とかに呼び出したりして……。あ、もしかして、プールとか？　ある意味では、僕らの思い出の場所だし、そんなことを示唆《しさ》しながらも、奥ゆかしくて恥ずかしがり屋の彼女のことだから、やっぱり名前は書けなくて、放課後にプールに来てくださいとか、そういうことが書いてあったり……。

いやいや、まだ断定するのは早い。織田さんの情報は、でも、嘘ではないだろうし。断定できなくとも、僕の灰色の脳細胞があらゆる伏線を拾い上げて示唆する結果は――。

ど、どうしよう。美容院とか、行っとく？　少し髪伸びてるし、あ、ちゃんとワックス持っていこう。バレンタインって、ええーと、土曜日か。え、土曜日？　あ、第二土曜日だ。休みじゃないや、良かった。土曜日は、午後は学年集会かな？　となると、やっぱ放課後か。時間的にも、そのあとにデートとかできそう……。ど、どうしよう。デートってなにすればいいんだろう。そ、そういうの、得意じゃないというかわかんないっていうか、映画とか観に行くべき？

結局――。

そんなこんなで昨日の夜は、パソコンを立ち上げて映画情報を調べたりして眠るのが三時になってしまった。寝不足だよ。でも、なんて幸せな寝不足だろう。

2

放課後は、友達の小岩井《こいわい》くんに誘われて、久しぶりにゲーセンで遊んでしまった。もうこのゲームで遊べなくなってしまうし、ということで、二人協力プレイを存分に楽しんだ。

　小岩井くんは演劇部の役者で、決してイケメンというわけではないのだけれど、愛嬌のある独特の顔立ちをしていて、いたずらっぽい笑顔がなんだか憎めないやつだ。ハチャメチャなアドリブを入れてくることが多いけれど、そのユニークな発想は先輩達からも一目置かれていて、小岩井くんがアドリブを入れてくること前提で練習をする風景が面白い。同じシーンでも、練習のたびに違うアドリブでみんなを困らせているんだけれど、見物しているだけの僕としては、それですら面白い出し物を見ているような気分だ。彼の遊び心は部活だけでなく教室でも発揮されていて、先生の授業を脱線させるようにたくみに質問を挟んで誘導し、退屈で緊張した空気を笑いあるものに変えてくれる。クラスメイトからも親しまれている存在だった。

　そんな彼と駅で別れたあとは、なんとなくそのまま帰る気がしなくて、足は自然と『サンドリヨン』へ向かっていた。べつに明日も会えるんだし、今日行く必要なんてないんだろうけれど……。そう、明日は、いよいよバレンタイン当日。けれど、そのことを意識すればするほど、嬉しさが込み上げてきて、少しでも早く彼女に会いたくてたまらなくなる。足取りは軽く、スキップでもしてしまいそうなくらい。胸の中で心が跳ね上がるような、不思議な気持ち。

　酉乃初という子は、少し変わっている。教室では無口で無愛想、話を振られても素っ気なく応えるだけで、女子のグループからはちょっと浮いている存在だ。そんな彼女は放課後、学校に秘密で、ちょっとしたアルバイトをしている。サンドリヨンという名前のおしゃれなレストラン・バーで、彼女は学校にいるときとはまるで別人のように振る舞っている。バーテンさん達と同じように、白いブラウスにベストを着こなし、大人の雰囲気を感じさせる化粧を施して、訪れる観客を、不思議の魔法で魅了するために——。明るくて、優しい笑顔で。

彼女は高校生ながら、マジシャンとしてこのお店で働いているのだ。サンドリヨンはマジックを観られるお店を謳《うた》っているわけではないのだけれど、女の子のマジシャンというのは珍しいらしくて（そういえば、確かに観たことないよね）、彼女を目当てにマジックを観に来る常連客も少なくないんだとか。以前は、マスターの手品好きの趣味が昂じて、若手マジシャンが働いていたこともあったらしいけれど、今は一人もおらず、酉乃のマジックだけをじっくりと鑑賞することができる。去年からここへ足繁く通い出した僕にとっても、最近は居心地のいい場所になっている。

サンドリヨンの店内は薄暗く、静かな音楽が流れていて、普段はとても落ち着いた雰囲気——。けれど、ステップを降りて扉を開けたとき、あまりの騒々しさに、別のお店に入ってしまったんじゃないかと錯覚した。あれ、ここ、サンドリヨンですよね？

テーブルの配置が、普段と違うことに遅れて気付く。暗い照明の中、狭いお店の奥に、スポットを浴びた背の高い男性がいるのが見えた。灰色のジャケットを着た彼は、手に小さな棒を持っている。ハリー・ポッターの映画に出てくる魔法の杖にも似ていた。彼の前には二つのコーヒーカップが並べられた小さな台がある。テーブル席のお客さん達は、一様に彼の方へ視線を向けていた。途端に拍手。途中から入っていった僕は、なにがなんだかわからないまま、思わずきょろきょろと周囲の様子を窺《うかが》ってしまった。魔法の杖を小脇に挟んで、彼が袖口からオレンジジュースの入ったコップを取り出した途端、ああ、この人はマジシャンなのだ、とようやく気が付いた。っていうか、え、袖からオレンジジュース？　本物？　あ、ストローで飲んでるし。え、どっから出てきたの？

観客の驚きと拍手が鳴りやんだタイミングで、彼はコーヒーカップを伏せて、その中に小さなボールを入れた。魔法の杖でカップを叩くと、そのボールが、いつの間にか大きなライムやレモン、色鮮やかなフルーツに変化していく。かと思えば、またオレンジジュースがジャケットの袖から出てきた。いや、オレンジジュースではなくて、グレープフルーツジュースらしい。上品な笑顔を浮かべて訂正を入れる彼の声は、観客の拍手の海を乗り越えて届くくらいには大きいのに、耳障りな感じのしない印象的なものだった。

ていうか、そのジュース本物なんだろうか。袖から出てくるなんてありえないし。あ、お客さんに渡した。って、お客さん飲んでるし。え、本物なわけ？

「ありがとうございました。桐生純平《きりゅうじゅんぺい》でした」

そのフルーティなマジックに魅せられて、唖然と立ち尽くしてしまった。観客の拍手を受けて、彼は何度も丁寧にお辞儀をして、厨房があるカウンター奥の方へと退場していく。照明が、ほんの少し明るくなった。気付けばテーブル席はいっぱいだった。普段よりも、うんとお客さんの数が多い。なんだかえらく場違いな場所に来てしまったような気分になりながら、カウンター席に腰掛ける。

「おや、須川《すがわ》君。いらっしゃい」

ようやく聞き慣れた声を耳にすることができて、安心した。カウンターの奥から、マスターの十九波《とくなみ》さんが姿を現わした。サンドリヨンの店内は、テーブルの配置こそ違ったままだけれど、照明や流れる音楽は、いつの間にか普段の雰囲気に戻っている。

「あ、どうも……。えっと。今日、なんか、特別な日でした？」

「ああ、まぁ、ちょっとしたイベントですね。運良く桐生君を摑まえることができたので、たまにはウチでもサロンモノをね」

十九波さんは白い顎髭に手を置きながら、なにやら満足そうに眼を細めている。

「サロン、モノ？」

「そういえば、須川君はサロン・マジックを観たことがなかったかもしれませんね」オレンジジュースでいいですか？　と注文の確認を挟んで、十九波さんはグラスを取り出した。背を向けてジュースの用意をしながら、肩越しに説明してくれる。「ハッが普段演じているマジックは、クロースアップ・マジックと言います。お客さんの目の前、至近距離で演じることのできるマジックの総称です。けれど、クロースアップには欠点がありましてね。カードやコインを使うマジックですから、一度に大人数のお客さんに観てもらうのが難しいのです。それに対して、先ほど桐生君がやっていたのが、サロン・マジックです。ステージマジックほど大がかりなものではないですが、それなりの人数のお客さんに一度に観てもらうことができるマジックを、サロン・マジックと言います。さっきの桐生君のアクトは、クロースアップでも充分通じる手順を、サロン向けにアレンジしたものですね」

専門用語の羅列に目眩《めまい》を覚えながら、なんとか理解しようと十九波さんの説明に聞き入る。十九波さんの仕事は手慣れたもので、説明の途中で、オレンジジュースがカウンターに飾られた。そのストローを咥《くわ》え、頭に入った知識を整理する。ううーん、酉乃にマジックのことを説明してもらうときは、わりとすぐに理解できるのに、十九波さんの説明はどうしてかすんなりと入ってこない。それはそうだ。僕は今日、マジックの説明を聞きに来たわけでもなければ、あの桐生とかいうマジシャンを観に来たわけでもない。

「えっと、今日は、その、酉乃さんは……？」

「ハッなら――」と、十九波さんはカウンターの奥を振り返った。けれど、十九波さんの視線を追うよりも早く、僕は気付いていた。カウンターの一角で、あの桐生とかいうマジシャンと、なにやら親しげに会話をしているのは――。

マジシャンの彼は、先ほどとは違ったジャケットを羽織っている。そして、酉乃は信じられないことに、その彼に向けて笑顔を浮かべながら、えらく饒舌《じょうぜつ》な感じで話しかけていた。

酉乃が熱心に桐生さんに話しかけ、桐生さんは穏やかな笑顔を浮かべて、彼女の話に耳を傾けている。聴力に全神経を総動員して聞き取れる会話の内容は、しかし、わけのわからない用語が入り交じっていて、意味不明だった。それなのに、なんだろう。胸の奥がざわめいて、たまらなく不安になる。え、ていうか、なに、知り合い？　すごく、楽しそうだけど。

酉乃はどこからともなくカードを取り出し、左手に握ったトランプを桐生さんに見てもらっているようだった。二人の距離が、先ほどよりもぐっと近付いたような気がした。彼女は少し頬を紅潮させ、笑顔を浮かべながら、背の高い桐生さんを見上げている。え、ていうか、酉乃さん、なんでそんなに楽しそうなの？　だって、僕と話してるときと、ぜんぜん違くないですか？

その二人を唖然と眺めていると、十九波さんが声に笑みを含ませて言ってくる。

「桐生君には、一年くらい前まで、バイトをしてもらってましてねぇ。いやぁ、彼の腕前と才能は相当なものですよ。去年、FISM《フィズム》のアジア大会に挑戦した手順が、それはもう素晴らしくて」

「フィズム？」

「マジックの、世界大会です。いやホント、大したもんです。私も鼻が高くて」

「プロなんですか？」

「どうでしょう。彼自身は、まだプロを目指すべきか決めかねているようです。まぁ、まだ学生ですからね」

「学生？」

「東大生ですよ。いやぁ、あそこの子達は、ホントすごいですねぇ」

ぐさっときた。聞くんじゃなかった。

背が高くて、イケメンで、東大生？

しかも、マジックの世界大会？

完敗だった。完膚無きまでに叩きのめされた感じだった。思わずその東大生の方に視線を向けると、笑顔を浮かべて楽しげに桐生さんに質問をしている酉乃の表情が見えた。

僕は暫く、オレンジジュースを啜っていた。酉乃はまだ、桐生さんとの話で盛り上がっているようで、たぶん、僕の存在にすら気付いていないのだと思う。今日は彼女、仕事をしないんだろうか。桐生さんのイベントがあったから、今日のマジックはもうおしまいなのかもしれない。

結局、オレンジジュースを飲み干しても、酉乃と桐生さんの宇宙語の会話は止まることを知らないようだった。桐生さんが酉乃に呼びかけるときの、「ハッちゃん」という言葉が、なんだかいやに心に残る。桐生さん、と呼びかけるときの、酉乃の楽しげな瞳の輝きとか、チークのせいだけじゃなく紅潮した頰とか。

そそくさと会計を済ました。十九波さんは気を利かせて、「ハツ、呼びましょうか?」と言ってくれたけれど、今の僕にとっては、それですら心を抉《えぐ》る言葉のように感じられた。

「いえ、急いでいますんで」

どこをどう見ても急いでいるようには見えなかった。それこそ恥ずかしさで頰を赤くしながら、僕はサンドリヨンを出た。

外の風はえらく冷たい。マフラーをぐるぐると首の周りに巻き付け、そこに顔を埋めた。ホームまでの通路にある駅ナカのショップでは、鮮やかなバレンタインチョコがワゴンに飾られ、右も左も、歩く度にチョコレートの箱が視界に入ってくる。歩いても、歩いても、チョコレート。

チョコレート。

バレンタインの、チョコレート。

さっきまで無条件に浮かれていた自分が、阿呆みたいだ。実際、阿呆なんだと思う。ホント、お気楽だなぁ。情けない。本当に、情けない。彼女が自分のためにチョコレートを選んでくれているなんて、都合のいいように解釈して喜んじゃって。でも、嬉しかった。嬉しかったんだよ。好きな子が、自分のために、なにかをしてくれているって……。想像するだけでも、嬉しさが込み上げてきて、幸せだった。

けれど――。

東大生か……。

酉乃が選んでいたというチョコレートの行く先。それを考えるだけで、今はもう、とても重くて切ない、苦しい溜息が漏れた。

3

早朝、メールで起こされた。『起きてる？』という文面だった。八反丸《はったんまる》さんからだった。彼女からメールが来ることなんて、めったにない。訝《いぶか》しみながら返信し、支度を調える。どことなく嫌な予感がするけれど、女の子からメールを貰って起きるのも悪い気はしなかった。八反丸さんは超が付くほどの美少女で、彼女に憧れている男子や女子も多い反面、その奔放な性格と整いすぎた器量が災いしてか、一部の女子からは極端に嫌われてもいるようだった。

『須川くんは、今から登校?』

食パンを齧りながら片手でメールの返事を打っていたら、行儀が悪いと母上に小突かれた。

『もうすぐ家出る』

『五十二分の電車に乗りなさい』

なぜか命令形でそう書かれていた。まぁ、だいたいこの時間に家を出て行くと、必然的にその電車に乗ることになるだろうけれど、なんでまたそんな指示を? 当然、八反丸さんに質問のメールを送ったけれど、やっぱりというか返事はなかった。

悪い予感を抱きながら、家を出る。そこで、そういえば今日はバレンタインだったなと今更ながら思い返し、道を歩く速度はがくんと落ちた。いつもより少し早めではあるけれど、八反丸さんの言う五十二分の電車に乗って、そのまま学校へ。

学校の廊下を歩いていると、突然、前の曲がり角から人影がばっと飛び出してきて、ぶつかってしまうところだった。慌てて飛び退く。八反丸さんだった。驚いて変な声を出してしまい、廊下を行き交う生徒達がなにごとかと視線を向けてくる。

「あ、あの……」と言ったのは八反丸さんだった。すらりと背の高い彼女は、普段はどことなく高圧的な印象を持っているのだけれど、今日はなんだか普段よりもしおらしく、儚《はかな》げな雰気を纏《まと》っていた。彼女は視線を合わせようとはせず、斜め下をちらちらと窺っている。そして、胸に抱いている可愛らしくラッピングされたハート形のボックスを、そっと前に差し出してきた。「す、好きです。受け取ってください！」

なぜか、中学生の頃、散々妄想した光景が目の前にあった。

「え、あの、八反丸さん？」

「きゃっ、渡しちゃった！」という妙に可愛らしい作り声を放って、彼女はそのまま僕にハート形のボックスを押し付けると、全速力で廊下の彼方に去っていった。八反丸さんのよく通る声のせいか、廊下を行き交うみんなが視線を向けている。とくに同胞たる男子の視線が、今はすごく痛い。「今のって演劇部の……」「あれでしょ、一年の八反丸芹華《せりか》」「うっそ、あんな冴えないやつがタイプなの？」聞こえてくる声が身に染みる。正直、めちゃくちゃ恥ずかしい。あと陰口は聞こえない声で言って欲しかった。

呆然としたまま、ハート形のボックスを見下ろす。ピンクをベースにしたドット柄のボックスで、まぁ、たぶん、チョコレートが入っているんだろう。そう思いたかった。

明らかに手の込んだいたずらというか、嫌がらせなのは間違いない。しかし、早くもひそひそと噂話を繰り広げている廊下の皆さんにはどう説明したものか、なんてことを思っていると、背後からなにかただならぬ気配を感じた。そういえばこういうことって前にも一度なかったっけと振り返ると、見知った顔の女の子がすまし顔でこちらを見て立っていた。酉乃だった。

「とっ、ととっ」

反射的に、ハート形の箱を腰の後ろに庇《かば》うように覆い隠してしまう。

「須川君」

西乃は人形めいた無表情のままで、右手を差し出した。えらく冷めた目で、僕が中途半端に隠している箱を見下ろしている。

「それ、ちょうだい」

「え？」わけがわからない。「これ？　え、でも」一応、八反丸さんがくれたものだし？「なんか、え、僕が貰ったものだし、ええと」

「そう。じゃ、知らない」

話はそれで終わりだというふうに、西乃は肩を竦《すく》め、すたすたと早足で廊下を去っていく。おはようの挨拶もなかった。普段よりも数倍素っ気ない態度のようにも思える。確実に、よからぬふうに誤解された気がした。

追いかけることもできず、箱を手にしたまま、呆然と彼女を見送る。

なるほど、僕の乗る電車を指定してきたのは、西乃にこの場面を見せ付けるためですか。八反丸さんは、僕と西乃が必要以上に仲良くなるのを快く思っていないようで、以前にも似たような計画をセッティングされたことがある。またやられた。その笑えないくらいの本気っぷりには、思わず身震いしてしまう。

「あ、あの……。西乃さん」

彼女の姿は、廊下の向こうに消えようとしていた。走ればすぐに追い付くだろうし、行き先は教室なのだから、迷う必要なんてないはず、なのだけれど。

追いかけて弁解しようにも、うまい言葉は思い付かない。

そもそも、どんなふうに言えばいいんだろう。

酉乃と僕は、そりゃ、少しは仲良くなれたかもしれないけれど、付き合っているわけじゃない。だから、誤解なんだって弁明するのもおかしい気がした。僕は酉乃にとっては、ただの友達に過ぎなくて。それに、そう、僕の知らないところで、すごく素敵な彼氏と付き合っている可能性だってある。僕が慌てふためいたところで、意味なんてないのかもしれない。

だから彼女が誰にチョコレートをあげようとしていたって、それは彼女の自由であり、当然ながら僕が口出しするような問題でもないわけで……。

酉乃は、僕のことをどう思っているのだろう。クリスマスの日、君のことを好きだと言ったあの言葉を、彼女はどんなふうに捉えているのだろう。

答えはわからなかった。

それはそうだ。その答えは、本人に聞いてみるしかない。

それはわかってる。それは、わかっているんだけれど——。

4

予想通り、昼休みになると女子達の間で友チョコ交換が盛んに行われていた。今日は母上がお弁当を用意してくれていたので、僕は小岩井くんの机でそれを広げていた。よそのクラスの三好《みよし》もやってきていて、空いていた椅子を勝手に拝借し菓子パンを食べている。土曜日なので、食堂が休みなのだ。

「ウチのクラスじゃ、朝からツルピンが大人気だったぞ。まったくもってけしからんな」

三好の言うツルピンとは、鶴見《つるみ》先生のこと。女子から人気のある先生なものだから、廊下でチョコレートを受け取っている姿を朝からいやでも目撃してしまう。ホントにけしからん教師だ、まったくもって羨ましい。

「なんか、先生ばかりが人気でつまんねーな。毎年チョコを大量に受け取るサッカー部のキャプテンとか、そういうやつはいないのか?」ひょろりとした背恰好の小岩井くんは、見た目に似合わずに食欲盛んで、早くも僕の二倍はありそうな弁当をぺろりと平らげていた。まだ食事中の僕らに対して、自然と喋る割合が多くなる。「ていうかね、お前ら草食すぎるのよ。俺はかなり物欲のある肉食系男子だと自負してる。親父は単身赴任中で、母親を一人で支えているとゆー、家事もできる頼れる男だよ? 夢は一軒家でレトリバーを飼うことだ。その夢ももうすぐ叶う。昨今の若者の物欲離れが激しい中、これはなかなかすごいことなのではないかと最近気付いた。だってさ、須川、お前ぜったい車とか買わないだろ? 俺は買うね。狙うはエリシオン」

まー確かに、僕は車に興味ないけど。

「で?」とパンを齧りながら三好が促した。確かに脈絡のない話だった。

「なんで俺にはチョコがこないんだ? 中学のときにはこういうのなかったから、期待してたのによー」女子になんて興味ない、というふうに装う男子が多い中、小岩井くんはわりと素直な性格をしていると思う。「今朝、部室で鈴木《すずき》さんに貰ったけど、これは義理だよな？」

小岩井くんがポケットから取り出したのは、基本ともいえるコーヒーヌガーのチロルチョコで、どこをどう見ても義理チョコだった。

「ていうか、それ、俺もさっき貰ったし」三好もポケットから同じものを取り出した。「三月になったら返さなきゃならんのが、なんかこう、夏休みの宿題にも似たプレッシャーだよな。なにお返しすりゃいいの？」

「あれ、ていうか、小岩井くん、朝から部室に行ってたの？」演劇部のくせに朝練とかしてるの、と驚いてしまった。

チロルをポケットにしまいながら、小岩井くんが言う。「ん、室田《むろた》と八反丸と、鈴木さんがいたよ。いやぁ、熱心だよね。なんか台本のことで言い合ってたよ。どうせ台本通りになんて進まないのになー」お前が言うなよと突っ込みそうになった。

「え、やつらまた勝手に変えるとかそういうのか？」三好は食べ終えた菓子パンの袋を丸めながら嫌そうな顔を浮かべた。彼は演劇部の脚本を書いている人間だ。「教室じゃ、なんも言われなかったけど」

「やぁ、諸君！　チョコレートは貰えたかね！」

賑やかな声と同時に、思い切り肩を叩かれた。まったくの気兼ねなく男子三人の会話に入ってきた織田さんは、どーん、という口効果音と共に、テーブルにビッグチロルの大きな箱を置いた。ピンクの華やかなそれは、練乳いちご味らしい。開けたばかりらしく、一つも減っていないチョコが綺麗に整列していた。

「まぁ、どうぞどうぞ、三人とも。今年もよろしこ！」

元気にそう言って、一人に一つずつチロルを配っていく織田さん。

「ありがとう」義理チョコでもなんか照れた。そういえば去年も織田さんから抹茶味っぽいチロルを貰ったなぁ。「今年は、いちごなんだ」

「いやー、他にもあるよ、バラエティとか」織田さんはケロリとした表情で、自分の席の方を振り返った。織田さんの机の上には、ビッグチロルの箱が二つ置いてあるのが見えた。「あとは、いちごもちだったっけな……。あ、結局いちごだね。だって、みんないちご好きだし。あまおうたるとってのもあったんだけど、そっちは瞬殺。品切れー」

いったいどんだけ持ってきたんだよと思いながら、僕は早くも貰ったチョコを口に入れていた。うん、いちごミルクを飲んだみたいな後味で美味しい。

「じゃ、来月は三十倍返しでよろしくねっ！」

チロルの箱を抱えて、他のグループの元へ去っていく織田さん。

口の中に広がり、歯の奥にまでこびり付くような甘さを確かめながら、僕はちらりと酉乃の方に視線を向けた。僕の席よりも、この小岩井くんの席の方が、酉乃のいる席に余計に近かった。耳を傾ければ、会話が聞こえてきそうなくらいに。けれど、彼女は誰とも会話をしていなかったし、一緒にご飯を食べる相手もいないようだった。ただ、じっと黙ってお弁当を食べている。織田さんがいないこういうときこそ彼女に話しかけるチャンスなのに。今は小岩井くんや三好の視線が気になって、酉乃に話しかけることができないでいる。

どこか寂しげな小さな肩を見つめていると、やっぱり気になって仕方なくなる。彼女が選んでいたっていう、チョコレートの行方──。

そう思った瞬間、酉乃が振り返った。視線が合って、慌てて目を逸らす。

「でさ、その魔法がよ、反則的ですぐ修正されてやがんの。もうぜんぜんデバッグとかしてねーっていうか」

「へぇ、そんなアップデートあったんか。もうぜんぜんやってないからなぁ、俺」

三好と小岩井くんは、オンラインゲームの話で盛り上がっているようだった。なんとなく、酉乃がどういう言葉に反応して振り返ったのかがわかって、ちょっと微笑ましい。彼女ってば、すごい地獄耳というか、やたらと観察力があるから油断ならない。

「あ、ていうか、小岩井さ、お前の新しいメアドって、俺、まだ知らないんだけど」

「あれ、そうだっけか？」

小岩井くんは不思議そうな顔をしてみせた。ふと気が付いて、二人の話に加わる。

「たぶん、あれじゃない？　小岩井くんさ、この前、メアド変えたでしょ。確か同じくらいの時期に、三好ってケータイ壊しちゃってたから。変えましたメールとか、見る前に消えちゃったんじゃない？」

「え、なんで壊したん？」

「水没だよね」

「その話は措いておけ。で、ほら、教えてくれたまえよ。なんかもー、今のうちに交換しとかないと、一生知らないままになるだろ」

ケータイを取り出し赤外線通信をし始める二人をよそに、僕はなんとなく、酉乃の後ろ姿を窺った。結局、未だに彼女の電話番号もメールアドレスも知らないまま。ホント、あのクリスマスの日に聞き出しておけば、こんなにもどかしい思いをすることもなかっただろうに……。

小岩井くん達はなにやら赤外線通信がうまくいかないようで、悪戦苦闘している。ていうか、べつに三好の方はメアド変えたわけじゃないし、小岩井くんが三好へもう一度メールすればいいだけの話じゃないの？　なんて思いつつも自分の席まで戻って、お弁当の箱を片付けていると、近くに集まっている女子のグループに織田さんの姿が見えた。チョコを配り終えたのか、それとも配っている最中なのか、大いに話が盛り上がっているようだった。嵐の二宮くんがどうのこうのっていう話をしていた。織田さんもやっぱりジャニーズ好きなのかなぁと思っていると、急に織田さんが、「あ！」と大きな声を出した。続く言葉は意外なものだった。「おニューもできるんだよ！　手品！　めっちゃすごいんだから！」

慌てて、酉乃を振り返った。地獄耳ならずとも、織田さんの大きな声は届いていただろう。食事を終えたらしき酉乃はどこかぽかんとした表情で、織田さんがいるグループを見ている。

「え、おニューって、酉乃さんのこと？」

「マジで？　おにゅーんって、そういうのできるの？」

数人の女子達が好奇の視線を一斉に向ける。酉乃は目を見開いたまま、徐々に頬を紅潮させていった。

「おニュー！　こっち、こっち！」

織田さんが、ひょいひょいと手招きを繰り返す。

「来て、カモン！　なにかこう、やっちゃって！　ガツンと！」

西乃は暫く呆然としていたけれど、やがて勢いに押されたようにこくんと頷いて、ゆっくりとした足取りで織田さん達の元へ近付いていった。艶やかな濡れ羽色の髪から覗く白い耳が、今はほんのりと赤くなっている。

女子達は、おおー、というどよめきと共に西乃を迎え入れた。

「え、なに、ニノっちみたいに、カードとか？」

「それとも人体切断？」

「鳩が出てくるとか？」

女の子達はそんなことを言って、笑い合う。

西乃は、いつもの無愛想な表情に動揺を浮かべたまま、織田さんに視線を向けた。なにか言いたそうにしながら、ふぅと吐息を漏らす。

それから、深呼吸をした。僕も同じだった。

どうして僕まで緊張しているのか、それはわからない。西乃の方が、よっぽど緊張していたと思う。それなのに、僕は自分の掌に浮かんだ汗を拭《ぬぐ》うこともしないで、ぎゅっと拳を握りしめながら、グループの女子達の様子を窺っていた。

酉乃は左の手首にあるおしゃれな腕時計を一瞥《いちべつ》し、それから女子達が囲んでいる机の上をちらりと見た。

「リクエストに応えたいところだけれど」出てきた声は、騒々しい教室の中でもよく通るものだった。「今日は、バレンタインだし、せっかくだから変わったものを使っていい？」

「え、なになに？」

女の子達が、食い付いてくる。

「そのチロルチョコを使おうと思って。そこ、座っても大丈夫かしら」

「え、どうぞどうぞ！」

普段、教室では無愛想で大人しい酉乃が、今はよく通る声ではきはきと喋っている。そのことに気圧されたのか、女の子の一人が、そそくさと椅子を前に差し出してくる。

酉乃の頰は、もう紅潮していなかった。

ただ、サンドリヨンにいるときみたいに、大人びた顔付きで、優しい笑顔を浮かべている。

彼女は椅子に腰掛け、机が前に来るように、椅子の位置を調整した。

「ありがとう。そのチョコレートは、誰の？」

机にあったビッグチロルの箱は、さっきの練乳いちごらしかった。

「はい、はい！　あたしのだよおニュー！」

織田さんが嬉しそうに挙手する。

使わせてくれる？　と織田さんに断って、酉乃はそのチロルチョコの箱に手を伸ばした。

「それじゃ、このチロルチョコを使って、ちょこっと不思議な現象を起こしてみましょうか」

西乃は、そこでちょっとみんなの反応を窺った。女の子達は、うんうんと頷いて、西乃の手元に視線を注いでいる。西乃が取り出したチロルチョコは、四つだった。彼女は女の子達の反応を待ったあとで、その四つのチョコレートを、一つずつ机の四隅に置いていく。

「チロルチョコって、たくさんのバリエーションがあるでしょう？　けれど、今日ここにあるのは、いちご味のチョコレートで、四つとも同じものね。まったく同じものって、たとえ離れ離れになったとしても、同じところに集まってしまうものなの。どういうことか、わかる？」

なになに？　と興味津々に食い付いてくる女子達。織田さんは他の子にマジックを観やすい位置を譲って、その子の背中から顔を覗かせている。僕はといえば、さりげなく女の子達の合間から遠目に見える角度まで移動していた。

今、机の四隅には、ピンク色のチロルチョコが一つずつ置かれている。四角形を描くような配置だった。

「どういうことか、実際にやってみるから、よく観ていてね」

西乃が腕を伸ばした。妖しい魔法使いがおまじないをかけるような、どこか儀式めいた手付きの動きだった。彼女のその両手が、対角線上にある二つのチョコレートを覆い隠した。軽くチョコを撫でるような仕草のあと、すぐに両手を持ち上げて、今度はもう一つの対角線上のチョコレートを覆い隠す。彼女は何度か、同じような仕草を繰り返した。まだ机の上にはなんの変化もない。手が最初の対角線の角に戻った瞬間、彼女が言った。

「集合のおまじない。かちん・こちん」

ひらひらと、彼女の五指が踊る。と、彼女が机から手を引いた瞬間、女の子達が驚きの声を上げた。立っていた子は、「えっ、えっ」と動揺の声を上げて、他の子にしがみ付いている。

酉乃が手をどかしたときには、チョコレートが瞬間移動していた。左手の下にあったはずのチョコレートは忽然とその場から消失しており、彼女が持ち上げた右手の下から、二つ目のチョコレートが現われた。ついさっきまで、そこには一つのチョコレートしかなかったはずなのに。

「うっそ、移動した！」

「さて、もう一度。集合のおまじない。かちん・こちん」

同じような動きで、酉乃が二箇所のチョコレートを手で覆う。不思議なリズムでそのおまじないを述べると、両手の五指がひらひらと踊って、ふわりと机から除けられる。また、チョコレートが瞬間的に移動し、机の一角に三つになって現われていた。

同じような動作、そして、同じおまじない。

「さてさて、最後に、集合のおまじない。かちん・こちん」

ひらひらと、彼女の五指が踊る。

あっという間に、机の四隅に配置されていたピンク色のチロルチョコが、一箇所に集まるように瞬間移動したことになる。机の一角に揃った四つのチョコを見下ろし、女の子達が驚きと歓声を上げて騒いでいる。中には「え、こわいこわい！　なにこれ！」と、初めて見る魔法の不可思議さに、動揺を隠しきれないでいる子もいた。

遠目に見ている僕からでも、まったくわからなかった。酉乃の手は、チョコを覆い隠して、机から除けられただけだった。それだけなのに、その瞬間、チョコレートがどうやって移動するというのだろう。不思議なのは、酉乃の両腕が一度も交差したりしなかったということだ。腕が交差したりすれば、机に僕らからは見えない死角ができる。それならば、少しは考える余地も生まれてくるのに。例えば、指で弾いてチョコを移動させたとか、見えない糸なんかで引っ張ったとか。でも、酉乃の腕は一度も交差しなかった。机の上は、ずっと僕らの目に見張られていたっていうのに――。

極上の推理小説で、不可能な密室殺人を読まされたような感覚だった。

ふと、離れたところに立っていた慶永《よしなが》さんと目が合った。彼女は酉乃の隠れた一面を知っている数少ない友人の一人だった。たぶん、図書室から戻ってきたところなのだろう。眼鏡の奥の瞳をぱちくりさせて、僕の近くまでやってきた。小さな声で、聞いてくる。

「途中からしか見ていないんですけど、どうしたんですか？　教室でなんて、珍しいですね」

「うん、まぁ、織田さんがうっかり言っちゃったんだよね」

僕と慶永さんは、揃って酉乃達の方に視線を戻した。女の子達は、「えー、もう一回！」と口を揃えて笑っている。酉乃はというと、やっぱりいつものように、すました顔でこう答えた。

「今日はおしまい。また今度ね」

彼女は織田さんに四つのチロルチョコを返すと、椅子から立ち上がる。女の子達のアンコールを遮《さえぎ》るかのように、五分前の予鈴が鳴った。次はホールで学年集会があるから、そろそろ移動しなくてはならない。気付けば、教室に残っている生徒は少なくなっていた。

「なんか、取られちゃった感じですね」

慶永さんが、拗《す》ねたみたいな表情で唇をとがらせた。

織田さんに腕を引っ張られ、酉乃は笑っている。その様子は、けれども、なんだか普段よりとても楽しそうに見えた。

5

学年集会というと、体育館や校庭に整列させられて、立ったまま延々と無駄話を聞かされるあの苦行を思い出してしまう。どんな子供達も、あれを通して社会に出るための忍耐力を鍛えさせられるのだろう。けれどそれも今となっては懐かしい話で、この高校ではそういった行事は、主に音楽ホールを使って行われている。広大なホールにはすり鉢状に椅子が並んでいて、どこに座るのもたいていの場合は自由だった。心置きなく居眠りができるというもので、実際のところ、先生の話の内容はあまり覚えていない。これから二年生に進学するにあたって云々とか、付近に変質者が出るらしいので気を付けるように云々とか、わりとどうでもよいことで時間を潰されてしまったような気がする。

三好や小岩井くんといったわりと気の知れている友人とは途中ではぐれてしまったので、学年集会の帰りは無口で無愛想な設楽《したら》くんと一緒に廊下を歩いた。今日は土曜日なので、教室に戻ってホームルームを終えれば、あとは帰るだけだ。酉乃の姿をそれとなく探したけれど、結局見つからなかった。たぶん、織田さん達と一緒なのだろう。

教室に入ると、なにやら騒がしかった。

教壇の方に、人だかりができている。というか、戻ってきたみんなが教壇を囲んでいるようだった。

「あれ、なんだろ?」

設楽くんは我関せずといった様子で、黙って席に着く。僕はといえば、好奇心旺盛な人間なものだから、背の低い村松《むらまつ》くんの肩越しに、ひょいと教卓を覗き込んだ。

「うわ、なにこれ?」

教卓を囲んでいるみんなは、不思議そうにその光景を眺めていた。

「なになに、これ藤島先生の?」

「貰えすぎじゃね?」

「あれ、このチロル、オリヒメのじゃん?」

「あー、っていうか、これ、もしかして」

状況がよくわからなかった。

「え、なに、どうしたの?」

「いや、戻ったらこうなってて」振り返って、村松くんが言う。「なんか知らんけど、チョコだらけ。教室出て行くときは、なんもなかっただろ?」

「え、あれー、あたし、先生にはチロルあげてないよ? ちゃんとゴディバだし」ひょこっと顔を出して、織田さんが言う。彼女は僕よりも遅れて戻ってきたらしい。あれ、ていうかいま、さらっとすごいこと言ったよね。「あたし以外にも、いちごもちをチョイスするやつがいるとはっ!」

教卓の上には、大小たくさんのチョコレートがちりばめられている。チロルのように小さなものもあれば、きちんとラッピングされたハート形のチョコレートとか、可愛らしいピンクの紙袋に入っている手作り感たっぷりのものとか、これはさすがに先生にバレたら没収されるぞ的なネタ系のチョコレートとか、黄金色に輝く定番のバラエティビッグチロルとか、どうにも統一感がない。って、あれ、あのハート形の箱、どこかで見たような気が——。あのリボン、大きさ、ボックスの形と色、質感……。

ひやりとした。急いで廊下へ駆け戻り、ロッカーから鞄を取り出す。中を開けて確認した。ない。

全力ダッシュで教室の中へ戻ろうとすると、同じく教室に入ろうとしていた小岩井くんにぶつかりそうになった。

「っと、ポチ、どうした? 真っ青になって」

応えず、人垣を掻き分けて、教卓へ。そこにあるチョコレートの箱は、確かに見覚えのあるものだった。

「ポッチー、どうしたの？」

「え、あ、いや。これ……」

織田さんや教室のみんなの視線を受けて、口ごもってしまった。頭が真っ白になる。しかし、これは言えない。恥ずかしすぎる。あらぬ誤解を受けたら大変だし――。

「ああっ！」けれど僕が言うより早く、織田さんが声を上げた。「これ、セリカがポッチーにあげたチョコじゃん！」ていうかなんで知ってるの今朝の見てたの声大きいよ聞こえちゃうじゃん。「でしょでしょ？　え、なんで？」

「あっ」小岩井くんが、自分の机を覗き込みながら、ふと声を上げた。「俺も、机に入れてたチロルがない」

にわかに教室が騒がしくなった。クラスメイト達が徐々に事態を理解していく。そう。この教卓の上に並べられたチョコレートは、先生にプレゼントされたものではなく――。

「ってことは、あぁー！　あたしのビッグチロルがない！　それあたしの！」

教卓の上のバラエティのビッグチロルは、どうやら織田さんのものらしい。

女子達が、一斉に机や廊下のロッカーに駆け寄り、荷物をチェックし始めた。男子達も机の中を覗き込んだりして、状況を把握していく。僕は教卓の上の、八反丸さんから貰ったものと思しきそれを手に取り、しげしげと眺めて確認した。間違いなかった。

「どうしたの」

不意に声をかけられて振り返ると、戻ってきたばかりらしい酉乃が立っていた。反射的に、八反丸チョコを後ろ手に隠してしまう。

「え、あ、いや、えと……。なんか、よくわからないけど、たぶん、みんなのチョコが、その」

「チョコが？」彼女はすまし顔のまま、首を傾げる。

「えっと……。どうしてかわかんないんだけど、みんなのチョコが、先生の机の上に」

教卓に視線を投げかけると、男子の一人がいかにも本命チョコといった装いの袋を、こそこそと後ろ手に隠して自分の机に戻っていくところを見てしまった。二年生の先輩と付き合っているともっぱらの噂だけれど本人は「恋愛なんて馬鹿くせー」と否定していて、「バレンタインとか、子供かよ」なんて前日に笑っていた御堂《みどう》くんだった。義理チョコならばともかく、自分のものだと名乗り出るのは恥ずかしかったのだろう。

「なんか、勝手にロッカーとかから盗まれて、あそこに集められちゃったみたいで……」

西乃は何度かまばたきを繰り返した。さすがの彼女も、あまりに突拍子もないできごとに、理解が追い付かなかったのだろう。きょとんとした表情のまま、周囲の女の子が所持品をチェックする様子を見て、やっと把握したようだった。顔を青ざめさせると、慌てて身を翻《ひるがえ》して廊下へ走る。と、五秒もしないうちに戻ってきた。今度は自分の机へ一目散に駆けていくと、机の中を覗き込んだ。

「西乃さん、大丈夫？」

彼女は机の中に手を入れて、ノートやペンケースを取り出し、それらをひとつひとつ確認していった。表情は今は落ち着いている。彼女は机の中から、練乳いちごのチロルを取り出した。

「わたしのは、盗られてないみたい」

「他の持ち物は？」

西乃はチロルを手に、こくりと頷く。

「廊下のロッカー、錠を付けてあるから。須川君は？」

「え、あ、いや、僕は」そういえば、八反丸チョコを勝手に盗られた——いや、この場合は、移動させられた、というべきだろうか——それ以外の被害は、慌てていたせいで確認していなかった。「えと……。これから、確かめるところ」ふと、彼女の眼が不審げに、背中に回ったままの腕を見ていることに気付いた。「あ、あれ、そういえば、西乃さん、それ、織田さんの？　返したんじゃなかったの？」

西乃はチロルチョコを手にしたまま、きょとんとして僕を見た。少しの間があった。

「これは——、今朝貰ったの。そういう須川君は？　八反丸さんの他にも、チョコレート貰えたのかしら？」

ぐさっとくる言葉だった。

「いや、あの、えっと、あ、ほら、西乃さん、一応、机、よく確認しておいた方がいいよ。僕も、うん、なにか盗られたものがないか、確かめてこないと……」

背中に八反丸チョコを隠したまま、ぎくしゃくと後退し、廊下にあるロッカーへ、あまりにも挙動不審な姿勢で向かう。

ふと目をやると、学級委員の畑中《はたなか》さんが、遅れてやってきた藤島先生に事態の詳細を話しているようだった。

ロッカーへ戻り、いそいそとチョコレートを仕舞い込む。他に盗られたものがないかどうかよくよく確かめたけれど、どうやらチョコレート以外は無事なようだった。僕らの高校のロッカーは、教室の中の他に廊下にも設置されていて、基本的に錠は付いていない。女子の中には自前で錠を付けている子もいるけれど、しょっちゅうばたんばたん開け閉めをするものだから、面倒がってそのままにしている子の方が大多数だろう。元より、貴重品なんて財布くらいだし、それくらいならば持ち歩ける。体育のときは、学級委員が貴重品を預かって職員室に保管するようになっているし。

廊下では、僕の他にも、何人かの女子が自分のロッカーを確かめているようだった。同じようにロッカーを覗き込んでいた慶永さんに、声をかける。

「慶永さん、大丈夫?」

「ええ」ロッカーを閉ざして、彼女は不思議そうに首を傾げた。「先輩に貰ったチョコレート、中に入れておいたんですけど、そのままでした」

「鍵してたの?」

「いえ、最近はしてません。なんか不思議ですね。他の子も、チョコレート以外は盗られてないのかな?」

教室に戻ると、事態を把握した藤島先生が、とりあえず全員、席に着くようにと促した。

「それじゃ、このチョコレートに心当たりがあるやつは、いないのか?」

教卓の上には、まだたくさんの義理チョコと、いくつかの本命っぽいチョコが残っている。言われたように席に着いて、みんなを見回す。もちろんのこと、クラスのみんなはざわざわと言葉を交わし合っていたけれど、先生の問いかけに答える子はいなかった。

「ということは、こりゃ、他のクラスのも交ざってるのか」藤島先生は、あからさまに顔を顰《しか》めた。「とりあえず、みんな、盗られたものがないかどうか、よく確認しておくように。ちょっと、俺は職員室に行ってくるから――」

先生は周囲を見渡して紙袋を見繕うと、それを広げて持ち主不明のチョコレートを仕舞い込んでいく。

「まだ帰るなよ、あとでホームルームやっから」

早足で、先生は教室を出て行った。教室中が騒がしくなっていく。

「えー、どういうこと、みんな他に盗られたものってあるの？」

「あたしはないけど」

「俺も大丈夫」

「てか、チョコレートだけ？」

「チョコだけ盗むって、どういうことよ？」

「いや、この場合、盗んだっていうの？　だって先生の机の上にあったわけでしょ？」

「ちゃんと全部ある？　チョコなくなっちゃってる子って、いる？」

どうやら犯人は、本当になにも盗まないで、クラスのみんなのチョコレートを、先生の机の上に移動させただけ、らしい。

いったい、なんでまた、そんなことを？

騒然とする中、僕はなんという気もなしに、窓際の席に座っている酉乃に視線を移した。

彼女は頬杖を突いて、ぼんやりと窓の外を見ていた。

6

結局、ホームルームの開始は遅れに遅れて、学年集会があったこともあり帰宅時間はいつもの土曜よりだいぶ遅くなってしまった。先生達は、盗難事件の可能性を考慮したようだった。各自持ち物を確認するように促す校内放送が流れたのだけれど、結局のところ貴重品を盗まれた子は一人もいないようだった。どうもただの悪趣味ないたずららしいとわかると、緊迫した空気は風に吹かれてどこかへ飛んでいってしまい、すぐに下校の許しが出た。

職員室に用事のあった小岩井くんがついでに仕入れてきた情報によると、チョコレートを持ち去られた被害者は、一年生のクラスから無作為に選ばれたようで、そのチョコレートは、すべて僕らのクラスの教卓に集められていたことになる。藤島先生は、チョコレートがなくなっているのに心当たりがある子は職員室まで取りに来るように、との校内放送を流していたけれど、いくら先生達がバレンタインチョコを黙認しているとはいえ、「俺が貰ったチョコがなくなってるんで取りに来ました」とか、「それ、あたしの手作りチョコなんです！」っていうのは、言い出しにくそうだよね。案の定というべきか、ホームルーム後の教室で織田さんや小岩井くんとこのへんてこな事件に関して話し合っていたら、藤島先生が顔を見せた。

「お、いたいた。ちょっと、小岩井と織田、手伝ってくれないか？」

「なんですか？」

「いや、これなんだが」と、藤島先生は手に提げていた大きな紙袋を、とんと机の上に置いた。

「さっきのチョコレートなんだけどな、まだいくつか残ってて。校内放送で呼びかけても、取りに来ないんだよ。なくなってることに気付かないっていうよりは、あれだろ、小岩井が言うように、取りに来るのが恥ずかしいってやつだろ？　まぁ、普通の落とし物なら、暫く預かっておくんだけど、食べ物だしなぁ」

「あ、なるほどなるほど！」と、元気よく挙手する織田さん。「それってつまるところ、あたし達に持ち主を探してこいってことでしょ！」

「そういうこと。小岩井は男子の信頼厚いし、織田は顔広いだろ。チョコレート、まだ六つ残ってるんだよ。もう帰っちまった子もいるかもしれないけど、まだ学校に残ってるやつの中から、これの持ち主、ちゃんと探してやってくれないか？　あ、須川は帰っていいよ」

椅子ごとひっくり返りそうになった。役立たずってことですかそうですか。「あ、いや、僕も暇だし、手伝いますよ」酉乃、帰っちゃったし。

「そうか。いや、悪いなぁ」

「センセー、結局、チョコ以外になんか盗られた子っていなかったの？」織田さんは、興味津津といったふうに眼を輝かせて聞いた。

「うん、まぁ、いないみたいだ。これで一安心と言いたいところだが、田代《たしろ》さんの視線が怖いんだよなぁ」

藤島先生はがくりと肩を落として深い溜息を漏らした。田代さん、というのは教頭先生のことだ。バレンタインを黙認した責任を取らされてしまうのかもしれない。

「でも、ホントになにも盗られてなければそれにこしたことないんだ。単なるいたずらにしては妙だけども……。まぁ、そういうわけで、これ預けるから。持ち主見つけたら、このノートに名前書いてもらって、あと、チョコレートの特徴、ちゃんと聞いて確認してから返してな。嘘言われて持っていかれちゃっても困るし、どのチョコを誰が受け取ったか、きちんと記録を取るように」

「合点承知！」織田さんはノートをしかと受け取り、胸に抱いて立ち上がった。

「じゃ、さっさと教室巡りして、その次は文化系の部室廻ってくか」小岩井くんも、紙袋を持って立ち上がる。

「そうだね。チョコの特徴確認しなきゃいけないから、分担するよりは、みんなで一緒に行った方が良さそうだね」

「すまんなぁ。できる限りで構わんから、頼むよ。俺は職員室にいるからさ」

先生は困惑の表情を浮かべたまま教室を出て行った。いつも飄々として明るく振る舞っている先生だけれども、その足取りはどこか重くて力ない。バレンタインを黙認していた責任を感じているのだろうし、この不可解な事件で、本当に貴重品を盗まれた子がいないかどうか心配しているのだろう。

小岩井くんが提げている紙袋を、ちらりと覗いてみる。チョコレートは、チロルのような小さなものから、ジョークチョコのようなものまで様々だった。けれどその中に二つだけ、可愛らしいリボンでラッピングされた、小さなプレゼントボックスが残っていた。

普通の落とし物なら、暫く預かっておくんだけど。たとえ僕らがチョコの持ち主を探し出そうとしたところで、見つけられない可能性もある。僕らが訪ねたって、言い出せない子だっていると思う。

それでも今日という特別の日のうちに、探し出して届けてあげたい。いつもテストの問題は厳しいものばかり出してくるけれども、藤島先生のそういうところ、僕は嫌いじゃない。それは織田さんも、小岩井くんも同じようだった。

7

チョコレート集合事件の被害者たる『持ち主不明チョコ』は、意外なことに、順調にその持ち主を探し出して返却することができた。交友関係の広い小岩井くんが、教室や部室に居残っている男子の中から、めざとくそれらしい子を見つけ出して声をかけていく。中には当然、

「いや、たぶん俺のだけど、べつにいいよもう」なんて照れくさそうに言う男子もいた。そのチョコレートは綺麗にラッピングされたものだったから、返却を終えて廊下に出ると同時に、織田さんはぷんすかと腹を立てていた。

「なにあれ、べつにいいよもうって！　あれ、どう見たって手作りだよ？　世界に一個の特別なチョコなんだよ？　それを放置しとくって、どういうつもり？」

「まぁ、単なる照れ隠しだろ。本心じゃほっとしてるって。たぶん」

「それにしてもさ」僕は五人の名前が記録されたノートを見下ろし、先を進む二人の後を追った。残すチョコはあと一つだった。「持ち主、全員、男子だったね。当然かもしれないけど」

「当然かもって？」と、小岩井くん。

「いや、ほら、既にプレゼントを受け取ったんだとしたら、持ち主は男子になるでしょ？」

「うーん、でも、女子の友チョコの可能性だって、あるわけだろ？　っていうか、そっちの方が数自体は多いはずじゃん」と、小岩井くん。「まぁ、でも、女子はジョークチョコを交換したりしないか」

「もしかしてさ」と、僕は疑問に思っていたことを口にした。「被害者って、全員、男子なんじゃない？」

「被害者って、なんか殺人事件みたいだな」

「えー、でもでも、あたしのチロルも、先生の机の上に移動してたよ？」

「あ、そっか……」

そういえば、そうだった。でも、酉乃が机に入れてたっていうチロルは無事だったし、犯人はいったいどんな基準で被害者を選んで、チョコを移動させたんだろう？

「それに、あたしちょっと気になる子がいるんだよね。C組に戻ってみていい？」

もう文化系の部室はたいてい訪ね終わったし、残りのチョコレートは一つだけだった。どうやら、織田さんはその持ち主に心当たりがあるらしい。

「じゃ、戻ってみるか？」

異論はなかった。僕はいつの間にやら荷物持ち係になっていたので、軽くなった紙袋に記録用のノートを押し込んだ。紙袋に残っているのは、ラッピングされた小さなプレゼントボックスが一つだけだ。ふと見てみると、少しリボンがずれているのに気付いた。それを取り出し、リボンを引っ張って、ラッピングを直す。うん、我ながら完璧。いや、僕ってば、こういうの気になっちゃうんだよね。それにしても、これ、どんなチョコが入っているんだろ。プレゼントの箱って、中に入っているものを確かめたくなって、ついつい軽く振ってしまう。

「って、こらポッチー！　チョコで遊ぶなよ！」

織田さんにどつかれた。

「あ、ごめん、つい……」このチョコは軽く、中の様子はみじんもわからなかった。「でも、こういうのって、女の子は好きだよね。ラッピングとか色々と種類があってさ。今日見たチョコって、全部見た目が違ってたじゃん。手作りっぽいのはもちろん、市販品もさ、あんなにバリエーション豊かとは思わなかったよ」

「当たり前じゃん！」織田さんは僕を振り返り、後ろ向きに歩きながら力説する。「どうせ渡すなら、世界でたった一つのチョコにしたいじゃん？　手作りだったら、ラッピングまで心を込めるの。見た目が被ったら、もうそれだけで台無しでしょ？」

「でもさ、そうなると、今度は貰う方も困っちゃいそうだね。こういう包装紙とか箱を、捨てるときとかさ」

「ふごぉぉぉー！」織田さんの腕が伸びて僕のネクタイをぐいっと摑んだ。「捨てる？　捨てる？　貴様、捨てるだと？」

「え、あ、いや、だって、食べ終えたら」

「ばかもーん！」ネクタイを引っ張られた。思わず前につんのめる。「だからポッチーは女心わからないんだよー！　女子からKY気味だって言われてるんだよちょっとは反省しろこの野郎！」え、僕ってそんなこと言われてるんですか？　な、なんで？「そんなんだからいつまでもおニューがそっぽ向いているの！　今日だってどうせチョコ貰えなかったんでしょ！　セリカのあれ受け取っちゃうからだよもう！　このばかちん！　もうサイテー、いっぺん死んでこい！」

ひどかった。散々な言われようだった。傷付いた。

「え、なになに、おニューって酉乃さんのこと？　おい須川、どういうことだ」小岩井くんが嬉々として詰め寄ってくる。

「それがさイワンの旦那。ポッチーってば、あの子にずっと夢中なんですよ。最近一緒に帰ったりして、仲良さそうでしょ？　でもぜんぜん進展なしで、今朝なんか、彼女の目の前でセリカのチョコ受け取っちゃうんだよ。朝イチでさ！」

「お、なに、まだコクってないの？」

「え、あ、いや、そうじゃなくて、その」

「まぁね、わかる。あたしだってわかるんだよ。好きだよって口にして、お互いに傷付くのって嫌だよね。これまでの関係が壊れちゃうのって、すごく怖いよ。わかるわかる。でもさ、バレンタインにはさ、女の子だって用意周到に色々と計画して、そんでもってフラれちゃうかもしれないのに、勇気を振り絞って当たって砕けてるんだよ。それくらい女の子にできて、どうして男の子にできないわけ？　お前らもチョコが欲しけりゃそれくらいの努力はしろコンチクショー！」

廊下に織田さんの魂の叫びが響く。織田さんどうしたの。ああ、そうか、織田さんってば、まだ失恋中なんだ。その気持ちがなんだかよく伝わってきた。そのぶん申し訳なくなる。

C組に戻ると、まだ教室に居残っている生徒が何人かいた。目についたのは脚本らしきコピー紙の束を掲げてうんうんと唸っている三好の姿だった。彼は隣の席の主が不在なのをいいことに、そこへ上履きの足をどんと鎮座《ちんざ》させ、ぞんざいな姿で脚本を睨み付けていた。近くの席には、すました顔で小説を読んでいる八反丸さんの姿がある。おおかた彼女から脚本に関して無茶な注文を振られたのだろう。今日は演劇部の部活はないらしいけれど、小岩井くんも織田さんも演劇部だから、期せずしてここへ大集合してしまったことになる。

「どうしたの？」と、一応、三好の傍《かたわ》らに寄って聞いてみる。

「いや」彼は台本を睨み続けたまま、制するように右手を持ち上げる。「ほっといてくれ」

「だって、どう考えても不自然でしょう？」と、八反丸さんがちらりと顔を上げた。「彼女、そこでは絶対に言い出せないはずなのよ。そんな大勢の前で、自分のことをさらりと言えるかしら？　確かに物語の都合としては、みんなにその事実を知ってもらう必要はあるけれど、でも、自分で言い出すのはおかしいでしょう？」

よくわからないけれど、やっぱり脚本の話らしかった。

「女王様の推敲《すいこう》がまた始まったみたいだな」僕の背中で小岩井くんが囁《ささや》く。

三好は黙り込んでしまった。なんの話なのか、僕にはさっぱりわからない。

「ポッチー！　おい、カモン！」

教室の隅の方、一人の女子に話しかけていた織田さんが、ぴょこぴょこ飛び跳ねて、手を振っている。呼びかけられて小岩井くんと共に、彼女の元へ向かった。

織田さんが話しかけていたのは、広瀬《ひろせ》実梨《みのり》という女の子で、彼女もやはり演劇部の子だった。あれ、そういえばこのクラスって演劇部の子多くない？　まぁ、友達に誘われて入部っていうパターンなのかもしれない。広瀬さんはどちらかというと大人しめの女の子で、練習以外の活動にはあまり顔を出したりせず、僕はほとんど会話をしたことがなかった。役者ではなく裏方、それも照明が好きという子で、始めて一年目にしては暗転のタイミングに信頼がおけると先輩達に評価されている。

さっき僕らがC組を訪ねたときも、そういえば広瀬さんはどことなく所在なさげにしていたけれど、なるほど、織田さんの言う「気になる子」というのは彼女のことらしい。チョコレートがなくなっていることに気付いたけれど、先生にも言い出せず、僕らにもなかなか言えないで、教室で悶々《もんもん》としていたに違いない。そんな彼女の心境を、織田さんはずばりと見抜いてチヨコのことを聞き出したのだろう。

「はい、これ、ノート、ここにサインしてね」織田さんは僕の提げていた紙袋をひったくり、ノートを机に広げた。ついでに、可愛らしいプレゼントボックスをそっと差し出す。「まぁまぁ、なにも言うなよみのりんご！　誰にプレゼントするのかなんて、このあたしはそんな野暮なこと聞かないからさ！」

織田さん、もうちょっと小さな声で喋ってあげて！

広瀬さんは顔を赤くして、ノートに名前を書くと、ぺこりと頭を下げる。

「もうなくすなよ」離れたところで見ていた小岩井くんが笑う。「ちゃんと渡さないと」

「ファイトだ！　みのりんご！」

織田さんがガッツポーズを作り、その熱い瞳で広瀬さんになにかを訴えかけた。広瀬さんはひどく恥ずかしそうに肩を小さくし、机の上のハート形ボックスを手に取った。その瞬間、ぎゅっと肩を震わせて、初めて僕らの方を見上げた。

広瀬さんは深く息を吸い込むと、真っ赤な顔でこくんと頷いた。

8

帰宅すると、台所にコンビニのお弁当が置かれていて、『母は今日遅くなります。よろしく』とご丁寧にハートマークを添えた付箋《ふせん》が貼られていた。そういえば、今日は古いお友達と遊びに行ってくるとかなんとか、そういう話を聞いたような気がする。お弁当の隣にキットカットが一つ置いてあるのがいかにも母上らしい。

自室に戻り、カーテンを閉めた。既に外は真っ暗になっていて、冷たい冷気が窓から流れ込んでくるような気がした。まだまだ春は遠そうだ。

溜息と共に、ベッドに転がり込む。結局のところ、酉乃からチョコレートは貰えなかった。彼女がチョコレートを渡す相手は、僕じゃなかったということだ。そのチョコレートは、今頃はもう、彼女の大切な人にプレゼントされたんだろうか。考えると、胸が苦しくなる。耳を塞ぎたくなって、眠ってしまいたくなる。この世界から、どうにかして逃げ出したくなる。そんなふうに思うのって、大袈裟だろうか。ネガティブな考えを追い払うように、帰宅したまま放りっぱなしにしてた上着や鞄を片付ける。そういえば、八反丸さんから貰ったチョコレートを鞄に入れたままだった。溶けちゃったりするともったいないし、冷蔵庫に入れておくと母や姉になにか言われてしまうし、今すぐ食べてしまった方がいいのかもしれない。

リボンを解いて、箱を開ける。ご丁寧に保冷剤らしきものと一緒に、カラフルにLOVEと彩られたハート形のチョコレートが一つ収まっていた。

ある意味では、大収穫なのかもしれない。学年一の美少女からチョコレートを貰えるなんて、例年の僕からすれば、まったくもってあり得ないことだった。

それでも、本当に好きな子からは、貰えなかった。だから、今はどこか胸の奥が空虚な気持ちでいっぱいになっている。決して埋められない虚しさ。来年にもチャンスがあるなんて今更思えなかった。今日だけの、特別な一日。それはもう、過ぎてしまった。

織田さんや八反丸さんに義理チョコを貰っても、心の底からは喜べない。僕は、誰かからチョコレートを貰いたいわけじゃなくて、酉乃からチョコレートを貰いたかったんだ。

溜息混じりに、八反丸さんから貰ったチョコレートを齧った。ほんの少し硬い表面に歯が食い込んで、甘さが舌の上に広がっていく。その甘さを、しっかりと噛みしめた。口中に広がるのは、僅かな苦みと、そして、なんだか懐かしい味。あれ、なんだろうこれ。変わった味のチョコだ。こういう味、たまに食べたことあるけど、えっと、そう、カレーパンの味だ。カレーパンの具を、もしゃもしゃもしゃと食べるときの食感と味にすごく似ている。って、カレーパン？

齧っていたチョコの欠片を、見下ろす。チョコレートでうっすらとコーティングされたその中に、カレールーがそのまま入ってた。

やられた。

意識したとたん、口の中にたまらない不味《まず》さが広がった。加えて、チョコの過剰な甘さがそれを混沌と引き立てる。チョコを片手に、慌てて階段を降りて水道水をコップに注いだ。一気に冷水を飲み込む。

水を飲んでもチョコレートとカレーパンをミックスさせたような不思議な味は消えなかった。その凄まじい苦さに耐えきれず、何度も水で口をすすぐ。

まったくもって手の込んだいたずらだった。八反丸さんの本気っぷりは、やっぱり笑えない。嬉々として計画し、台所に立つ彼女の姿が眼に浮かぶようだった。女の子っていうのは、本当に計算高いと思う。なんだか織田さんの言っていたことを思い出してしまった。女の子は用意周到に色々と計画して、そして当たって砕けているんだって。

女の子にそれができるのに、どうして男の子にそれができないの？

慌てたせいで流しっぱなしになっていた水道水を、ぼんやりと見つめる。口の中の苦みは消えそうになかった。八反丸チョコは、僅かに僕の胃の中に入ったけれど、胸中の虚しさを埋めてくれる気配はみじんもなかった。

女の子は、用意周到に計画して、そして、当たって砕けている。

僕にそれができるだろうかと思った。

もう一度水を飲んで、蛇口を閉ざした。テーブルに置いたままになっている齧りかけのチョコレートを、どうしたものかと見下ろす。このまま捨てるのもなんなので、食べるしかないだろう。ひどい拷問だった。とても残念な味が、舌の上でいつまでも転がっている。なんだか世の女性すべてからブーイングを受けているような気になった。

結局のところ、僕はバレンタインでの女の子達のようには、なんの準備もすることができず、当たって砕けるのに怯えて、行動できないでいる。

好きなことを、好きなんだと、胸を張って言えないでいる。

そうしちゃいけない理由なんてないはずなのに。誰だって、好きな人に好きだよって言う資格があるはずなのに。

まぁ、さすがに、チョコレートくださいなんて、押しつけがましいことはもちろん言えないけどさ……。でも、ここでこのままうじうじして、なにもしないでいるよりは、なにか行動を起こした方がいい。酉乃に会ってどんな話ができるかはわからないけれど、そう思える。そう思えたんだ。

八反丸さんのチョコレートを、大量の水とともに、なんとか全部、口に押し込んだ。あまりの不味さに悶絶しながら、着替えを終えて、外へ飛び出す。自転車を走らせ、駅へ向かった。

途中で、クールミントのガムを買おう。とりあえずは、それからだ。

9

今日もあの東大生マジシャンがサンドリヨンに来ていて、ひとつひとつのテーブルを廻ってマジックを見せていた。そうやって順にテーブルを巡ってマジックを見せるスタイルを、テーブル・ホッピングと言うらしい。以前、酉乃にそう聞いたのを思い出した。その彼女は、桐生さんとは別のテーブルのお客さんにマジックを見せているようだった。土曜日の今日はずいぶん繁盛している。

「桐生君がバイトをしているマジック・バーが、改装作業をしていましてね。そこが営業再開するまで、ウチで働いてくれるというもので」と、十九波さんは誇らしげに語った。十九波さんの様子を見る限り、桐生さんのマジックの腕は相当なものなのだろう。けれど、それを聞いて少し安心もした。だってさ、ずっとサンドリヨンに居座られたら、たまったものじゃないよ。酉乃のマジックを観る機会だって、減っちゃうかもしれないし。

酉乃はまだ、僕が来店したことに気付いていないようだった。バイトの子は忙しそうにしていたけれど、十九波さんは手が空いたらしく、手持ちぶさたになっている僕に色々と声をかけてくれる。自然と学校の話になり、僕は今日、酉乃が初めて教室でマジックをしたということを話した。

「それは、珍しいことですね。ハツはどんなマジックをしましたか？」

「えっと、チロルチョコが、こう、四個あったんですけど、テーブルの四隅に。それで、えーと、手をかざすだけで、移動しちゃうんです。あれって、どんな仕掛けなんですか？」

十九波さんは、にっこりと笑う。

「ハツならこう言うでしょうね。不思議は不思議のまま楽しんでおいた方がいいですよ」

「やっぱり」思わず苦笑してしまう。もちろん、本当にタネを教えてくれるとは思っていなかった。なにより、タネを知ったところで、マジックは簡単にできるものじゃない。そのことは、酉乃に何度も教えられた。

「しかし、チンカチンクをチョコレートでやるとは、ハツらしいですね。教室でカードやコインを取り出すよりは、確かに、とても自然な流れです」

「チンカ……。チン――？」思わず放送禁止用語を口にするところだった。

「チンク・ア・チンク。そのマジックのタイトルですよ。硝子《ガラス》や金属がぶつかったときに鳴る擬音のことです。日本語で言うところの、カチンとか、チャリンとか、そういう意味ですね」

「なんでそんな名前なんですか？」

「そうですねぇ」十九波さんは白髭を撫で付けながら、暫《しば》し考え込んだ。「もともとは、金属の分銅かなにかを使っていたらしいんですがね。名前の由来は、正確にはわかりません。詳しい人なら知っているかもしれませんが」

「分銅、ですか」なんとなく、チロルチョコサイズの分銅をイメージしてしまった。そんなものがあるんだろうか。

「普通、あのマジックは角砂糖やコインを使って行われることが多いのです。チョコレートで演じている人は少ないでしょうね」そう言って十九波さんは笑う。「マジックは、上手くいきましたか？」

「それは、もちろん」どうしてそんなことを聞くのだろうと疑問に思った。「なんか、いつもより楽しそうな感じで」

「そうですか」十九波さんはにこやかな表情を浮かべて頷いた。「しかし、それにしては今日のハツは機嫌が悪いようです。おっと、手が空いたみたいですね」

十九波さんはそう言って、カウンターに戻ってきた酉乃に声をかけた。彼女は僕のことにも気付いたようで、切れ長の眼を大きく見開き、やや俯き加減になってこちらへ近付いてきた。ごゆっくり、という言葉と共に、十九波さんが離れていく。

酉乃はやや離れた位置で立ち止まり、硝子の仕切り壁の方へ顔を向けた。その横顔はなにを語るわけでもなく、教室で授業を受けているときのようにすました顔のままで沈黙していた。

「あの——」声をかけるのには、いくらかの勇気が必要だった。そして、声を発したはいいけれど、どんなことを話せばいいのかが思い付かなかった。

「なに」

彼女は視線だけで、ちらりとこちらを一瞥する。確かに機嫌が悪そうだった。けれど、その理由が僕にはわからない。もちろん、想像したり、推測することはできる。けれど、それが正しいなんて保証はないし……。行き着く答えは、あまりにも自意識過剰で、おこがましいもののように思える。

「いや、その」

言葉に詰まる僕に対し、呆れたような溜息と共に、酉乃が言う。

「八反丸さんと、デートでもしていたのかと思った」

「えっ？」思わず声が裏返った。「いや、え、なんで？」

「チョコレート、美味しかった？」

「あ、いや、それは、その」口の中にはまだあの苦みが残っている。これは歯磨きをしても取れそうになかった。「あれは、こう、なんていうの。義理チョコというか、八反丸さんのいたずらっていうか。すごいものが入ってて、ほ、ホントだよ？」

彼女は仕切り壁に反射するキャンドルの炎を見ながら、肩を竦める。

「カレールー？」

「え、あ、うん」

そこで、酉乃は初めて僕の方を見て、眼を合わせた。哀れみの視線だった。

「それで？」

「え？」

「今日のご用件は？」彼女はまたそっぽを向く。「また謎解きのご相談？」

それは救いの手だった。僕はこくこくと何度も頷き、冷たい表情で横顔を向けている彼女を見上げる。

「そ、そう。そうなんだよ。僕、あのあとさ、えっと、持ち主不明のチョコレート、織田さん達と返して廻ったんだけど。でも、あのいたずらって、なんの意味があったのかなって。不思議で仕方なくって」

実際のところはいつもと違って、あのチョコレート集合事件を不思議に思うほどの余裕はなかった。咄嗟《とっさ》に出てきた見苦しい嘘。だって、用件なんて決まってる。なんのためにここに来たのかなんて、言葉にすれば、一言だった。

僕はきっと、当たって砕けるのが怖い。たった一言、そう答えるだけで自分の心が砕けてしまいそうで、女の子ほどの計画性も、勇気もなくて、とても怖い。

彼女が見つめる硝子板のように、僕の勇気はあっさり砕けてしまうほどに、とても脆《もろ》い。

たった一言。君に、酉乃さんに、会いに来たんだって。

そんなふうに、素直に言えるようになれればいいのに。

「それじゃ、話してみて。あのあとの、放課後のこと」

いつの間にか、彼女は僕を見下ろしていた。いつものすまし顔のようにも見えたし、どこか不機嫌そうにも見えた。僕は、今日のできごとを思い返しながら、ゆっくりと彼女に話を聞かせる。酉乃は徐々に真剣な表情になり、いくつか質問を挟みながら、僕の話を聞いてくれた。

「いったい、犯人ってば、なんのためにそんなことをしたんだと思う?」

彼女に話しているうちに、不思議は整理されていく。いくつかの疑問や、それに対する解答が自分の中で生まれて、そして消えていった。

チョコレートを狙われたのは、一年生ばかり。そして一年生は、学年集会で音楽ホールに集合していた。犯人はその隙を突いたのだろう。チョコレートを集めるなんて、いかにも子供っぽい考えだ。生徒のいたずらだと考えるのが妥当だろう。すべての教室を巡ってチョコレートを集めるのには、それなりの時間がかかるはずだ。犯人は一年生かもしれない。音楽ホールから抜け出すか、初めから出席しなかったか、どちらにせよ、不可能じゃないだろう。

今日は店内が賑やかだった。桐生さんの声もよく響いてくる。僕らは自然と互いの声に耳をすましながら、顔を寄せ合っていた。まるで内緒話でもするみたいに。そのことに遅れて気付いて、慌てて僕は顔を引いた。心臓が飛び跳ねるほどに近い距離だった。彼女はカウンターテーブルに肘を突き、僅かに身を乗り出すようにしていた。頰が赤くなるのを自覚しながら、思考の海に身を委ねている彼女を見つめる。酉乃は僕ではなく、店内のキャンドルの炎をじっと見ていた。

「どうしたの」

少し遅れて、彼女が言った。

「ううん」

ふるふると、かぶりを振る。体温を感じ取れそうなくらいの距離に、喜びと不安がない交ぜになった感情がわき上がった。不快に思われたらどうしよう、嫌われたらどうしようと、恐れにも似た気持ちが拭いきれなかった。それでも、この距離が徐々に近付いていくことを、僕はやっぱり望んでいる。

「それで……。酉乃さんは、どう思う？　もしさ、犯人の狙いは別にあったりして、それで、なにかが盗まれてたりしたら、藤島先生だって困っちゃうだろうし」

彼女は少し身を引いて、すっと背筋を伸ばした。僕の望みとは裏腹に、二人の距離が離れていく。考え込むときにいつも見せる、唇に人差し指を押し当てる仕草をして、酉乃は言った。

僕の方に視線を向ける。

「バレンタインの責任は、みんなで取らなきゃ」

「え？」

そこで、ちょっと間があった。僕の反応を窺うような沈黙だった。

「たぶん、今回は珍しく男の子の方が上手だったのね」

意味がわからない。

「どういうこと？」

「もしかして――」と、酉乃は首を傾げる。「小岩井君って、転校しちゃうの？」

「えっ」ひやりとした。その事実は演劇部の人間しか知らないはずだった。「いや、そうだけど、え、なんで酉乃さん知ってるの？　まだ知ってる子、少ないはずだけど」

酉乃と小岩井くんが会話しているところなんて、欠片も見たことがない。

「べつに」桐生さんがマジックをしている方のテーブルに視線を向けて、こともなげに酉乃は言う。「彼、お父さんが単身赴任中なんでしょう？　それなのに、今度、一軒家で念願のレトリバーを飼うんだって言ってたわ。それって、お父さんがこっちへ戻ってくるか、あるいは、お父さんを追いかけて、引っ越しをするってことじゃない？」

「え、いや、でも、それだけで？」

「三好君って、小岩井君と同じ演劇部の子でしょう？」こちらを見て、すまし顔で言う彼女。「同じ演劇部の子で、親しそうなのに、『今のうちにメアドを交換しないと、一生知らないままになる』って、お昼休みのとき、言ってなかった？」

相変わらずの地獄耳だった。恐れ入る。確かに、あのとき酉乃はちらりとこっちを見ていたっけ。

「最近はよく職員室にも通っていたみたいだから、来月にでも引っ越すんじゃないかしらって」

僕はもう、シャーロック・ホームズばりの推理を見せる酉乃に、笑うしかなかった。「酉乃さんのコールド・リーディングには敵わないよ」

彼女はちょっと笑って、肩を竦める。

「半分は、当てずっぽうだけれどね」

久しぶりの笑顔に安心しながらも、まだ疑問は残っている。

「それで、えっと、小岩井くんの転校が、なにか関係あるわけ？　えっと、いや、もしかして、あのいたずらの犯人って――」

「たぶん、小岩井君だと思う」

「な、なんで？」

「多すぎるのよ」彼女は右手の人差し指に、ストレートに伸びた黒髪をくるくると巻き付けながら言う。これも、彼女が物事を説明するときのくせだった。「わたし達が教室に戻ったとき、教卓の上にいくつか本命らしいチョコレートもあったでしょう？　その数が意外と多くて」

「え、どういうこと？」

「バレンタインって、今じゃもう、女の子同士でチョコレートを交換するイベントでしょう？　男の子が本命チョコを貰うなんて、とてもレアなケースだと思うの。付き合っている女の子がいるのなら、当然チョコレートを貰うでしょうけれど、なんだか、そういう男の子ばかり狙ったような気がして。一年生のロッカーや机、ひとつひとつ調べて廻ってチョコレートを回収していくのって、すごく手間がかかるはずよ。対象を無作為に選んだんじゃ、あんなふうにチョコは集まらないと思う。あれは、明らかにチョコを貰ってそうな子にターゲットを絞った結果なんだと思う」

「えーっと……。まぁ、確かに、小岩井くんなら、顔が広いし、ある程度、そういう子を見繕うこともできる気がするけど……。え、そうだとして、なんでまたそんなことを？」

「みんなのチョコレートを一箇所に集めると、どうなると思う？」

「え？　うーんと、どのチョコが、誰のものか、わからなくなる？」

「でも、元に戻さないと」

「うん、まぁ、それで、僕ら、先生に頼まれて、戻してきたんだけど」

「つまり、そういうこと」

「え？」

「チョコレートを一箇所に集めたのは、たぶん、小岩井君だと思う。彼、鈴木さんって子から貰ったっていうチロルを、お昼休みにポケットから取り出してたでしょう？　それなのに、学年集会が終わってわたしが教室に戻ってきたとき、彼は机の中を覗き込んで、自分のチロルがないって言っていたの。今考えると、少しおかしいなって思って。ポケットにチロルを入れて、あのまま学年集会へ行ったとすると、犯人に盗まれるはずなんてないでしょう？　だから彼は、みんなのチョコを教卓の上に置いたときに、自分のチロルも交ぜておいたのだと思う。教室に戻ったあのとき、みんなは混乱していて、わたしもなにが起きているのかなんてぜんぜんわからなかった。彼は教室でなにが起きているのかをみんなに把握させるために、自分のチロルがないって言って、教室のみんなを誘導したのよ」

彼女の説明を聞きながら、あのときの様子を思い返す。

「彼って、なんだかいたずらっぽい子じゃない？　それなのに、どこか愛嬌があって、赦されてしまえるような感じがして。そう、まるでデビッド・ストーンみたい。演劇部でも人気みたいだし、一年生の男子からは親しまれているんでしょう？　須川君の話を聞いた限りじゃ、チョコレートを盗まれた子って、男子ばかりよ。わたしが織田さんから貰ったチロルは、机の中の手前、屈めばすぐ見えるところに置いてあったけれど、そのままだったの。たぶん、女の子の机やロッカーを覗くことはしなかったんじゃない？」

「え、でも」確かに、思い返せばチョコレート事件の被害者って、ほとんど男子だったけれど。「織田さんは？　それに、えっと、広瀬さんって子にも、チョコ、返したよ」

「織田さんは、例外」彼女はさらりと言う。「彼女、机の中やロッカーを確かめもしないで、『あたしのチロルがない』って言ってたの。つまり、机の上に置きっぱなしで学年集会に出たんだと思う。無造作にぽんと置いてあれば、小岩井君も後ろめたさを感じなかったんじゃない？」

彼女の推理に対する困惑は、次第に胸をわくわくさせるような、期待に膨らんだものに変わっていった。

「それじゃ、広瀬さんは?」

「それこそが、本命のチョコレートだったの」彼女は微かな笑みを浮かべて、頷いた。「小岩井君は、そのチョコレートの持ち主を知りたかったのよ。つまり、彼は広瀬さんからなんらかの方法でチョコレートを貰ったのだけれど……、でも、誰がくれたものなのか、わからなかったのね。ちょっと古風だけれど、早朝に、下駄箱の中にでも入れておいたのかしら? いずれにせよ、メッセージカードには、差出人の名前が書いてなかった。もし、それが手作りのチョコだったのだとしたら、絶対にメッセージが添えられていたと思うの。自分の気持ちを打ち明ける内容が、丁寧に書いてあったと思う。だって、なんのメッセージもない差出人不明のチョコレートって、食べるのは躊躇《ためら》っちゃうでしょう?」

「そりゃ、そうだけど……。え、じゃ、小岩井くんって、そんなことのために、あんなことしたってわけ?」

「そう。小岩井君は、どうしてもチョコレートの差出人を調べておきたかったのね。学内でそういう事件が起これば、広瀬さんは自分のチョコレートがきちんと小岩井君の元に渡ってるのか、それとも、チョコレート事件の被害にあって、小岩井君の元へ渡る前に盗まれてしまったのか、とても心配になったと思う。手作りの、世界に一つだけしかないチョコレートだとしたら、なおさらよ。でも、そんなときに、須川君達がチョコレートを返しに来たの。当の小岩井君が知らん顔をしていたから、広瀬さんはきっと、自分のチョコが彼の元に届く前に盗まれてしまったんだと思い込んだのでしょうね」

「それで、広瀬さんが自分のチョコだって名乗り出て……。そうか、それで小岩井くんはそのチョコの差出人を確認できたってことか。うわ、そんなことのために、そういうこと、する？」

「そんなことなんて言わないの。小岩井君、転校してしまうんでしょう？　匿名の差出人を探し出すなら、早い方がいいと思ったんじゃないの？　それこそお昼休みにはもう決断していたんじゃない？」

「あ、もしかして、広瀬さんのチョコが匿名だった理由って……」

「そこまではわからないけれど」と、酉乃はテーブルに手を付けて、ぼんやりと虚空を見上げる。「でも、そうね。たぶん、実らない恋だから、そうしたのかもしれない。小岩井君は転校してしまうし、自分の名前を伝えて告白して、それが受け入れられると、今度は遠距離恋愛になってしまう。名前を伝えないままなら、少なくとも自分を拒絶されることはないし、世界でたった一つのチョコレートを、好きな人に食べてもらうことができるかもしれない。そう、食べて欲しかったのね。離れ離れになる前に、もう会えなくなってしまう前に。好きっていう気持ち、せめてそれを伝えることができれば、それで良かったのかもしれない。バレンタインと、小岩井君の転校をきっかけに、広瀬さんは少しでも行動を起こそうとしたんだと思う」

それでも、広瀬さんには勇気が足りなかった。自分の心が砕けてしまうのが怖くて、匿名のチョコレートを渡すことしかできなかった。

「広瀬さんは、たぶん……。当たって砕けるのが、怖かったんだね」

「そうね。誰だって怖いもの。自分を拒絶されて、今までの関係が一変してしまう瞬間は、誰だって怖いと思う。そういうものから逃げてしまいたくなる気持ちも、わからなくもないわ。でも、躊躇《ちゅうちょ》している間にも、時間は過ぎていって、二人の距離は離れていってしまう」

酉乃の寂しげな言葉は、他人事のようには思えなく聞こえる。

店内のざわめきは、いつの間にか静かになっていた。時間は、いつの間にか過ぎていく。当たって砕けるのが怖くて、時間に身を委ねるしかできなくて。それでも、広瀬さんのように、自分から動き出すそのきっかけをくれるのが、今日という特別な一日なのかもしれない。

小岩井くんは無邪気ないたずらに見せかけて、匿名チョコレートの差出人を見つけ出すことに成功した。そのことは広瀬さんの想定外だったに違いない。まったく、転校前にこんな破天荒な伝説を作るなんて、いかにも彼らしい。いずれは、彼がやったんじゃないだろうかって、噂が広がる可能性もあるだろうけれど——小岩井くんの愛嬌のある笑顔を思い浮かべると、なんだか笑って赦してしまえる。広瀬さんも、彼のそんなところに惹かれたのかもしれない。

バレンタイン。きっかけをくれる、特別な一日。

「今日は、いろんなチョコレートがあったよね」何気なく、言葉が漏れた。今日という日を思い返しながら。「朝から、あんなにたくさんのチョコが行き交ってるなんて意外だったよ」

「そう?」酉乃は言った。そっぽを向いて。「朝早くにチョコを渡したいって気持ち、わたしにはわかる。だって、特別なチョコレートよ。誰よりも先に、それこそ、どんな義理チョコよりも先に、いちばん最初に渡してあげたいもの」

その言葉は切実で、どうしてか身が竦んだ。織田さんの言葉を思い返す。まさかとは思った。

思い上がりだとも思える。でも——。

「どうしたの、なに、バレンタインの話？」

ふと、会話に割って入る声があった。酉乃の背後、カウンターの内側に佇んでいるのは、あの東大生マジシャンだった。

酉乃はきょとんとまばたきをしたあと、頬を紅潮させて彼を振り返った。

「え、あ、はい」

「こんばんは」桐生さんは僕に視線を向けて、丁寧に一礼した。演劇部のみんながカーテンコールをするときのような、しゃれた礼だった。「桐生純平です。はじめまして」

「え、あ、ども。す、須川と申します」

咄嗟のことで、なぜかどもってしまった。

「須川君！」彼は大仰《おおぎょう》に仰け反った。いちいち芝居がかった仕草をする人だ。「ほうほう、聞いたことあるよ。ハッちゃんがよく話してる。ぼくが推測するところによれば、ハッちゃんの彼氏だね。なに、チョコレート貰ったの？」

椅子ごとひっくり返るかと思った。

「桐生さんったら、よしてください」酉乃は軽く笑って、さらりと受け流していた。え、あれ、こういう反応、気になるけど。「桐生さんは、チョコレート、どうでしたか？」

「ああ、ぼくね。ぼくはね、チョコレートとか、だめなんだよ。適性がないんだ」

「え、でも、彼女さんいらっしゃるでしょう？」酉乃は不思議そうにきょとんとした。

「まぁね。でも、チョコレートは貰えない」桐生さんは、なぜかえっへんと胸を張る。「ぼくはね、砂糖アレルギーなんだ」

「は？」

思わず、ぽかんと口が開いてしまった。

「砂糖アレルギー」丁寧にわかりやすく発音し直してくれた。「砂糖を食べるとね、それはもう、身体が大変なことになる。ほら、糖分ゼロのチョコレートとか、そういう市販品はあるけれど、バレンタインチョコで糖分ゼロっていうのは、なかなかないらしいんだ。手作りで美味しくするのも難しいだろ？　だからね、ぼくは毎年、バレンタインには、餃子を作ってもらってる」

「は？」

「餃子」また、丁寧にわかりやすく発音してくれた。「好きなんだよ」

「そういえば、以前仰っていましたね」酉乃はしげしげと、胸を張る桐生さんを観察していた。「確かに、バレンタインチョコで、糖分ゼロっていうのはめったにないかも。この前も、ロフトでチョコを見ていたんですけど——」

「お」桐生さんは、なぜか僕を見て眼を大きくした。酉乃に身体ごと向き直る。「プレゼント？」

「いいえ、違います」彼女はきっぱりと言う。「たんに甘いものが大好きなんです。ほら、この時期になると、ふだん手に入らないものもたくさん並べられているでしょう？　だからついつい観察しちゃって……」

ぼんやりと、酉乃と桐生さんの様子を眺めた。いくつかの推測が飛び交って、消えていく。彼女が選んでいたというチョコレート。砂糖アレルギー。餃子。甘いものが好き。

「おっと、あそこのテーブル、食事が済んだね。ぼくが行こう」

桐生さんはそう言って、またホッピングへと戻っていく。それを横目に見ながら、僕は高鳴る心臓の鼓動を感じていた。耳を打つくらいに、どきどきと心が弾んでいる。

ちらりと見れば、彼女はなぜか気まずそうに黙り込んだまま、お店の戸口に視線を向けたり、硝子の壁に反射する炎を見たりと、視線を彷徨《さまよ》わせている。

関係が壊れてしまうのが怖いから。

当たって砕けるのが、とても怖いから。

どうして女の子にできるのに、男の子にそれができないの?

僕らの心はとても怖がりで、それは硝子細工のように、儚く脆く形作られている。ほんの僅かにぶつかっただけで、大きな音を立ててひび割れてしまいそうで、だから前に進むことができないでいる。

けれど、割れない可能性だってある。澄んだ音を響かせて、ワイングラスがふれ合うときのように、共に祝福を祝うことだってできるだろう。

ふと、思うことがあった。

「さっきの話だけどさ——。広瀬さんの恋は、実るんじゃないかな。僕、あのチョコレートの箱を触ったんだけど、他のより妙に軽かったんだよ。きっともう中身は全部、小岩井くんが食べちゃってたんじゃないかなって……。そうだとしたら、それって、オッケーってことだよね。なんか、小岩井くんのことだから、ホントは広瀬さんだって見当つけてて、それをどうしても確かめたくて、あんなことしたんじゃないかなって、なんとなく、そう思えてさ」

それに——。あのとき、小岩井くんは広瀬さんに言ったんだ。もうなくすなよって。ちゃんと渡さないとって——。広瀬さんは、チョコレートの箱を手にして、中身が空っぽだということにすぐ気付いたんだろう。小岩井くんの狙いや、言葉の意味にも、その瞬間に気が付いたのかもしれない。

あのとき、頰を真っ赤にして、小岩井くんの言葉に頷いた彼女——。それは二人の間だけで通じる、恋の告白だったのかもしれない。

もし、そうだとしたら——。

酉乃はほんの少し眼を見開いて、僕を見た。

二人の心がふれ合って、それから壊れてしまうのか、それとも澄んだ音を響かせるのか、それはまだわからない。わからないけれど。

「あの、酉乃さん。甘いもの、好きなんだよね」

「そう、だけど?」

不思議そうにする彼女を見上げた。

「それじゃ、その、もしよかったら……。今度、ケーキとか食べに行くの、どう?」

まばたきを繰り返す彼女を、息を飲んで見つめる。桐生さんのマジックに、お店のお客さん達が歓声を上げた。きっとその魔法の余波だろう。僕と彼女は暫くの間、時間が止まる魔法にかかっていたみたいだった。やがてほころんでいく彼女の口元に、片方だけの可愛らしいえくぼが浮かぶのが見えた。遠くで、グラスがふれ合う音が鳴る。

それは、いつかのクリスマスの夜のときより、とてもありふれた言葉なのに。どうしてか、ここにたどり着くまで、とても時間がかかったように思えた。

"Chink-A-Chink" ends.

■恋のおまじないのチンク・ア・チンク

本格ミステリは、作者と読者の知的な推理ゲームです。作者はフェアプレイを遵守し、読者は作者との知恵比べに挑みます。対して、マジックは演者のつくり出す不思議を楽しむものです。仕掛けを知りたがるのは野暮というもの。

だから、謎を解くことが主眼の本格ミステリと、謎解きを求めてはならないマジックは、本質的に方向性がまるで逆なのです。そしてこの相容れないふたつを、ひとつの作品に纏め上げようと日々苦闘しているのが、本編の作者である相沢沙呼さんです。ミステリとマジックの両立では、泡坂妻夫という大先達の存在を忘れてはなりませんが、本質的な違いを認めながら、なおミステリとマジックを重ね合わせようとする相沢さんの理想は、ある意味で泡坂氏よりもさらにストイックなものと言えるのかも知れません。

相沢沙呼さんは一九八三年埼玉県生まれ。二〇〇九年に第十九回鮎川哲也賞を受賞してデビュー、自身の授賞式でマジックを披露したことも話題となりました。マジックを主題に四つの謎とその真相を、そして主人公の須川君（通称ポチ）の恋心を描いた受賞作『午前零時のサンドリヨン』は、「赤いリボンのかかったケーキの小箱のように愛らしい」（島田荘司氏選評より）作風で、若い読者からも高い評価を受けています。

本書収録の「恋のおまじないのチンク・ア・チンク」は、現在執筆中の『午前零時のサンドリヨン』続編から一部を抜き出し、修正を加え短編化した、いわば先行シングルカット・ヴァージョンです。バレンタイン・デイに、みんなの荷物のなかからチョコレートを抜き出して教卓に積み上げた犯人は誰か？　そしてその目的は？　本格ミステリであると同時に、これはひとつの恋のお話でもあります。ちょっと甘すぎやしないかって？　とんでもない。折角バレンタインを扱いながらビターなラストを書くほうが、野暮というものではありませんか！

横槍ワイン

ICHII YUTAKA
市井豊

扉イラスト◎スカイエマ

——お酒は二十歳になってから。

球《たま》がぶつかり、弾《はじ》き出されるように、人が集《つど》えば、そこからはみ出す者も現れる。T大学の中でも、我らが芸術学部だけは都内のすみに孤立させられていた。この不況のさなかに、わざわざ先の見えない芸術学部に進学しているぼくらは、たしかに酔狂なはみ出し者と思われても仕方ないのかもしれない。

しかし芸術学部の中からも、さらにはみ出す者は現れる。他サークルに馴染《なじ》めず弾き出され、行くあてのなくなった学生たちがうちのサークルに流れてくるのだ。

誰が最初に「愚か者」と呼んだのかはわからないが、言いえて妙だなと思ってしまう——そんなザ・フールという通称を持つのが、うちのサークルであった。正式名称は文芸第三部。文学を研究する第一部、執筆活動をする第二部とは違い、ザ・フールは特に目的を持たないゆるい集団だ。そもそも文芸部だというのに文芸学科生の数が少ない。幽霊部員が多いので所属人数すら不明だが、定期的に部室に顔を出し、きちんと季刊誌の制作活動に関わっているのは二十人くらいだろうか。

ぼくはよそのサークルから流れてきたのではなく、ザ・フールののんびりした体質が性に合っていると感じたため、一年の春に入部届けを出していた。あれから一年半以上がすぎた今も、ぼくはザ・フールに籍を置いている。慣れ合いのない、程よい距離感を保つ愚か者集団は居心地がよかった。

「柏木《かしわぎ》さん、お待たせしました」

津田《つだ》くんもまた、愚か者のひとりである。小走りで駆け寄ってくる姿が犬を髣髴《ほうふつ》させる、舎弟体質の一年生だ。約束の時間五分前に現れるところが彼らしい。

今日、ぼくは津田くんに呼び出され、大学近くの喫茶店に来ていた。なんでも、相談事があるのだという。部室ではなく喫茶店で待ち合わせというところに、何かしらの事情が察せられる。

しかし意外だったのは、津田くんといっしょにしかめっ面の女子学生がついてきたことだ。

「恋人？」

「とんでもない！」

事実はどうあれ、強すぎる否定は彼女を傷つけるのでは、と思ったが杞憂《きゆう》だった。津田くん以上に彼女のほうが不快感を示していたからだ。不仲とまではいわないが、互いに恋愛感情の欠片《かけら》も持ち合わせていないことは明らかだった。

ふたりはマスターに飲みものを注文し、ぼくと同じテーブルに腰を下ろした。まずは津田くんが不機嫌そうな女性を紹介する。

「こいつは映画学科の同級生で、鎧坂《よろいざか》ゆずるといいます。鎧坂、こちらがうちのサークルの先輩、柏木さんだ」

「どうも」

鎧坂さんはぶっきらぼうに頭を下げた。一見すると怒っているようだが、声にとげはない。への字に曲げられたくちびるも、きっと普段からこうなのだろう。彼女は真正面からぼくを見据え、低いトーンで言う。

「聴き屋さんの噂はかねがねうかがっています」

「それはいい噂なのかな」

「ほどほどに」

ぼくは小さいころから人の聞き役になることが多く、高校生になるころには聴き屋と呼ばれるようになっていた。「屋」といっても、金銭を受け取るような商売をしているわけではない。ただ黙って人の話を聴くだけ。それでおしまい。

あるとき、疑問に思ったらしい友人からこう訊かれたことがある。

「聴き屋? それって相談屋とは違うの?」

あいにく、ぼくは相談に乗るとかアドバイスをするといった上等なことはできない。ぼくがしているのはせいぜい相槌を打つことくらいであり、それも「はあ」とか「ふうん」とか、だいぶいい加減な具合だった。

そのため、聴き屋に持ち込まれる話はごく他愛のない雑談ばかりだった。やれ嫁の手料理がまずいとか、妹が自分と洗濯物を分けるよう要求してきたとか、愛されるより愛したいとか……他人にとってはどうでもいい話ばかりである。しかしそんな他人の愚痴、自慢、苦労話を、ぼくは最後まで聴くことができた。

「おまえの持ち味は、その適当さにあるんだろうな」

以前、またべつの知人からそのように言われたことがある。

「適当かなあ」

「その返事がすでに適当だ。たとえば下手に相手に同情して、きみの気持ちはよくわかるよ、なんて言ってみろ。話を聞いただけでわかったような気になるな馬鹿者、と怒られるぞ。その点、聴くことに徹するおまえの態度はちょうどいい」

「反応がなくてもいいのなら、それこそぬいぐるみ相手に話してもよさそうなものだけど」

「おまえは話され屋ではなく、聴き屋なんだろう。耳を傾け、聴いているから、おまえを訪ねてくる人がいるんだ。相手は、誰かに話を聴いてほしいんだよ」

わかったような、わからないような話だった。

それはさておき、

「今日は柏木さんに、折り入ってお願いしたいことがありまして」

津田くんが話を切り出そうとしたとき、マスターがアイスコーヒーを運んできた。一年生たちはともにミルクとガムシロップを入れ、ストローでかきまぜる。一口すすったのを確認してから、ぼくのほうから話を振ってみた。

「もしかして、映画学科のことなのかな」

「さすが、話が早いっす」

津田くんは映画学科に在籍している。ザ・フールは文芸部ではあるものの、非常に間口が広く、季刊誌には漫画や写真も載せるし、ときには放送学科生や音楽学科生たちの作ったCDを付録にすることもあった。ちなみに津田くんは前回、芸術学部祭用の季刊誌に、映画「ミスト」の脚本と原作とを比較した脚色論を寄稿し、好評を博していた。映画学科の一年生は専攻を選ぶことができないが、来年はシナリオコースに進みたいのだという。

「実は、演劇学科の役者さんを何人か紹介してほしいんですよ」

「ん？　どうしてそれをぼくに？」

ぼくは数少ないザ・フールの文芸学科生だ。うちには演劇学科生もいるので、そちらに話を通したほうが早いのではないか。そう訊いてみると、津田くんは苦い顔で首を振った。

「鎧坂のせいで、そうもいかなくて」

「何よ、津田。わたしのせいだって言うの？」

鎧坂さんは女番長のごとく同級生を威圧した。傍《はた》で見ているこちらがひるむ。

「百パーセントおまえのせいだろうが」

「話にならない。——聴き屋さん、聴いてください。わたしはいろんな役者と仕事をしてみたいんです」

「はあ」

鎧坂さんの説明はそれだけだった。津田くんがアイスコーヒーの氷をつつきながら補足する。

「こいつは一度出演してもらった役者さんには二度と声をかけないんですよ。最初は構内でスカウトの真似事もしてたんですが、いい加減、それも通用しなくなってきまして、今回は柏木さんの聴き屋の人脈に期待したいと……」

「なるほどね。うん、お安いご用だよ。演技コースを専攻している友達がいるから、今度声をかけておこう。撮影っていうのは、学科の実習？」

そうではなくてですね、と津田くんはもじもじする。

「同好会の撮影に参加してもらいたいんですよ」

「へえ、津田くん、同好会にも入ってたんだ」

「すみません、よその会の活動なのに、柏木さんに協力をお願いしちゃって」

「気にすることないよ。アマチュアの撮影で一番大変なのは人集めだって聞くからね。……あれ、でも待って。同好会？　映研じゃなくて？」

「はい、俺たち、一年生だけで同好会を作ったんです」

なぜそんな苦難の道を選んだのだろう。芸術学部には映画研究会がふたつあり、鑑賞専門と制作活動に分かれていた。自主制作映画のノウハウを学ぼうとするなら、後者のサークルに入るべきではないか。部費も出るし、人脈も豊富だ。そのことについて尋ねてみると、鎧坂さんは眉間のしわを深くした。

「ザ・フールはかなり変なサークルだそうですね」

「唐突に変呼ばわりされるとは思わなかったけど、うん、否定はしないよ。うちにはほかのサークルから弾き出されてきた人も少なくないからね」

「わたしたちも同じなのです」

「同じ？」

疑問に思って津田くんに目をやると、彼は深くため息をついていた。こんな後輩の姿ははじめて目にする。かなり苦労の多い役回りのようだ。

「最初は俺たちも映研に所属していたんですよ。ところが五か月前に揉めごとがありまして……」

「揉めごとというほどのことでもないわ」

口ごもる津田くんのあとを、鎧坂さんが引き継いだ。

「あそこの人たちは惚れた腫《は》れたのくだらぬ青春映画ばかり撮っていたので、わたしはそれがいかにつまらないことかを列挙してみせたのです。すると彼らは顔を真っ赤にしてわたしを詰《なじ》りました。真剣に議論するのも馬鹿馬鹿しいので無視しようと思ったのですが、あまりにもうっとうしかったので、つい手が出てしまいました」

こいつは年上の男をグーで殴ったんですよ、と津田くんがつけ足した。

「で、強制退部です」

なかなか無頼なエピソードである。

そのとき鎧坂さんに同調した一年生たちがいっしょにサークルを抜け、同好会の結成に至ったという。

「メンバーは俺たちを含めて四人だけなんです」

うちの学部では、院生を除いた五人以上の現役生が一年以上活動し、その活動報告を事務局に提出しないと正式なサークルとは認められない。すでに映研がふたつ存在していることもあり、昇格への道のりは険しそうだ。

「事情はわかったよ。まあ、任せておいて。ぼくだってたまには先輩らしいことをしないとね」

「ありがとうございます。鎧坂、おまえもちゃんとお礼を言え」

「ありがとうございます」

棒読みだった。

その後、ぼくは約束通りに何人かの演者を斡旋《あっせん》し、後輩たちの活動に一役買った。


翌週、大学構内を歩いていると、津田くんたちの撮影現場に遭遇した。

南棟の前で、四人の一年生たちは皆忙しそうに動き回っている。必要最小限の人員と機材だったが、それなりに堂に入った撮影ぶりだった。カチンコを手にしている鎧坂さんは、表面上こそ無愛想で淡々としているものの、年上の演者相手に妥協を許さぬ指示を飛ばしていた。照明を手にしている津田くんのほかは、男女のスタッフがひとりずつ仕事をこなしていた。女性のほうは押せば倒れそうなお嬢様風だったが、その細腕で柄の長いマイクを支え、演者の声を拾っている。アフレコはしないスタイルのようだ。カメラマンの青年はカットがかかるたびに軽口を叩き、場を和ませていた。

撮影の区切りがついたところで、津田くんと目が合った。彼は例によって犬のごとく駆け寄ってくる。

「おつかれさまっす。柏木さんのおかげで順調に撮影が進んでます。ありがとうございました」

「どういたしまして。どうやら手際よく撮影できてるみたいだけど、鎧坂さんの手腕かな」

「ある意味そうですね。あいつは馬鹿みたいに早撮りなんで、俺たちも強制的に経験値を積まされてるって感じですね」

「そんなにたくさん撮ってるんだ？　まだ結成五か月なのに」

「柏木さんに協力を仰ぐ前にも、何本か撮ってはいたんです。そのときはべつの伝《つて》を頼ったんですが、いかんせん鎧坂は飽きっぽい性格なんで……」

津田くんはやれやれと首を振る。

「せっかくなんで、うちのメンバーと会っていきませんか。といっても、あとふたりだけですが」

津田くんに誘われ、まずは先ほど音声マイクを操っていた女性を紹介してもらう。

「はじめまして、大葉《おおば》千秋《ちあき》と申します。よろしくお願いします」

静々とお辞儀をする大葉さんは、同好会で撮影する映画のほぼすべての脚本を書いているという。しかし人手の足りない現場では、同じく脚本家志望の津田くんとともに様々な雑用を請け負っていた。さらに撮影終了後の編集作業も担当しているそうなので、メンバーの中ではもっとも多忙といえる。

「実家暮らしのわたしはアルバイトもしていないので、これくらいは当たり前です」

うちの横柄な部員たちにもこの謙虚さを見習ってほしかった。

「あなたが柏木さんですか。今度いっしょに飲みに行きましょうね」

カメラマンの小関《こぜき》くんは、明るくお喋りな現場のムードメーカーだった。照明担当の津田くんとコンビを組んでいるのだが、仲のよさそうな女性陣とは異なり、彼らはあまり馬が合わないようだ。ふたりの間にあるわだかまりを、しかし小関くんはあまり気にしていないらしい。一方で、生真面目な津田くんは小関くんとのちょっとした意識のずれを自分の中で消化できず、むっとしている場面が何度かあった。

メンバーが今後の撮影プランの相談をはじめたので、ぼくはそこから離れ、演劇学科の友人に声をかけてみる。

「お疲れさま。現場の雰囲気はどう？」

「あの監督、いい根性してるぜ。ぱっと見は鈍そうなのに、肝が据わってる。すでに女帝って感じで、末恐ろしい一年生だよ」

「そんなにすごいんだ」

「技術的にはまだまだだが、気合いはある。ほかのメンバーも、本気でやってるっていうのがこっちに伝わってくる。同好会にしておくのはもったいないから、俺も正式メンバーになって昇格を狙おう、って持ちかけたんだが、あっさり振られちまったよ」

友人は楽しそうに笑った。

数週間後、津田くんから作品が完成したとの知らせを受けた。

「柏木さんのおかげでいいものが作れました。つきましては今度の日曜に鑑賞会を開くんで、よかったら観に来ませんか」

「いいね、ぜひ行かせてもらうよ」

しかしよくよく話を聞いてみると、鑑賞会とは同好会のメンバーが津田くんの家に集まって映画を観るという、仲間内だけのものだった。鎧坂さんが早撮りのため、今回で三回目になるという。せっかくのお誘いではあるが、部外者がのこのこ顔を出すものでもない気がした。

「ごめん、やっぱり遠慮しとこうかな」

「そんなこと言わずに。柏木さんは俺たちの恩人なんですから」

津田くんは妙に熱心に誘ってきた。ぼくとしても、そこまで言われてなお固辞する理由もないので、ありがたく参加させてもらうことにした。


待ち合わせ場所は都内某駅から歩いて五分のファミリーレストランだった。西日を浴びる店内に入ると、同好会メンバーのほかに、見知らぬ女性が同席していた。こちら院生の谷町《たにまち》さんです、と津田くんが紹介してくれる。

「前に言った伝というのが、この谷町さんなんです。右も左もわからない俺たちに、谷町さんのほうから力添えを申し出てくれたんですよ」

「私も映研の慣れ合いにうんざりしてた口だから、ゆずるさんの噂を聞いて協力したくなったの」

丁寧に喋る、大人の女性だった。

ぼくらは早めの夕食を済ませると、酒とつまみ、氷を買い込み、津田家に向かった。鑑賞会場はメンバーの家をローテーションで回っており、前回は大葉さんの家で行ったそうだ。

「えっと、ここがうちっす」

津田くんはどこか恥じるような口振りで言った。

ぼくらは眼前の邸を見て、同時にため息をついた。津田家はモデルハウスと見紛《みまが》うほど洒落《しゃれ》た建物だった。芝敷きの庭には大型犬の小屋があり、車庫は車三台分の幅がある。地上三階、地下室まで備わっているようだ。

「いいご身分ね、津田」

「ちょっと、ゆずる」

不機嫌そうな鎧坂さんを、大葉さんが困り顔でたしなめた。

意匠を凝らした門をくぐり、玄関に入る。照明の色は柔らかく、居心地のよさを感じさせる。

お邪魔します、と小関くんが声を張り上げると、奥からのんびりした女性の声が返ってきた。

津田くんは慌ててぼくらの背中を押し、二階に上げてしまう。親と会わせたくないらしい。

「あ、待って、そこが俺の部屋。——どうぞ」

津田くんは先頭の鎧坂さんを追い抜き、ドアを開けた。入ってすぐ右手にあるスイッチを押し、部屋の明かりをつける。

「グラスを持ってくる」

津田くんが階段を下りていってしまったので、ぼくらは主《あるじ》不在の部屋に足を踏み入れた。

「広いわね」

谷町さんが感心するようにつぶやいた。たしかに、下手をするとうちのリビングくらいはありそうだった。五人入ってもまだ余裕がある。

入ってすぐ左手は隣室との壁で、映画のポスターなどが貼られていた。室内は右前方に大きく広がる、奥行きのある造りになっている。部屋の中央には楕円形の座卓が置かれ、その周囲に人数分のクッションが用意されている。

「こういうとこ、几帳面な男よね。こっちは直《じか》に床に座ったってかまわないのに」

いかにも鎧坂さんらしい発言だったが、フローリングに直接座ったのではお尻が痛くなりそうだ。

入口の正面には窓があり、その下にベッドが置かれている。ベッドの足側にはミニ冷蔵庫、頭側には使い込まれた学習机があり、高校時代の教科書や大学受験の参考書なども残されていた。一年生らしい。

右手の奥には四十二インチのテレビが置かれていたが、部屋が広いのでサイズほどの大きさは感じさせない。テレビの両脇には木製のオープンラックが設置され、映画のソフトがきれいに整頓して収められている。それもＶＨＳ、レーザーディスク、ＤＶＤ、ブルーレイとそろっていた。上段にはターミネーターやプレデターのフィギュア、デロリアンのプラモデルなどが鎮座している。津田くんはシンプルな娯楽作が好きなようだ。

「お、フィギュアも集めてるのか」

食いついたのは小関くん。しかし、なんでスター・ウォーズがないんだよ、と不満も漏らしている。

「いい部屋ね。なんか腹が立ってきたわ」

「同感だ」

鎧坂さんと小関くんは刺々《とげとげ》しい視線を室内にめぐらした。それを受けて大葉さんがあたふたする。鎧坂さんがベッドの下を探《さぐ》ろうとはいつくばったとき、津田くんがお盆を手に戻ってきた。ぼくは鎧坂さんの舌打ちを聞き逃さなかった。

テーブルにつまみや飲み物を並べ、残りを冷蔵庫へしまう。それぞれ適当に座る。ザ・フールの人間には「とりあえずビール」という選択肢がなく、居酒屋などに行った際ははじめから各々が好き勝手なものを注文するのだが、この同好会でも同じ光景が見られた。ぼくも遠慮なく甘めの缶チューハイを選び、プルタブを引く。

「はい、みんな、おつかれさん。かんぱーい」

小関くんの適当な音頭で乾杯した。最近観た映画の話、映研の悪口、同好会の名前がまだ決まっていないことなど、とりとめもない雑談に花を咲かせる。

「酔いが回る前に映画を観ておくか」

津田くんがプレイヤーを起動した。鎧坂さんがぼくの服を引っ張る。

「せっかく無駄に広いんだから、みんなこっち来てよ」

図①

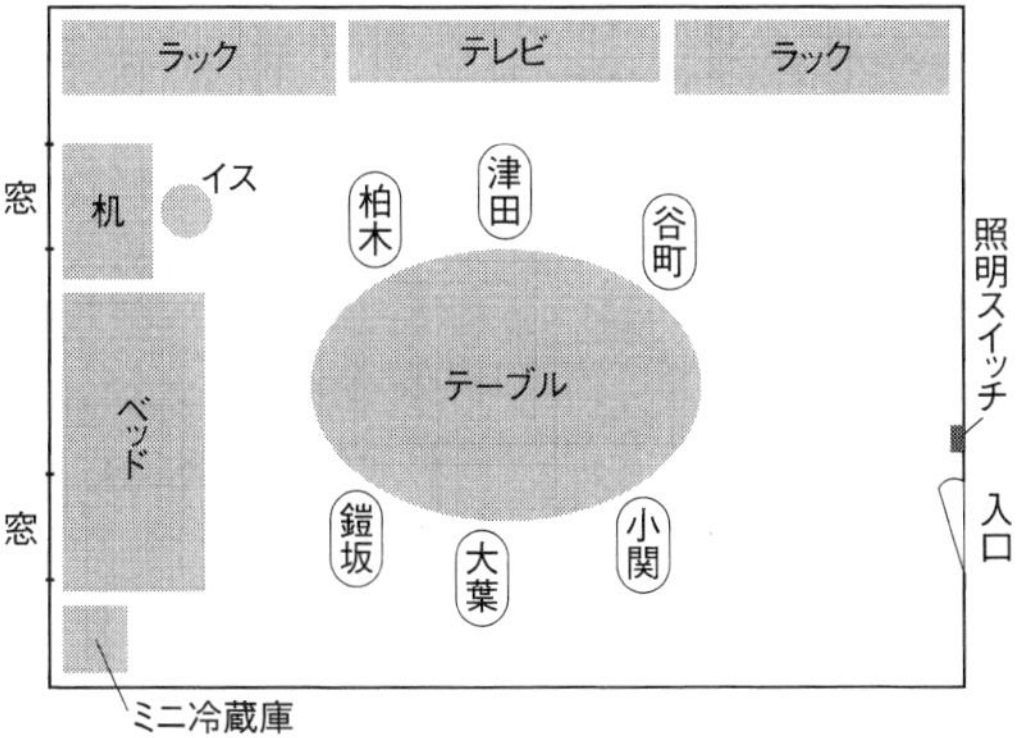

　三人は、テーブルをはさんでテレビとは反対側の壁際に移動した。

「ほら、見やすい。広いと便利ね。今後の鑑賞会は全部津田の家でいいんじゃない？」

「次はおまえの家だからな、鎧坂」

「独り暮らしの女の部屋に上がり込むつもり？　変態め」

　驚いたことに、今日観る映画は三本もあった。一本ごとに作品の出来を確認したくても、鎧坂さんが非常に早撮りであるため、編集している間に次の作品を完成させてしまうのだという。三本溜まった時点で、おまえは生き急ぎすぎだ、と周囲からたしなめられ、鎧坂さんはしぶしぶ撮影の手を止めたそうだ。

「じゃあ、再生するぞ」

津田くんはオリジナルのラベルを貼ったＤＶＤを

プレイヤーにセットした。

一本目に再生されたのは「音男」という、身体から様々な効果音が出て困っている男のファンタジーだった。それが終わると、間を置かずに二本目が再生される。「Falling Ghosts」は、光栄なことに聴き屋をモチーフにした物語だという。援助交際をしている女子高生が、行きずりの男から話を聴いているうちに、男自身も知らなかった事実に気づくという話である。

「二十歳をすぎた女優さんが、高校時代の制服を着て羞恥《しゅうち》に悶《もだ》える姿を見れて満足でした」

女流監督はかすかに目を細めた。この人の下では働きたくないと思う。

二本の映画はどちらも三十分ほどの短さながら、とてもユニークでよくできていた。では三本目を観ようかというとき、突然鎧坂さんの忍耐力が切れた。映画なんてどうでもいいから、みんなもっと酒を飲もう、と言い出したのだ。

「鎧坂は完成したものに興味がないんです」

と小関くんは苦笑する。しかし真面目な津田くんは、こんな無責任な監督がいてたまるか、と自棄《やけ》気味にビールを呷《あお》った。口ではそう言いつつも、鎧坂さんの才能を認めているのをぼくは知っている。そうでもなければ一年生だけの同好会につき合うまい。個性の違うメンバーだからこそ、うまく回っているのだろう。

めいめい元の席に戻り、一時間も経つころには、鎧坂さんは完全にできあがっていた。

「芸術はしょせん、道楽にすぎぬのですよ。道楽にはゆとりが必要です。だからほら、うちの学部には金と心に余裕のある連中が集まってるじゃないですか。津田がいい例ですよ。今どき芸術に殉《じゅん》じる苦学生なんて流行《はや》らんのです。興味本位、ないしモラトリアムを延長させるために芸術学部に来た人間だって少なくない。不甲斐ない話だとは思いませんか、聴き屋さん。聴いてます？」

ぼくはメトロノームのごとく繰り出される頭突きをかわし、彼女に水を手渡した。

「聴いてる聴いてる。だからほら、これ飲んで」

「水なんぞ飲めません。アルコールを持ってきてください」

「これは水ですか？　いいえ、これは日本酒です」

「そうでしたか、疑ってすみませぬ」

グラスを呷った鎧坂さんはしかし、やっぱり水じゃないですか、と顔をしかめた。見た目ほど酔っていないらしい。

「柏木さん、やってますか？」

小関くんが話に割り込んできて、斜め向こうからぼくのグラスにビールを注いだ。

「まだチューハイが残ってたんだけど」

「気にしない気にしない。色は同じです」

声が大きい。この場で一番正体をなくしているのは小関くんだった。ためしに水を飲ませてみると、うまそうにグラスを乾した。

一方、谷町さんは説教でもするように津田くんと向き合っていた。その様子を、大葉さんは頬を桜色に染めながらにこにこして見ている。

「映画は総合芸術だなんてうそぶいている先生もいるけど、それは驕《おご》りよ。正確には複合芸術と呼ぶべきだわ。だって、映画は視覚と聴覚しか使っていないんだもの。それなら触覚を含んでいるコンピュータゲームのほうがよほど総合に近いわ」

「そ、その通りっす」

谷町さんが飲んでいるのはウーロン茶なので、酔っているわけではなさそうだ。むしろ聞き役の津田くんのほうがビール片手に目を回しており、どこまで話を理解しているのやら、はなはだ心許なかった。

「いつか五感をフルに活かした作品が生み出されたら、そのとき芸術はひとつの終焉《しゅうえん》を迎えるのかもしれないわね」

「さすが谷町さん、勉強になるです！」

……こうして酒宴は続いてゆく。


津田家に着いてから、かれこれ四時間が経過しようとしていた。

「いい加減、三本目に行かない？」

どうやら下戸《げこ》らしい谷町さんは素面《しらふ》だった。五人が鎧坂さんを振り返ると、偉大なる監督はさきいかをくわえたまま立ち上がる。

「酔い醒ましに顔洗ってくる。津田、洗面所貸して」

「あとで返せよ」

津田くんを無視し、鎧坂さんは部屋を出ていった。ビールの空き缶の数を見る限り、かなりアルコールが入っているはずだが、足取りはしっかりとしていた。

「ねえ、大葉さん。さっきの編集点についてだけど」

邪魔者が消えたとばかりに、津田くんは積極的に大葉さんに話しかけた。それはもう誰の目にも明らかな好意である。人は好きな相手の前では声が高くなるというが、津田くんはまさにそれを体現していた。さらに彼はこの四時間、一度もトイレに立つことなく、隙あらば大葉さんに話しかけている。いつかストーカーになるのではないかと一抹の不安に駆られる。

ただいま、と鎧坂さんが戻ってきた。もともとノーメイクの顔が、さらにさっぱりとなっている。ところが定位置の上座に腰を下ろした途端、軟体動物のように倒れ込んでしまった。

「だめだ、酔いは醒めたけど、今度は眠くなってきた」

「おいこら」

津田くんが注意するも、鎧坂さんは動じず、横になったまま転がってベッドにぶつかった。その拍子にシャツがめくれて、へそが見えてしまう。大葉さんが膝立ちで近くに寄り、慣れた仕草でシャツの乱れを直した。さながら娘と慈母のようなツーショットがほほえましい。

肝心の監督が寝転がったまま起きようとしないので、彼女の気が向くまで、もうしばらく歓談が続くことになった。時刻は午後十時を回っている。家の人の迷惑になっていなければよいのだが。

「柏木さん、ちょっといいっすか」

津田くんがにじり寄ってきて、ぼくに耳打ちした。何やら真剣な面持《おもも》ちだ。

「どうしたの？」

「内密に話が。あの、こっち来てもらっていいっすか」

津田くんは腰を浮かせ、ちらりとテーブルの向かいに視線を投げた。大葉さんの左隣に鎧坂さん、右隣に小関くんが座っている。津田くんは憎々しげに小関くんを睨み、谷町さんのうしろを通り抜けた。腕を引かれ、部屋を出る。そのまま向かいの部屋に引きずり込まれた。

どうやらここは父親の書斎らしく、落ち着いた内装になっていた。デスクトップパソコンといくつかの本棚が並んでいる。どんな職業に就けばこんな立派な家を建てられるのか、参考までに訊いておくべきかもしれない。

話があると言った津田くんは、しかしなかなか口を開かなかった。言いにくいことなのだろうか。やがて彼は意を決したように顔を上げた。

「俺、大葉さんが好きなんです。ぞっこんなんです」

「うん、知ってる」

「あれ？」

エスパーですか柏木さん、と目を丸くする津田くん。よほどの鈍感でもない限り気づくと思うが。

「重ね重ね申し訳ないんですが、お願いです、協力してください。俺、今夜こそ大葉さんに告白するつもりなんです」

　拳を固め、津田くんは宣言した。すばらしい。ぼくの周りにはこういう健全さが足りなかったのだ。断る理由はない。

「かわいい後輩の頼みとあらば、協力せざるをえないね。ひょっとして、今日の鑑賞会にぼくを呼んだのもそれがメインだった？」

「……半分は映画を観てもらうためっすよ？」

　半分は告白のためか。

「と、とにかく、柏木さんが味方についてくれれば百人力っす。俺のプランはこうです。このあと解散したら、俺は大葉さんを駅まで送っていきます。大葉さんはほかのメンバーと違い、ここからはローカル線を使って帰るんで、そのときがふたりきりになるチャンスです。だけど俺の予想では、たぶん小関が邪魔に入ってきます。あいつ、今までも俺と大葉さんがちょっといい雰囲気になると、かならず割り込んできたんですよ」

　津田くんは親の仇の話でも語るように歯ぎしりした。

「それはつまり、小関くんも大葉さんに想いを寄せてるってこと？　三角関係か。困ったな」

「大葉さんの魅力なら、こういう状況もやむなしですよね」

　どうやらぼくが思っていた以上にベタ惚れのようだ。

「小関くんの横槍を防ぐ方法は考えてあるの？」

「そこで柏木さんの出番です。柏木さんにはなんとか小関を俺たちから引き離してほしいんですよ。この通りです、お願いします」

拝まれてしまった。協力するにやぶさかでないが、少々気になることがある。

「あのさ、邪魔が入るとわかっていて、どうして今日の告白にこだわるの？　言っちゃなんだけど、仲間内で集まってる今日の雰囲気は告白に向いていないと思うよ。また今度ふたりきりで食事にでも行けば、いくらでもチャンスは作れるのに」

「大葉さんの誕生日が来週なんですよ。でも当日に告白するのは気が引けるっていうか、勇気がいるっていうか……だから鑑賞会で盛り上がってる今日が、俺的には絶好の機会なんです。そ、それにふたりきりで食事なんて、俺たちはまだそんな……」

「大学生が食事くらいでそんなに照れないでよ。もしかして、この同好会に入ったのも大葉さん目当てだったりする？」

「そんな不健全な理由のはず、ないじゃないっすか？」

疑問形になっていた。当初の目的はどうあれ、一生懸命活動しているのだから非難には当たるまい。

「でもですね、俺だって今まで何もせずに手をこまねいていたわけじゃないんすよ。すでに下準備は調えてあります。前回の鑑賞会は大葉さんの家でやったんすけど、俺、なんか大葉さんのお母さんと馬が合っちゃって、会話が弾んだんです。なので下地はばっちり調ってます」

まさか親から先に攻略するとは。気が早いというか、順序が逆ではなかろうか。

「俺は同級生にはからきしモテませんが、昔から妙に年上の受けはよかったんですよ。実は俺、おばさんキラーなんです」

「そんなことを自慢気に言われても。――とにかく、ぼくは小関くんの横槍を防げばいいんだね。わかった、できる限りの協力はしよう。でも一番大事なところは津田くん次第なんだから、しっかりがんばって。武運を祈ってるよ」

「は、はい」

津田くんは急に緊張してきたようだった。

小関くんには悪いが、津田くんと大葉さんは似合いのカップルだと思う。ファミリーレストランでふたりが会話していたときも、テンポが合っていていい雰囲気に見えた。案外、すでに相思相愛だったりするのではないだろうか。

「津田くん、柏木くん、ここ？」

ドアがノックされた。谷町さんだ。そろそろ次のＤＶＤを再生しようよ、と言われ、ぼくらはそそくさと津田くんの部屋に戻った。

鎧坂さんは壁に寄りかかってはいたが、しっかりと覚醒しているようだった。さっそく津田くんが再生の準備をはじめる。ＤＶＤを挿入し、プレイヤーのボタンを押した。

「明かり、消すよ」

ドアの近くにいたぼくがスイッチに触れた。津田くんがこちらに戻ってきて、ぼくと谷町さんの間であぐらをかくのを確認してから、部屋の明かりを消す。暗くなった部屋の中、小関くんが断続的にしゃっくりしている。

テレビ画面が明るくなり、ぼくの友人が映し出された。こうして見ると、なかなか男前である。タイトルは「はぐれもの」だと先に聞いていたが、たしかに主人公は大学の食堂で、ひとり黙々と食事を取っていた。賑やかな食堂との対比が、彼の哀愁を引き立たせている。

構内ですごす午後の風景がダイジェストで流れ、主人公は一言も口を利かぬまま大学を出た。しかしその表情に寂しさはない。BGMにはアップテンポなギターサウンドが使用され、淡白な視覚面を否定するかのように、主人公の躍る内面を表現していた。そして、主人公が大学の最寄り駅に入りかけたとき──

「ひゃっ」

小さな悲鳴が上がった。映画ではない。肉声の悲鳴だ。

すぐさま津田くんが反応し、部屋の明かりをつけた。一瞬、目が眩《くら》む。

「だ、大丈夫？」

津田くんがうろたえた声を出した。大丈夫、と答えたのは大葉さんのようだ。

見ると、大葉さんの胸元が赤く染まっていた。

彼女はワインまみれになっていた。

「どうしたの、千秋」

鎧坂さんは小関くんを押し退《の》け、膝立ちで大葉さんにすり寄った。

「うっかりこぼしちゃった。ごめん」

苦笑する大葉さんの前髪から、赤い雫《しずく》が滴《したた》った。顔全体にワインを浴びてしまったようだ。

「ドジね。酔ってたの？」

「大葉さん、これ使って」

津田くんはタオルを渡そうとしたが、大葉さんは、洗面所借りるね、と言って顔を伏せたまま部屋を出ていった。わたしも行く、と鎧坂さんがそのあとを追う。

「千秋さんのために着替えを用意しておいたほうがいいかも」

と谷町さんが津田くんに声をかけた。

「え、でも俺、女ものの服なんて持ってないっすよ」

津田くんは混乱しているようだ。谷町さんはあくまでも冷静に言う。

「津田くんに女兄弟はいないんだっけ？　それなら、お母さんに頼んで服を貸してもらえないかな」

「あ、そうか」

津田くんは慌ただしく部屋をあとにした。

谷町さんは放り出されたタオルを拾い、テーブルと床のワインを拭き取った。派手にこぼしたなあ、と小関くんが笑う。テーブルに置かれたワイングラスは空になっていた。

再生されっ放しだった映画はいつのまにか薄暗い部屋のシーンに移っていた。プレイヤーに表示されている再生時間は六分と少し。小関くんが停止ボタンを押すと、テレビ画面は暗転した。

津田くんが着替えを手に戻ってきた。

「大葉さんはまだっすか？」

その問いに答えるように、鎧坂さんがドアを開け、ひとりで戻ってきた。険しい顔つきをしている。

「わたしたち、帰る」

突然の暇乞《いとまご》いだった。ぬあ、と津田くんが間の抜けた声を出す。

「ま、待て、鎧坂。わたしたちって、大葉さんもか？」

「当たり前でしょ」

鎧坂さんはすばやくふたつのバッグを抱え上げ、踵《きびす》を返した。乱暴にドアが閉められる。

「なんだありゃ」

残された面々は互いに顔を見合わせた。お邪魔しましたー、と一階から怒声のような挨拶が聞こえた。冗談ではなく、本当に帰ってしまったようだ。白けた空気が流れる。

「ええと、なんだ、続きはまた今度にしようか」

小関くんが歯切れ悪く言った。そうだな、と津田くんは素っ気なく答える。何か考えごとをしている様子だった。

「それじゃあ、今日はこれで解散ってことで」

部屋の片づけを手伝おうとする谷町さんを丁重に断り、津田くんは押し出すようにふたりを帰した。なぜか、ぼくだけを残して。

「柏木さん、聴いてください」

祭りのあとのような寂しい部屋で、津田くんは大葉さんのワイングラスを見つめながら言った。

「大葉さんは自分の不注意でワインをかぶったんじゃありません。さっきのメンバーの中に、大葉さんにワインをかけた犯人がいます」

犯人とは穏やかではない。しかし津田くんにしてみれば、告白を決意した大事な夜を台無しにした人間なのだ。犯人呼ばわりする気持ちもわからないではない。それにしても、

「どうして犯人がいると思うの？」

「大葉さんは前髪まで濡れてました。手元が狂ってこぼしたにしては不自然じゃないっすか。しかも、濡れていたのはせいぜい顔の周りだけだったので、頭上からワインをかけられたわけでもなさそうです。それはつまり、犯人は大葉さんの真正面からワインをかけたってことですよね。そのとき大葉さんは犯人の顔を見たんです。さっき、大葉さんの顔は青ざめていて、肩も震えてました。あれは仲間の誰かにワインをかけられたせいでショックを受けてたに違いないっす」

「へえ、さすがに彼女のことをよく見てるね」

「そりゃあもう、常に観察してますから」

「……ほどほどにね。でも、部屋は暗かったのに犯人の顔なんて見えるかな」

「映画のシーンは青空の下の街並みでした。あれだけの光源があれば、隣接した人間の顔くらいは確認できます」

「もし本当に大葉さんが犯人の顔を見ていたなら、どうしてそのことをみんなの前で言わなかったんだろう」

「それはもちろん、大葉さんがやさしい心の持ち主だからです。犯人をかばったんですよ。逆に言えば、これは単なる事故ではなく、犯人が悪意を持っていたことの証《あかし》じゃないっすかね。少なくとも大葉さんは相手の悪意を感じ取ったから、青ざめ、震え、口をつぐんだんです。犯人はそうなることを見越して、堂々と鑑賞会の最中に凶行に及んだわけで……くそ、ひどいやつだ」

津田くんの目は血走っていた。ぼくは学習机の上に置かれていた空のグラスに水を入れ、津田くんに手渡した。

「落ち着いて。ほら、水でも飲んで。その口振りからすると、犯人の目星はついているみたいだね」

「もちろん、犯人は小関以外に考えられません」

水を飲み乾し、グラスを学習机に叩きつける。

「どうして小関くんが？」

「さっきも言った通り、あいつも大葉さんを狙ってるからです。俺が告白しようとしてるのを察したんじゃないっすかね。もしかすると、俺たちの密談を盗み聞きしていたのかも。そうだ、だから直後の鑑賞会で行動を起こしたんだ。小関め、俺が一大決心をした今日、また性懲りもなく横槍を入れてきたんです」

「ふうむ」

一聴《いっちょう》したところ、合理的な解釈にも聞こえる。しかし津田くんの論には心理的な矛盾があった。

「確認だけど、小関くんも大葉さんを狙っている、というのが大前提なんだよね？」

「もちろんっす」

「でもさ、それって変じゃないかな。もしきみが小関くんの立場だったら、いくらライバルの告白を妨害するためとはいえ、好きな子にワインをかけたりする？」

津田くんはぐっと咽喉《のど》を鳴らした。そして、かけないっす、と蚊の鳴くような声で答えた。

「だよね。はい、これで小関くんの容疑は晴れた、と」

「で、でも、それじゃあいったい誰があんなひどいことをしたっていうんですか？」

もともと容疑者は三人しかおらず、さらにそこから小関くんを除外した今、残っているのは鎧坂さんと谷町さんしかいない。

彼女たちのどちらかが犯人だ。

部屋にいた人間の配置を確認する。何度か適当な移動をした末、最終的には次のような並びになっていた。部屋の入口付近にぼくがいて、ぼくの隣から順に津田くん、谷町さん、大葉さん、小関くん、そしてドアから一番遠いベッドのそばに鎧坂さんが座っていた。大葉さんはややうしろに下がった位置にいたため、犯行は目撃されなかったのだろう。座っていたところからテーブルに手が届いたのは谷町さんより向こうの四人だ。谷町さんのウーロン茶と小関くんのビールはグラスに半分ほど、鎧坂さんのビールはグラスのふちまでなみなみと残されていた。

ぼくのチューハイと津田くんのビールは、密談に行く前と変わらず、テーブルのテレビ側に置かれていた。グラスの中の残りはどちらもごく少量だ。テーブルの中央にはポテトチップスやナッツなどのつまみ類が散乱している。

もっぱらビールを鯨飲していた鎧坂さんの周辺には大量の空き缶が積まれていた。

「鎧坂さん、こんなに飲んでたんだ」

「飲みに行くときは決まって割り勘なんですが、あいつのせいで俺たちは毎回割を食ってるんですよ」

酒豪監督の隣、小関くんの座っていた前には、中身が三分の一ほど残っているワインボトルがあった。水やウーロン茶のペットボトル、予備または使用後のグラス、氷などは、津田くんの学習机の上にまとめられていた。水を飲まされることを嫌った鎧坂さんが、ノンアルコール類や邪魔なグラスなどをよけておいたためだ。

犯人が大葉さんのワインを使ったのは、自分の犯行を飲み物で特定されないようにするためだろう。しかしその行動はあまり賢明だったとはいえない。大葉さんのワインを使うためには、犯人は彼女と隣接していなければならないのだ。もし離れた位置から手を伸ばせば、どうしても動きが大きくなり、周囲に気づかれてしまう。

大葉さんと隣接していたのは小関くんと谷町さんだ。小関くんの疑いが晴れ、鎧坂さんの犯行も物理的に難しいとわかった以上、必然的に谷町さんが犯人ということになる。この考えを津田くんに話してみると、しかし彼はきっぱり首を振った。

「谷町さんには動機がないっすよ。あの人は口数こそ少ないけれど、やさしい先輩です。そもそも谷町さんと大葉さんは普段からあまり話さないので、動機が生まれることもないと思うんです」

「ふたりの会話が少ないというのは、仲が悪いこととは違うんだね？」

「もちろん違います。ふたりとも大人しい性格ということもあるけど、単に共通の話題がなかったからじゃないっすかね。大葉さんはふんわりした乙女な感じで、谷町さんはきりっとした大人の女性ですから」

「うん、その表現はしっくりくるね」

これが鎧坂さんなら相手を選ばずに我を通すし、

図②

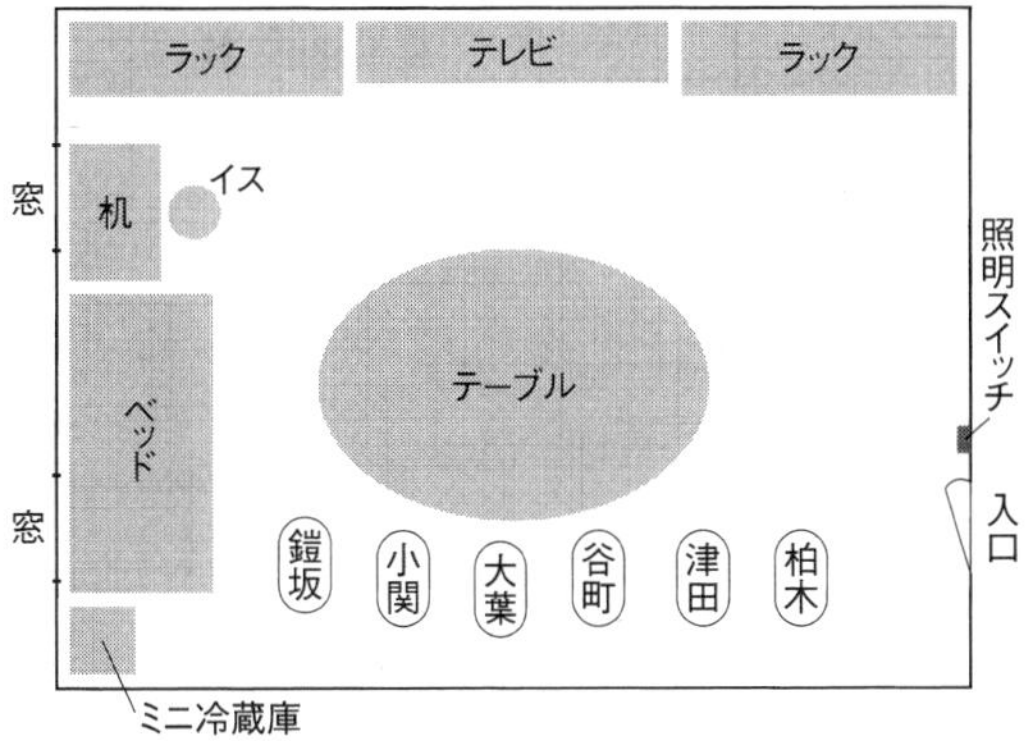

小関くんなら軽い調子で砕けた会話をするだろう。要領が悪いのは残りの三人だ。大葉さんと谷町さんが不仲でなくとも、会話が少なそうだということは想像に難くない。

「だけど、位置的に考えて鎧坂さんの犯行はありえないでしょ」

鎧坂さんと大葉さんの間には小関くんがいる。鎧坂さんがワインをかけたとすれば、かならず小関くんが気づいたはずだ。

「あとはもう谷町さんしかいないよ」

「それはそうかもしれないっすけど……あの人が後輩にワインをかけるなんて、そんな陰湿なことをするとは思えないんすよね。だいたい、谷町さんは自分の得にもならないのに、純粋な好意だけで俺たちに協力してくれてたんですよ？　それなのに突然悪意をぶつけるなんて」

津田くんは葛藤に苛《さいな》まれているようだ。大葉さんを傷つけた犯人を許せない気持ちと、仲間を疑いたくない気持ち――津田くんはどちらか一方を優先できる性格ではない。ならばここはぼくがリードするしかあるまい。

「個人がだめなら、複数は？」

「共犯ってことっすか？　柏木さん、いよいよもってありえませんよ。複数で嫌がらせをするならほかにもっとうまいやり方があるだろうし、今回の犯行結果も地味すぎると思います。犯人はひとりですよ」

「それじゃあやっぱり、谷町さんを疑わざるをえないのかな。ぼくたちが知らないだけで、彼女には隠れた動機があったとしたらどうだろう？　たとえば……そう、谷町さんは津田くんが好きだったとか」

「谷町さんが、お、俺を？」

動揺しているのがありありとわかる津田くん。小関くんがいたら全力でからかう場面だろう。

あくまでも想像の話だからね、とぼくは念を押す。

「そして嫉妬した谷町さんは、恋敵である大葉さんにワインを浴びせた」

「俺をめぐる恋の鞘当《さやあ》てっすか。うひひ、まいったなあ。男冥利に尽きます」

にやけていた津田くんだが、はたと何かに気づいた。

「柏木さん、非常に残念ですが、その案は頂けないっす。谷町さんは俺が大葉さんに惚れてることを知らないんすから」

「その点は心配ご無用。津田くんの恋心は周囲にバレバレだから」

「は？　え？」

「まあ、その話は措いておくとして、谷町さんの嫉妬説をどう思う？」

「はあ。いまいち現実味がないっすけど、とりあえずグレーゾーンってところですかね。いや、ほかに犯人に該当する人間がいないのなら、これで決定っすか？」

津田くんは天井を見上げ、思案した。おそらく納得はしてもらえないだろう。ぼくとしても、こんなあやふやな結末では収まりが悪い。

「問題は動機なんだよね。なぜ大葉さんは仲間から敵意を向けられたのか。まさかとは思うけど、彼女は他人から恨みを買うタイプだったりする？」

「とんでもない。天地がひっくり返ったって、彼女が恨まれることなんてありません。清廉潔白な大葉さんを傷つけた犯人は鬼畜っすよ」

多分に主観が含まれているが、ここは後輩の弁を信じておこう。ぼくもまた、大葉さんは他人に恨まれる人間ではないという印象を持っている。そうすると――

「動機は映画にあるのかもしれないね」

「映画って、あのとき観ていた『はぐれもの』のことっすか?」

メンバー間に動機らしい動機は見当たらない。ならば今日、あの場で、即席の動機が発生したとは考えられないだろうか。映画の鑑賞中に起こった犯行なのだから、その動機も映画の中に存在した可能性はあるはずだ。

「でも、あれはものの五分と再生されてないんですよ?　そんな短時間で仲間にワインをかけるほどの動機が生まれるもんですかね」

しかしその五分間にでも賭けない限り、動機は見つかりそうにないのだ。

まず、ワインのことを抜きに疑問を感じたのが、青春映画を批判して映研を抜けた鎧坂さんは、大学を舞台に何を撮ろうとしていたのかということだ。タイトルから想像するに、集団から弾き出されてしまった自分たちの境遇を描こうとしていたのかもしれない。

「脚本は完全に大葉さんに一任されていたの?」

「俺の脚本はことごとく没になるので、大葉さんがほぼひとりで書いていました。でも、初期段階では鎧坂もいくらか内容にタッチしていたみたいです。男どもはいいように使われるばかりで、尻に敷かれっぱなしなんですよ」

　大葉さんに尻に敷かれるなら本望ですけど、と津田くんはにやにやした。いつか女性関係で身を滅ぼさなければいいのだが。

「映画の結末も気になるけど、今は脇に措いておいたほうがよさそうだね。予備知識を持たず、実際に再生された分だけで考えたほうがいい」

　とはいえ、映画の中のどこに焦点を合わせたらよいのか、判断が難しいところだ。複合芸術の五分間は情報量が多い。映っていた人物、建物、小物などのほかに、役者の声、背景の雑音などもある。それらのどこに犯人が引っかかったのか、第三者に推測できるだろうか。

「犯人にとって不都合なものが映っていた、っていうのが妥当な線なのかな。そのときその場所にいたらいけない人物が映り込んでいた、みたいな」

　ふと、二本目の映画「Falling Ghosts」の設定を思い出した。

「撮影現場は大学内とその近辺だけだから、その人物はたぶん学生ってことですよね？」

「援助交際」

「はい？」

「『はぐれもの』の背景に、うちの学生といっしょにメンバーの身内が映っていたと仮定してみよう。それも、明らかに援助交際や不倫に見える状態で。それに気づいた犯人はほかのメンバーにバレることをおそれ、再生を中止させようとした。ワインをかける相手は誰でもよかったんだ。たまたま隣にいたのが大葉さんだったから、彼女は被害者に選ばれた」

「でも、援助交際のようなうしろめたいことをするとき、わざわざ身内の大学のそばには近寄らないんじゃないっすかね」

津田くんは的確な反論をしてきた。ぐうの音も出ない。

「たしかに、そうだね。……それじゃあ、ワインをかけたということをポジティブに考えてみたらどうかな。犯人は大葉さんを傷つけるためではなく、守るためにワインをかけたと仮定してみては?」

「どういうことです?」

「被害者が大葉さんであるという点が重要なのかもしれない。あの映画の中には、大葉さんが見てはいけないものが映り込んでいた。たぶん編集段階でも気づかないような、些細なことだったんだ。それをいち早く悟った犯人は、大葉さんが気づいてしまう前に再生を中断させたかった。しかしテーブルをはさんだ向こうのプレイヤーを止めようとしたら、いくらかのタイムラグが生じてしまう。一刻も早く中断させたい犯人はとっさの判断により、大葉さんの視界を奪うことにした」

「だから顔にワインを浴びせたんですか。なるほど、柏木さんの頭脳には感服っす。では大葉さんが見てはいけないものって、どんなものだったんでしょう?」

「恋人が浮気している場面とか」

言ってから、しまったと思った。

「ちょ、ちょっと待ってください。恋人? 浮気? まさかそんな、大葉さんに恋人がいるなんて、あれ、おかしいな……」

津田くんはしどろもどろになってしまった。ぼくは慌ててフォローしようとするが、待ってください、と津田くんは頭を抱えた。打ちひしがれているのではなく、必死に反論を探しているようだ。少しして、もし大葉さんに恋人がいたら、と言って顔を上げた。

「親友である鎧坂はそのことを知っている可能性が高いです。柏木さん、俺の気持ちは周囲にバレバレだって、さっき言いましたよね？　信じがたいことではありますが、本当に鎧坂も俺の気持ちに気づいているのだとしたら、あいつはきっと俺に引導を渡してくれるはずです。大葉さんには恋人がいるからあきらめろ、と」

どこかねじれた信頼感ではあるが、たしかにその光景は想像しやすかった。ぼくが頷くと、津田くんはほっと胸をなで下ろした。

「今度は俺の考えも言ってみていいっすか。うちのメンバーに、映研と通じていた人間がいるかもしれないっていうのはどうですか」

「映研のスパイがいるってこと？」

「はい。それを証明するような映像、ないし会話が『はぐれもの』の中に入り込んでしまったため、犯人はとっさに再生を中断させようとしたんです」

「津田くんのことだから、また小関くんを疑ってるんだろうね」

「もちろんっす」

津田くんはとても素敵な笑顔を見せた。そろそろお調子者のカメラマンがかわいそうになってくる。

「小関は慌てていたせいで、隣にいるのが大葉さんであることも忘れ、彼女にワインをかけてしまったんじゃないですかね」

「発想は面白いけど、この同好会に探りを入れたところで得るものはないと思うよ。ああ、ごめん。けなしているわけじゃないんだ。だけど方向性の違いで袂《たもと》を分かったんだから、彼らが同好会の脚本を参考にするとは思えない。撮影技術はまだまだとぼくの友人も言っていたから、技を盗む目的でもない。そもそも『はぐれもの』の再生を中断させようと思ったら、自分の飲みものをこぼすだけで充分なんだ。もっと言うと、大葉さんが顔の正面からワインを浴びているということは、小関くんは彼女の顔を確認したうえでワインをかけたことになる。スパイ疑惑を招かないようにするためとはいえ、ほかに方法があるにもかかわらず、好意を寄せている人にワインをかけるなんてことはしないと思うよ」

「……自分が浅はかでした」

と津田くんはしょんぼりした。

こんなとき、推理マニアの友人ならどう考えるだろう。おそらく他人を疑うことに躊躇《ちゅうちょ》しないはずだ。とにかく考えうる可能性をすべて検証するに違いない。ならばぼくも、残る容疑者の可能性を挙げておこう。

「さっき自分で否定しておいてなんだけど、やっぱり鎧坂さんが犯人っていう可能性はないのかな」

新しい切り口に、津田くんは面食らったようだった。

「いやいや、それは谷町さん犯人説以上に考えられないっすよ。鎧坂はあんな適当なやつですが、一応大葉さんの親友なんですよ？　それに、再生中の並びを思い出してください。鎧坂と大葉さんとの間には小関がいたんですよ？　どうやって小関の目を逃れて、大葉さんにワインをかけたっていうんですか」

「小関くんの視線は映画に注がれている。彼の背中越しに大葉さんの肩を叩けば、彼女が振り向いたところにワインをかけ、顔の真正面から浴びせることができる」

「ですが、ワイングラスは大葉さんの席の前に置いてありました。そのグラスを取ろうとしたら、どうしても小関の前に手を伸ばさなきゃいけないじゃないっすか」

「グラスを取ろうとしたら、たしかにそうなる。けどワインボトルになら手が届きそうだよね」

「ボトル？　あっ」

ワインボトルは小関くんの席の前にあった。

「ビール缶に手を伸ばすふりをすれば、小関くんに違和感を抱かれることなくボトルを取ることができたと思う」

「じゃあ、実際の犯行で使われたのは大葉さんのワインではなかったんですか」

大葉さんのグラスが空だったのは、単に彼女が飲み乾していただけだろう。

「けれどボトルのままワインをかけるのは難しいから、鎧坂さんは一度自分のグラスにワインを注いだはずだ」

「鎧坂のグラスにはビールが注がれていますが？」

「それはあとから入れたんだよ。予備のグラスは津田くんの学習机の上にあるから、それを取ろうとしたら動作が大きくなって周囲に気づかれてしまう。鎧坂さんはビールを飲んでいた自分のグラスを使わざるをえなかった。しかし犯行後にもグラスを空にしておいたら、ワインの色が残ってしまう。だから鎧坂さんのグラスにはビールがなみなみと注がれていたんだ。タイミング的に早業が要求されるけど、一番端という好位置なら周囲に悟られずに完遂《かんすい》することができる」

それなりの仮説が立てられたのでは、と思ったが、津田くんは叱られた子どものようにうつむいていた。

「……すみません、柏木さん。せっかくいろいろ考えてもらったんですが、俺はやっぱり動機面が納得できないっす」

津田くんは鎧坂さんの座っていたクッションを蹴飛ばした。

動機。そう、この一件でもっとも不可解なのが動機だ。そこを突破できない限り、どんな仮説も想像の範囲を超えられない。たとえ物理的に可能であると証明しても、だからどうしたということになる。

ぼくは苦し紛れに嫌な想像を働かせた。

「あまり考えたくないけど、鎧坂さんは陰で大葉さんをいじめてたりはしないかな。トイレについていったのも、真相を口外しないよう口止めするためだったとか」

「鎧坂は粗暴なやつですが、いじめをするほど腐ってませんよ。どちらかというと、公衆の面前で相手に殴りかかるタイプです」

褒めてるのか貶《けな》してるのかわからないが、妙な説得力はあった。映研での実績もある。

「ううむ」

手詰まりである。やはり聴き屋は探偵に向いていない。

では、誰なら向いているか？　適任者はひとりしか思い浮かばなかった。

「仕方がない。余計混乱するかもしれないけど、あの男に連絡してみよう」


「もしかして川瀬《かわせ》さんっすか」

津田くんの瞳が輝いた。ぼくらと同じザ・フールに所属する川瀬公彦《きみひこ》は、推理小説を愛読しているくせに純文学の賞を獲ってプロになってしまった男だ。悲しいかな、津田くんは川瀬を過大評価している節がある。どうか目を覚ましてほしい。ぼくとて苦肉の策で彼を頼るのだ。

携帯電話を操作し、川瀬を呼び出す。果たして、ミステリ作家志望の純文学作家が応答した。

「おう、どうした、柏木。おまえから電話してくるなんて珍しいじゃないか」

「のっぴきならない事情があってね、力を貸してほしいんだ」

川瀬の家はここから距離があるので、直接呼び寄せるのは忍びない。時刻も十一時近いことだし、口頭で事の顚末を伝えることにする。

かくかくしかじか。

こちらが喋っている間もまめに茶々を入れてくる川瀬に苦労しながら、なんとか説明を終えた。普段、川瀬のほうから首を突っ込んでくることはあっても、ぼくの側から協力を要請することはない。聴き屋の話を聴くなんてレアな体験だ、と川瀬は笑った。

「それで川瀬、きみならこの一件をどう見る？」

「極めて限定的な状況で、犯人はずいぶん危険な賭けに出ているな。すぐそばにいる同好会メンバーに気づかれない可能性に賭け、大葉千秋が最後まで口をつぐんでいる可能性に賭けた。犯人はそうした不確定のリスクを負ってまで、大葉千秋にワインを浴びせる必要があったということだ。さて、その目的とはなんなのか」

「仲間の犯行ということで、どうしても動機がネックになるんだよね」

「動機？　そんなもん犬に食わせちまえ。どうせ他人の心なんかわかりっこないんだから、こういうときはあらゆる可能性を片っ端から疑っていくんだよ」

期待に違わぬ川瀬節だった。

「それじゃあ、先生のご意見を伺いましょうか」

「任せとけ。俺の言う目的ってのは、犯行がもたらす物理的な結果のことだ。たとえば床にダメージを与えるのが目的だった、とかな」

いきなり突拍子もないところを突いてきた。

「犯人は床に恨みがあったというの？」

「津田の部屋は畳敷きじゃなく、フローリングなんだよな？　絨毯《じゅうたん》もなく、メンバーはクッションを敷いて床に座っていた。もしかして床暖房が完備されてるんじゃないか？」

津田くんに確認してみると、たしかにそうだという。

「正解だってさ、川瀬。冴えてるね」

「やはりな。犯人の狙いは床暖房を壊すことだったんだ」

「だけど、グラス一杯のワインがこぼれた程度で、床暖房が壊れるものなのかな」

するとと横から津田くんが、床暖房ってけっこう丈夫なんすよ、と口をはさんだ。

「今までシチューの鍋をひっくり返したり、犬がおしっこしたりしたことがありましたけど、ここ十年、故障したことは一度もないっすね」

「――川瀬、聞こえた？」

「ああ、聞こえた。だが犯人は津田家の住人ではないんだから、そんなことは知るよしもない。実行しなかったという証明にはならないだろう？」

「それはそうだけど、机上の空論じゃないかな。他人の家の床暖房を壊すメリットがわからないし、本当に壊すつもりならボトルや缶を倒して大量に中身をこぼしたはずだよ」

「はいはい、スムーズな反論、感謝するよ。まあ、今のはちょっとした思いつきだから、こっちとしてもこだわるつもりはない。本番はここからだ。まずは今回の被害者、大葉千秋自身が自分でワインをかぶった可能性はないか検討してみよう」

川瀬はまたも変化球を投げてきた。携帯に耳を寄せていた津田くんも目を剝《む》いている。たしかに、こちらとしてもそういう発想の飛躍を期待していたので、願ったり叶ったりではあるのだが、それにしたって自作自演とは、大胆なことを考える。

「どうして大葉さんがそんなことをしなくちゃならないのさ」

「メイクが落ちて服も汚れたら、帰宅せざるをえない。その口実のためだ。たぶん早く家に帰りたかったんだろ。津田のことが嫌いだったんじゃないか？」

「……津田くんが嗚咽《おえつ》を漏らしてるよ」

「現実を見つめろと伝えてくれ」

あんまり酷な言い草である。

「津田くんのためにも反論するけど、早く帰りたいからといってワインをかぶる必要はないでしょ。気分が悪くなったとでも言えば、口実としては充分なんだから」

「そうだな」

川瀬はすんなり引き下がった。いたずらに後輩をいじめるのはやめてほしい。

「真剣に考えてよ」

「俺はいつだって真剣だ。前々から思ってたんだが、おまえはもっと俺にやさしくするべきだぞ」

「電話切っていい？」

「待て待て。真剣に考えるから」

やはり真剣じゃなかったのか。文句を言ってやろうとしたとき、川瀬は妙なことをつぶやいた。

「犯人はなぜワインを使ったんだ？」

「今、なんて？」

聞き流すわけにはいかない、大前提を疑う言葉だった。

「凶器として用いられたのが、なぜビールでもチューハイでもなくワインだったのか、不思議だとは思わないか？　ワインは大葉千秋が飲んでいたものだ。犯人は自分の飲みものを凶器として使用してはいけなかったのか？」

「いけないよ。そんなことしたら、自分が犯人だって名乗ってるようなものじゃないか」

「仮に自分の犯行だとバレたとして、何か不都合なことでもあるのか？　これは殺人事件じゃないんだ。うっかり手が滑ったとか適当なことを言って、単なる事故だと言い張ればまかり通る。しかし大葉千秋のワインを使い、真正面から浴びせてしまったら、偶然だと言い逃れをすることができなくなる」

「ワインを使うほうがデメリットが大きいと？」

「そうだ。逆に言えば、犯人にはワインを使う必然性があったということになる」

必然性か。それにはワインの性質が関わってくるだろう。ワインにあって、ほかの飲みものにないものとはなんだろう。香りか、色か……。

「ふふ、悩んでいるな、聴き屋。ここは必然を自然と言い換えたほうがわかりやすい。シンプルに考えよう。もっとも自然にワイングラスを手にできた者は誰か？」

それはもちろん、本来ワインを飲んでいた人——大葉千秋さんだ。川瀬はまたしても大葉さんの自作自演説を広げるつもりなのだろうか？

「どうしても大葉さんを疑いたいみたいだね」

「そのほうが津田がショックを受けて面白いだろ」

とんでもない男である。

「冗談だ。俺は何も大葉千秋が犯人だとは言っていない。あえて言うなら、彼女は共犯者だ」

「共犯？」

川瀬の思考が読めない。津田くんもじっと耳をそばだてている——一言一句、聞き漏らさないように——聞き間違えの、ないように。

「大葉千秋がワイングラスを手にしていれば、かならずしも犯人がワインを手に取る必要はない。彼女がワインを飲もうとしたとき、ちょいとその手をつついてやればいい。加害者と被害者の共同作業だ」

「それは共犯とも共同作業とも言わないよ。でも、それだと結局犯人は大葉さんと隣り合っている人に限定されるよね。つまり小関くんと谷町さんだ。ぼくもそのふたりは疑ったけど、最初に言ったように動機がネックになるんだよ。小関くんは大葉さんに好意を寄せていて、谷町さんはそもそも大葉さんとの接点が少ない。ワインをかける理由がないんだ」

「小関は大葉千秋に好意を寄せている、か。いいね、最高だ」

川瀬の声は確信に満ちていた。

「薄暗い部屋で、隣に好きな女がいるとき、酔った男はどんな行動に出ると思う？」

「もしかして、小関くんは大葉さんに——」

キスでも迫ったんじゃないか、と川瀬は軽い調子で言った。

「小関……!」

津田くんの歯ぎしりが激しさを増した。

「大葉千秋はワインを飲もうとしていたので、顔に浴びるようにこぼしてしまった。映画のギターサウンドのせいで周りは気づかなかったが、ちょっとしたいざこざが密かにあったんだろう。しかし奥ゆかしい大葉千秋は、小関に恥をかかせまいとして口をつぐむことにした」

ネックだと思っていた動機が反転し、真相と直結した。小関くんは大葉さんを好いているからこそ、ワインを浴びせる結果になってしまったのだ。ぼくらが気づかなかっただけで、答えは最初から目の前にぶら下がっていた。

「ありがとう、川瀬。恩に着る」

「いいってことよ」

通話を切る。振り返ると、津田くんの瞳が暗く燃えていた。

「小関め、あの野郎……」


翌日。

四時間目の授業が終わり、教室棟を出たところで、津田くんと出くわした。彼はすっかり憔《しょう》悴《すい》しており、声をかけても反応は虚《うつ》ろだった。

「顔色が悪いね。昨日、ちゃんと寝た？」

「柏木さん。大葉さんが、今日、学校に来てないんです。よっぽど昨日のことがショックだったんですよ」

「あれから連絡はついてないの？」

「俺なんかが、今の彼女に何を言ってあげられるっていうんすか……。小関のやつ、見つけたらただじゃおかない」

津田くんは重いため息をつき、スタジオ棟に消えていった。だいぶ重症のようだ。まさかとは思うが、このまま同好会が空中分解なんてことは……。

「聴き屋さん」

タイミングがいいのか悪いのか、鎧坂さんと小関くんが教室棟から出てきた。今、津田くんと小関くんが顔を合わせたら乱闘になりかねない。ぼくは何気なくスタジオ棟への道をさえぎるように移動した。

「やあ、こんにちは。いい天気だね」

「今の、津田ですか？」

時すでに遅く、鎧坂さんは津田くんの姿を見ていたらしい。眦《まなじり》を吊り上げ、スタジオ棟のほうを睨《にら》む。何に腹を立てているのだろう。

「あいつ、どの面下げて学校来てんのよ。千秋は休んでるっていうのに」

静かに怒る鎧坂さんは、声を抑えつつも、口から湯気を吐かんばかりだった。まあまあ、と小関くんがなだめる。

「柏木さん、昨日はせっかく来てくれたのに、すみませんでした。なんていうか、津田は不器用なやつだから、てっきり大葉さんにアプローチし損ねてるんだと思ってたんですよ。でも、俺の勘違いだったみたいだ」

「はあ。そう、なの？」

なんだろう、この会話は。何かおかしくないか。

「それじゃあ柏木さん、またよろしくお願いします。行くぞ、鎧坂」

「むむ」

ぶつぶつ言っている鎧坂さんを引っ張るようにして、小関くんは映画棟に入っていった。はじめて見るツーショットだが、気の置けない仲といった雰囲気だった。少なくとも津田・鎧坂の組み合わせよりははるかに親しげに見えた。

やっぱりおかしい。もしかして、小関くんも津田くんと同じなのだろうか。


ぼくはザ・フールの部室に向かいながら、あらためて昨日の出来事を振り返った。さっきのふたりの言葉は何を意味していたのか。鎧坂さんは何に対して怒り、小関くんは何を勘違いしていたと言っていたのか……。

部室の扉を開けると、いつものように数人の部員がだらりとしていた。美術の参考書を読んでいた森里《もりさと》さんが顔を上げ、ぼくの背後を見てほほえむ。

「柏木くん、悪霊に取り憑かれてるよ」

「え?」

首をひねると、目の前に先輩の暗い顔があった。ザ・フールの一員にして、三千世界の負の気をすべて集めたらこんな形になりました、とでもいうような陰気な容貌の女性である。サークルの中では先輩の愛称で親しまれ……親しまれている。彼女は、忍びの者でもここまで忍べまいというほど、完全に気配を消していた。悪霊はひどいよ、と先輩は呪詛《じゅそ》の言葉を吐き出したが、その陰鬱なトーンはやはり悪霊のものとしか思えなかった。

「先輩、さっきの授業中、寝てましたか」

「な、なんで知ってるの? エスパー?」

どこかで聞いたようなセリフだった。ぼくは先輩の口許を指し、よだれのあとがついてますよ、と言った。そこにはくっきりと濁流《だくりゅう》の痕跡が刻まれていた。

「あははは」

森里さんが無邪気に笑う。先輩は頬を染め、ハンカチで口を拭《ぬぐ》った。

「顔洗ってくる……」

まるで首を吊ってくるとでもいうように先輩は回れ右した。顔を洗うためにトイレに行くのだろう。

不意に、閃《ひらめ》くものがあった。

少し考えた末、ぼくは踵を返した。前方に、のろのろ歩く先輩が見える。その背中に追いつくと、彼女は物憂げに振り返った。

「どうしたの、柏木。女子トイレまでついてくる気？」

「ぼくをなんだと思ってるんですか。ちょっとスタジオ棟に用事ができたんです」

トイレの前で先輩とわかれ、スタジオ棟に向かう。彼はどこにいるだろう。馴染みのないスタジオ棟をうろついていると、運よくトイレから出てきた彼を見つけることができた。先輩に引けを取らないうらぶれた背中に声をかける。

「津田くん」

幽鬼のごとく振り返った津田くんは、なんすか、と気のない返事をした。しかし先ほどの先輩の迫力とくらべれば、うららかな春に咲く一輪の花のようだった。

「話があるんだけど、次の授業は？」

「ああ、いいっす、サボります。どうせ頭に入んないし。話ってなんです？」

ぼくらは一階ロビーのベンチに腰を下ろした。始業のチャイムが鳴り、学生たちが教室に消える。

「そんなに落ち込んでないで、大葉さんに電話してごらんよ」

「無理ですよ。なんて慰めていいのかわかんないっす」

「でも、彼女を救えるのは津田くんだけなんだよ。なぜなら、犯人はきみなんだから」

「お、俺が犯人？」

津田くんは目を白黒させた。

「いきなり何言ってんすか、柏木さん。そんなわけないじゃないっすか。げほっ」

彼は驚きすぎてむせてしまった。唐突に切り出しすぎたか。聴く専門のぼくは話すことには慣れていない。

「ええと、どこから話したものかかな。実はさっき、教室棟の前で小関くんと鎧坂さんに会ったんだけど、なんだかふたりは親しげな雰囲気だったんだよ。もしかすると、つき合ってるんじゃないかな。たとえそこまで進展していないにしても、どうやら小関くんは鎧坂さんに気がありそうだった」

「まだまた、柏木さん、それはないっすよ。あんな女のどこがいいんすか」

「失礼だなあ。ぼくの目には、鎧坂さんも大葉さんと同じくらい魅力的に見えるよ」

冗談はやめてください、月とスッポンです、と津田くんは予想以上に激しい感情を露《あらわ》にした。何もそんなに、と思う。

「わかったよ、大葉さんのほうがかわいいよ。まあ、お互いの主観の相違はさておき、小関くんが鎧坂さんにアプローチしてたのは間違いないと思う」

鎧坂さんは方向性の違いにより映研から離反した。大葉さんはその親友についていった。津田くんは大葉さんがいるから同好会に入った。きっと、小関くんも津田くんと同じだったのだ。目当ての女性がいるから、同好会に入った。

「小関が、鎧坂を？　うわあ、信じられない。でも柏木さんがそう言うからには、きっとはっきりした根拠があるんですよね？」

「一応ね。昨日、ぼくが酔った鎧坂さんに水を手渡したとき、小関くんはぼくらの話に割って入ってきたんだよ。あれはぼくに嫉妬していたのかもしれない。それから、三本目の『はぐれもの』を観ようとする前に、鎧坂さんが眠くなったと言って床に転がっていたのを覚えてるかな。ベッドにぶつかってめくれてしまった鎧坂さんのシャツを、大葉さんが直したりしていたね。つまり鎧坂さんの隣には大葉さんが座っていたんだ」

娘と慈母のようなツーショットを思い出す。ふたりの間に小関くんはいなかった。

「けれど、ぼくらが書斎で密談をして部屋に戻ったとき、ふたりの間には小関くんが座っていた。変だよね。小関くんはむりやり鎧坂さんとの間に割って入るまでもなく、大葉さんの右隣に座っていたんだから」

「言われてみれば、たしかに。それじゃあ、小関は鎧坂の隣に座りたかったから、大葉さんを押し退けたっていうんですか？」

そんな馬鹿な、と津田くんは仰《の》け反った。鎧坂さんに興味のない津田くんには、小関くんが鎧坂さんに惹かれていることが信じられないようだ。恋していない相手の魅力には気づかない、これも一種の〝恋は盲目〟とはいえそうだ。

「小関くんは大葉さんを押し退けたわけじゃないよ。そんな不躾《ぶしつけ》なことをしたら、鎧坂さんに悪い印象を持たれるからね。だから、小関くんは大葉さんが自主的に席を立った隙に間を詰めたんだ」

「自主的に席を立つっていうと……トイレとかっすかね？」

「おそらくね。ところで津田くんは、大葉さんといい雰囲気になったところをいつも小関くんに邪魔されてきた、って言ってたよね。でも、どうやら小関くんは鎧坂さんにご執心らしい。だとしたら、小関くんはきみの邪魔をしてたんじゃなくて、逆に応援してたってことにならないかな」

「うーん、それは小関に対して好意的すぎませんかね」

「そんなことないよ。お喋りな小関くんにしてみれば、恋愛は活発な会話があってしかるべき、という考えだったのかもしれない。けれど不器用な津田くんとひかえめな大葉さんにその考えは合わなかったから、邪魔が入ったように感じられたんだ。でもそれは相性の問題であって、小関くんに悪気があったわけじゃないんだよ」

津田くんはまだ納得がいかないらしく、しきりに首をひねっていた。先入観というのはおそろしい。だが、同好会のメンバー同士、あとで腹を割って話せば誤解は解けるだろう。

「あと、これはずっと気になってたんだけど、小関くんの邪魔云々を抜きにすれば、もともと津田くんと大葉さんはいい雰囲気になる程度には仲がよかったということなんだよね？　つまり大葉さんのほうもまんざらじゃないと――」

「ほ、本当っすか？」

「正直、脈ありだと思う」

「ジーザス……」

蠟燭の火が消えるように、津田くんの顔から表情がなくなった。赤面するかと思いきや、なぜか青白くなっている。衝撃が強すぎて呆《ほう》けてしまったようだ。

「気をしっかり持って」

「大葉さんが、俺のことを?……はは、わかった、これ夢っすね?」

「夢で終わらせていいの? 津田くん自身には手応えというか、心当たりみたいなのはなかった? 大葉さんが気のある素振りを見せたとか」

「とんとないっす」

「仕方ないなあ。それじゃあ、さっきの大葉さんがトイレに立ったという話に戻ろうか。実は彼女があのタイミングでトイレに行ったことには意味がある。津田くんは家に着いてから一度もトイレに立たず、隙あらば大葉さんに話しかけていたよね。それは期せずして拘束の役割を果たしていたんだ。津田くんのストーカーまがいの執着のせいで、大葉さんもまた一度もトイレに立てなかった。お酒を飲んで四時間もすれば、普通はトイレに行きたくなるのに、彼女はずっと我慢していた」

「べつにトイレくらい、いくらでも行けばいいじゃないっすか。返せなんて言いませんよ」

「そこが乙女心なんだよ」

ぼくは特に乙女の心理に通じているわけではないが、ひとつの感情として、大葉さんの気持ちは察することができた。

「大葉さんはね、好きな人の前でトイレに行くなんて言えなかったんだよ。だから、ぼくらが密談するために部屋を出たとき、ようやくトイレに行くことができたんだ。小関くんが鎧坂さんとの間を詰めたのはそういうタイミングだったんだよ」

「おお、なんといじらしい。惚れ直したっす」

「今度からはあまり女の子にまとわりつかないようにね。さて、大葉さんのいじらしさは美徳だと思うけど、今回はそれが仇《あだ》となり、悲劇を呼び込んでしまった」

え、と津田くんが硬直する。

「トイレの行きか帰りかに、大葉さんは立ち聞きしてしまったんだ、ぼくらの密談を。そしてほかでもない、きみの言葉が彼女を傷つけた」

「あの、柏木さん、ちょっと待ってください。俺にはさっぱり……」

「きみは何も悪くない。純然たる誤解だったんだ。身も蓋もない言い方をすれば、冗談が招いた悲劇なんだよね」

津田くんはあのとき、こんなセリフを吐いた。

——実は俺、おばさんキラーなんです。

「おばさんキラーってさ、大葉さん嫌い、とも聞こえない？」

「大葉さん……嫌い？」

——実は俺、大葉さん嫌いなんです。

きょとんとしていた津田くんは、次第に目を見開いていった。

「そ、そんな、馬鹿な……俺のせいで、大葉さんは傷ついて……。そうか、だから柏木さんは俺が犯人だと？」

「そう。この一件に犯人がいるとするなら、それはほかでもない、津田くん、きみ自身なんだよ」

大葉さんは津田くんの口から辛辣《しんらつ》な言葉が放たれたと誤解し、傷ついた。これまでがいい雰囲気だった分、ショックは大きかったろう。大葉さんにとっては急転直下の失恋だった。

「そこで、またしても大葉さんのいじらしさが発揮される。彼女はこう考えた。津田くんは大事な仲間だから、今後の関係にわだかまりを残したくない。自分が津田くんを好きだという気持ちを、誰よりも津田くん本人に知られるわけにはいかない。しかし『はぐれもの』の再生中、どうしても涙をこらえきれなくなってしまった。自分が泣いていることを悟られたくない彼女は、そこで大胆な行動を起こす。四時間もトイレを我慢するような娘《こ》だもの、涙を隠すためにワインくらいかぶるさ」

「ワインで、涙を誤魔化《ごまか》した？」

「涙は暗転を待てなかった」

顔を洗うためにトイレに行く——先輩のよだれのおかげでそれに気づけたのだから、世の中何が幸いするかわからない。

その後、トイレに逃げた大葉さんは、あとを追ってきた親友に事情を話した。だから鎧坂さんも、津田くんが陰で大葉さんの悪口を言っていたと思い込み、昨日も今日もあんなに怒っていたのだ。

「俺、電話、電話します」

津田くんはお手玉をするように携帯電話を取り出し、両手でボタンを操作した。もし大葉さんにその気がなければ、この電話はつながらないだろう。だが、いくらかの気持ちがあったなら、きっと彼女は出てくれる。

長いコール音のあと……。

「もしもし、大葉さん？　俺、津田だけど——」

ぼくは愛すべき後輩に背を向け、その場をあとにした。

■横槍ワイン

二〇〇七年、市井豊さんは第四回ミステリーズ！新人賞に「忙殺」を投じ、一次選考を通過しました。連続猟奇殺人に翻弄される警察の苦闘を描いたトリッキーなミステリで、最終選考に残らなかったのが不思議なほどの秀作でした。

翌年、市井さんはがらりとイメージを変えた「聴き屋の芸術学部祭」で、第五回ミステリーズ！新人賞に佳作入選します。受賞は梓崎優さんの「砂漠を走る船の道」に譲ったものの、「受賞作があまりにも頭抜けて素晴らしいので、かなり割を喰ってしまった感があるけれど、佳作となった市井豊「聴き屋の芸術学部祭」についても、選考会では高い評価が集まった。「砂漠を走る船の道」がなければ授賞もありえたかもしれない、というレベルの好編である」〈綾辻行人氏選評より〉と、きわめて好意的に評価された上での入選となりました。

市井豊さんは一九八三年神奈川県生まれ、日本大学芸術学部卒。筆致とキャラクターは軽やかに、しかしロジックはしっかりと——という作風が魅力の気鋭です。現在は〈聴き屋〉シリーズ第一作品集の刊行に向けて新作を鋭意執筆中で、本編はシリーズ三番目の作品になります。映画制作同好会の新作鑑賞会の最中、メンバーのひとりがワインを浴びるという珍事が発生し、〈聴き屋〉の柏木君は図らずも謎解きに駆り出されることに。上映中、いったい何が起きていたのか？

登場するのは大学生で、学内の場面はほとんどなく、しかもみんな飲酒している（お酒は二十歳になってから！）という、このアンソロジーではかなりの異色作ですが……その割に他の作品と比べても浮いた感じがしないのは、やっぱり大学生になっても大人になったというわけじゃない、ということでしょうか。

スプリング・ハズ・カム
SHIZAKI YOU
梓崎優

扉イラスト◎片山若子

プラットホームには、誰もいなかった。

天井に据えつけられた蛍光灯に照らされ、鈍色《にびいろ》のホームに黄色い線が映えている。線の先の、背の高い時計を見ると、ほどなく日付が変わる時刻だった。

鞄を足元に下ろしながら、鳩村《はとむら》は改札口を振り返った。駅の中はもちろん、外にも人影はない。同窓会の参加者は、皆三次会に向かったか、駅と反対側の住宅街に帰っていったのだろう。誰もいないことを確認したところで、鳩村は深く息を吐いた。さっきまでの喧騒《けんそう》──旧友との十五年ぶりの再会がもたらした心地よい疲労が、全身に沁《し》みわたっていく。

穏やかな春の風が吹いて、鳩村の髪を揺らした。

「ため息なんてついちゃって」

聞こえてきた声に、鳩村は頭を巡らした。線路を挟んだ反対側のホームに、彼女がひとり立っていた。

「一丁前に大人を気取ってる」

「大人だよ」からかいの声色に、鳩村は苦笑する。「もう三十三歳だ」

「嫌よねえ、おじさんになっちゃって」

「お前の口調もおばさんみたいだぞ」

「えー、ショック。皆の喋り方がうつったのかな」

口に手を当て、おほほ、とわざとおばさんめいた笑い方をする。相手の言葉にすぐ乗ってくる性格は、記憶の中の少女と同じだった。十五年越しに対面した彼女と、自分の記憶との一致に、鳩村は少しの感傷を覚える。

「皆変わってたね」

風が再びホームの上を通り抜けた。駅舎を囲む葉桜が揺れて、さわさわと小さな音を立てる。その音に耳を澄ますように、彼女は目を細め、線路の先に視線を向けた。

「恰好良かった志賀《しが》くんはお腹が大きくなってたし、バシコは垢抜けたキャリアウーマンに変身してたし」

「外見ばかりだな」

「内面まで変わってた子はそんなにいなかったでしょ」

鳩村の指摘に、彼女は一瞬口を尖らせ、すぐに悪戯《いたずら》っぽい笑みを浮かべた。

「でも、ハトは少し変わったかな」

「気づいちゃったか。俺の隠しきれない大人の魅力に」

「はは、冗談がうまくなったみたい」

揺れるスカートの裾《すそ》を押さえる彼女を見ながら、鳩村は今日の同窓会の様子を思い起こした。

十五年ぶりに会う高校の同級生は、皆鳩村の持っていたイメージとは大きく違っていた。けれど、完全に変わってしまったわけではない。言葉の端々やちょっとした仕草の中に、記憶と重なるものがあった。単純に、十五年の間に積み重なった様々な経験が、彼らをより複雑に見せているのだろう。

自分も同じだな、と鳩村は思う。十八歳の自分と、三十三歳の自分は、十五年の厚みがあるだけ違う。けれど、いずれにしろ鳩村雄二《ゆうじ》であることに変わりはない。十八歳の自分が消えてしまったわけではないのだ。

「なあ、支倉《はせくら》」

では、彼女はどうだろうか。

呼びかけに首を傾《かし》げて応える彼女に、鳩村はひとつ深呼吸をすると、静かに告げた。

「分かったぜ。タイムカプセルの犯人」

支倉の大きな目が、さらに大きく見開かれる。

「誰が卒業式に放送室をジャックしたのか。たぶん、俺は分かったよ」

＊

陽春の候、皆様にはご健勝のこととお喜び申し上げます。

さて、この度、卒業以来十五年ぶりの同窓会を以下の日程で行う運びとなりました。卒業の折に埋めたタイムカプセルのことを憶えておいででしょうか。また、皆様が通われていた校舎も、昨年度は食堂が新設され、来年度は体育館を建て替えるなど少しずつ様変わりしております。今の校舎を是非目に焼きつけていただきたいと思います。つきましては、忙しい折とは存じますが、お誘いあわせの上、ご出席くださいますようお願い申し上げます。

日時　五月二十二日（土）
昼の部　十五時に高校正門前集合
（タイムカプセルを掘り起こしますので、汚れてもいい服装でお越しください）
夜の部　十七時に高校食堂集合
（ただし食事は外注です、悪しからず）
会費　五千円

以上

二〇一〇年四月吉日　　幹事　志賀誠

案内通りの時刻に着いた真新しい食堂には、誰の姿も見えなかった。軽く拍子抜けしつつ、扉を閉める。肩すかしを食らって緊張が解けたせいか、思わずあくびが出た。大口を開けながら振り返ると、柱の陰からいきなり小柄な人物が現れた。鳩村は思わず後ずさった。肩に掛けた鞄が扉にぶつかって、鈍い音を立てる。

「——は、はせっち？」

動揺のあまり、高校生当時の渾名《あだな》を口にしてしまう。間の抜けた鳩村の反応に、はせっちは——支倉はにやりと笑った。

「あは、十五年も昔の渾名を憶えていてくれたなんて、嬉しい」

「いや、その」

「何よ、豆鉄砲食らったような面白い顔して。ちょっと脅かしただけじゃん」

悪いとは露ほども思っていない口ぶりに、鳩村は目をしばたたかせた。

「——本当に支倉か」

「いまさら改まって苗字で呼ばないでよ、ハト」

「ハトって」

「あ、まだ動揺してる。年取ると臆病になるっていうからね。おっさんだね。ハト、おっさん」

「——相変わらずだな、お前」

「どういう意味よ、それ」

喋りながら、支倉は軽快な足取りで食堂の奥に歩を進めると、楽しそうに周囲を見回した。激しい動悸を静めようと深呼吸をしながら、鳩村は彼女をまじまじと眺める。

ショートヘアの下の肌は透けるように白い。二重《ふたえ》まぶたの大きな目に好奇心をにじませている。身長は低く、鳩村の肩ほどしかない。

二年間、クラスは違えど同じ放送委員会で共に過ごした少女は、子供っぽい性格も含め、驚くほど変わっていなかった。

鳩村は彼女の背後に目を向けた。百人は収容できそうな、大きな食堂だ。明るい室内には、六人掛けのテーブルが適度な距離をおいていくつも設置されている。壁寄りの卓には純白のテーブルクロスが敷かれ、空のグラスや食器、そして料理が入っているのだろう、蓋をした銀色のトレイが置かれていた。中央のテーブルでは、大きな花瓶に飾られたアマリリスやスノーボールの花が、華やかさを演出している。一見してパーティー会場だと分かる室内に、けれど人《ひと》気《け》はない。

十五年前と変わらない友人。マリー・セレスト号のような会場。

急に非現実の世界に放り込まれたような気がして、鳩村は慌てて首を振った。

「誰もいないね」

「まだ終わってないんだろ」狼狽《ろうばい》を隠すように、鳩村は壁の時計を見た。「時間が掛かってるんだよ。タイムカプセル掘り」

時計は、五時十分を指している。

案内状によれば、同窓会は、昼の部と夜の部に分かれていた。昼の部は高校卒業を記念して埋めたタイムカプセルを掘り起こす催《もよお》し、そして夜の部は、食堂で飲食を交えて久闊《きゅうかつ》を叙する会だった。卒業式の翌日、土に汚れたスコップを手に、校庭に集まったことを鳩村は思い出す。十五年後の自分たちに向けたメッセージカードをビニール袋に包み、金属製の容器に入れて、校庭の隅、大きな花壇の傍《かたわ》らに埋めた。

「ハトはタイムカプセル掘りには行かなかったんだ」

先程同様、彼女は鳩村を昔の渾名で呼んだ。当然のように昔と変わらぬ口調で話す彼女に、鳩村は動揺している自分が急に馬鹿らしくなってくる。

「仕事があって、新千歳《しんちとせ》に着いた時点で三時をまわってたんだ。札幌から近いとはいっても、電車を乗り継がなきゃいけないし、この時間だってぎりぎりだったんだぜ」

「今どこで暮らしてるの？」

「東京さ。休日も働かなきゃいけない、しがないサラリーマンだよ」

「とか言って、どうせ朝寝坊したんでしょ、この遅刻魔」

「違うって。まあ、タイムカプセルを掘り出すのは昼でも、中を開けてみるのは夜だろうから、遅れてもいいかとは思ったけどな」

「遅刻魔にして不精者《ぶしようもの》だ」笑いながら、彼女は尋ねる。「タイムカプセルかー。ねえ、自分がカードに何書いたかって憶えてる？」

「憶えてないな」

「もう、そんな歳か」

「歳じゃねえよ。何て言うか、記憶が吹っ飛んだ感じかな。卒業式の思い出が強烈過ぎて」

返事をしながら、ふと、自分の喋り方が知らず学生の頃に戻っていることに気づく。日々職場で伝票処理に追われ、すっかり仕事口調が身についた鳩村にとって、こうしたくだけた喋り方をするのは久しぶりのことだった。それはきっと、同窓会という場と、目の前で笑う、十五年前と変わらない支倉のせいだろう。

――鳩村は、カメレオンみたいにすぐ状況に馴染《なじ》むよなあ。鳩なのに、カメレオンだ。

不意によみがえった旧友の言葉に、思わず苦笑いをこぼす。

「何にやにや笑ってるの。気持ち悪い」

「いや、ちょっとな。それより、気持ち悪いって言うなら、むしろさ――」

言いかけたところで、にわかにざわめきが食堂に雪崩《なだ》れ込んできた。振り返ると、入り口からぞろぞろと集団が入ってくるところだった。その先頭で、金属製の大きな容器を抱えた肥満気味の男が、声を上げる。

「お、もしかして鳩村か。久しぶりだなあ」

よく通る声に憶えがあった。支倉同様、かつて同じ放送委員会に所属し、鳩村をカメレオン呼ばわりした男――今回の同窓会の幹事役を担《にな》っている志賀だ。

グラスに注がれたビールを呷《あお》りながら、鳩村は周囲を見回した。食堂の中は、先程までとは打って変わって、賑《にぎ》やかな雰囲気に包まれている。先生たちを除いた同窓生だけでも、ざっと七十人はいるだろう。四クラス、百四十人前後の学年だったことを考えれば、結構な参加率だ。鳩村は顔を上げた。天井から吊られた白い横断幕に、堂々とした字で「第三十二期同窓会」と書かれている。

「達筆だろう。熊野《くまの》先生が書いてくれたんだよ」

横に立つ志賀が、誇らしげな声で言った。

「熊さん、書道も一流だったのか」

「体育教師なのに、放送委員会の顧問で、書道もたしなんでいる。すごい先生だよなあ」

鳩村は奥のテーブルに目を向けた。歓声を上げる数名の男女の中に、スーツに腕を窮屈そうに通したひとまわり以上年上の男性がいる。肩幅の広い、がっしりとした身体は十五年前と比べても何ら衰えを感じさせない。

熊野先生は、鳩村にとっては放送委員会の顧問だった。鳩村、志賀、支倉、そしてもうひとり女子の石橋《いしばし》を加えた四人は、高校二年生から二年間、放送委員会に所属していた。ラグビー選手のような身体と、それに似合わぬ温和な印象から、鳩村たちは親しみを込めて先生を「熊さん」と呼んでいた。

それに比べて——立派な体軀《たいく》の先生から、鳩村は隣の友人に視線を戻す。志賀は、昔と比べて輪郭がずいぶんと丸くなっていた。三十代前半にしてメタボ健診に引っかかりそうな腹と、まん丸の顔に小さく載った眼鏡が、人懐こい雰囲気を醸《かも》し出している。今の彼に渾名をつけるなら「プーさん」になるだろう。

「にしても、志賀、お前が母校の教師になるなんてな」

「数学好きが高じちゃってさ」

「それで生徒からなめられないよう、貫禄をつけたわけだ」

「ひどいなあ」眼鏡の奥の目を三日月形に細め、志賀は腹を軽く叩いた。「皆にも同じことを言われたよ」

「昔はあんなに痩せてたのに」

「結婚したからでしょ」会話に突然支倉が飛び込んできた。「さっき他の子と話してるの、聞いちゃった」

「志賀、結婚したのか」

思わず口にしてから、視線を下げる。グラスを掴む志賀の左手の薬指に、洒落た指輪が光っていた。

「——ああ、ばれちゃったか」鳩村の視線に気づいたのか、志賀は朗《ほが》らかな笑みを浮かべた。「そうそう。愛妻の作る飯がうまくてな。ついつい食べ過ぎて、こんな身体に」

「のろけるなよ。いつ結婚したんだ」

「一昨年《おととし》だ」

「相手は、地元の人？」

「ああ。中学校の同級生だったんだけど、大学で再会してね」

「隅に置けないな。いやあ、驚くことばかりだな、同窓会は」

「結婚したのは何も俺だけじゃないよ」志賀が隣のテーブルに目を向けた。「青木も結婚したし、中村はすでに三児のパパだ」

「あの中村くんが」

文倉が失礼にも驚きの声を上げる。

何でお前、夜からの参加なんだよ。いやあ、子供の送り迎えがあって——隣卓で、トーテムポールのように背の高い中村が、他の同級生に追及され、笑いながら謝っていた。学生時代は女子と口をきくこともできなかった内気な男が、早々と結婚し、今は三人の子宝に恵まれているという。

「何だか皆、別世界の人間みたいだ」

「十五年経ってるからなあ」

その軽やかな口振りにわざとらしさを感じて、鳩村は友人の顔を見つめた。食堂で再会を喜ぶ同級生たちを眺めながら、志賀は静かな笑みをたたえている。その笑みが、不意に作り物のように思えて、鳩村は目を閉じた。一呼吸置き、ゆっくりと目を開ける。目の前に立っているのは、さっきと変わらぬ三十三歳の志賀だ。

「十五年も経てば、いろいろあるよな」

つぶやく志賀に、彼を見つめていた文倉が、少し切なそうな顔をした。その理由が、鳩村には痛いほど分かった。

「確かに」鳩村は深く頷く。「殺人事件は時効になるし、イケメンがデブになる」

「ひでえなあ」茶化す鳩村に苦笑すると、志賀は壁の時計を見た。「さてさて、一度失礼するよ」

「どうした」

問い掛ける鳩村に、志賀がまた目を細める。愛嬌《あいきょう》をにじませた表情は、やはり新しい蜜壺を見つけたプーさんに見える。

「皆様お待ちかね」プーさんが言う。「タイムカプセル開封の時間だよ」

志賀がタイムカプセルを中央のテーブルの上に運ぶと、皆が待ってましたとばかりに彼を何重にも取り囲んだ。鳩村は輪の最前列に陣取った。うしろをうかがうと、支倉も背後霊のようにぴったりとついてきている。

タイムカプセルは、両手を広げた程度の大きさだった。ステンレス製の山高帽を二つ、互いのつばを合わせたような形をしている。つばの部分には、二つの帽子を接合するボルトが等間隔に差し込まれていて、幹事の志賀がそれをひとつずつ、丁寧にレンチで抜いていく。やがて全部のボルトが除かれると、容器はぱっかりと割れ、二つの帽子に分離した。

桃太郎の桃みたい、と鳩村のうしろで支倉が洩らす。

桃太郎の代わりに中から出てきたのは、大きなビニール袋だった。ビニール袋の中には、さらに小分けにされたビニール袋が乾燥剤や脱酸素剤と一緒につめられていて、そのひとつひとつに、葉書大のカードの束が透けて見えた。小さなビニール袋を高々と掲げた志賀は、観客の拍手と歓声にご満悦の表情を浮かべている。

「皆さん、今十五年ぶりに、タイムカプセルが開けられました」ひとしきりビニール袋を見せつけたあと、志賀が喋りだした。昔からよく通った声は、教師生活でさらに鍛えられたのだろう。「ところで、皆さんはこの中に何が入っているか、憶えていますか」

「未来の自分へのメッセージ！」

鳩村の向かい側で、快活そうな女が叫ぶ。

「そのとおり」志賀が大きく頷く。「高校三年生が、三十三歳の自分に向けた手紙が、この中に入っています。想像するに、甘酸《あまず》っぱい夢と希望だらけだろうなあ」

夢想するような声に、あちこちから笑いが起こる。

「そんなメッセージを、ただ自分で読んで終わりにするのはもったいない。ということで、今日はそれらをいくつか読み上げようと思います。読んでくださるのはご存知、熊野先生！」

手拍子に促されて、熊野先生が中央に歩み出た。差し出されたマイクを断って、熊野先生はかつての教え子たちを見回すと、

「さてと、誰に恥をかいてもらおうか」

張りのある声は、笑いに埋もれることもなく、志賀の声以上によく響いた。

「十五年前の自分と対面するのは、恥ずかしいだろうな。それは、当時の君たちと、今の君たちの考え方が、あまりに隔《へだ》たっているからだと思う」

君たちの中で、今の自分の姿を、少しでも想像できていた子はいるかな——聴衆を落ち着かせるように、ゆっくりとした口調で先生は問い掛ける。

「高校生の頃の君たちには、十五年後というのは途方もない未来だっただろう。三十三歳とは、当時の私の年齢だ。君たちにとっては、今まで生きてきた時間をほぼもう一度繰り返さないと、

たどり着けなかった未来だ」

いつの間にか、食堂からはざわめきが消え、皆が先生の言葉に耳を傾けていた。十五年前の授業風景が、鳩村の脳裏を過《よぎ》る。

「十五年という時間はとても長い。卒業、就職、結婚——いろいろなことがあったはずだ。良いこともあれば、悪いこともあったろう。十五年の間に、所在が分からなくなった子や、事故で亡くなった子もいる」

ハルミちゃん——誰かがこぼした言葉に、先生の傍らでタイムカプセルに手を置いていた志賀が、わずかに目を伏せた。彼は今日のために、同級生全員に連絡を取ったのだ。そこで彼らの様々な近況を知っただろう。愉快な境遇も、仰天の逸話も、そして悲劇も。

——十五年も経てば、いろいろあるよな。

鳩村はそっと支倉を見やった。志賀と同じようにうつむく彼女の、その表情はうかがえない。

鳩村が最初に訃報を受け取ったのは、大学一年の夏だった。地元を離れ、すっかり東京に馴染んでいた鳩村にとって、故郷から届いた訃報は靄《もや》のように手触りがなかった。帰省し、遺影と対面してもそれは同じだった。自分と同い年の、以前は毎日顔を合わせていた人間がもはや存在しないということが、理解はできても、どうにも実感できなかったのだ。鳩村が同級生の死を実感したのは、東京に戻って数週間後、近所の花屋の軒先で、白い可憐な花を見つけたときだった。遺影を囲んでいたのと同じ白菊の花を。

「けれど、今ここにいる君たちは、皆きっと前を向いて歩いてきてくれたと思う」

幾人かの同級生が、ゆっくりと頷く。

しんみりとした場の空気を払拭《ふっしょく》したのは、タイムカプセルを手のひらで叩く先生の、からりとした言葉だった。

「だから、今日は、少しだけ過去を振り返ってみよう。ここには君たちの、夢と希望という名の若気の至りがつまっている」そして先生は、授業の開始を告げる懐かしい言葉を口にした。

「さあ、始めようか」


「全部読むには時間が足りないので、熊野先生には代表で五人分だけ読み上げてもらいます。残りは、近いうちにネットにアップします。あとでＩＤとパスワードを渡すので、忘れないでください」

「誰の手紙かは言ってくれるんだろ？」

取り囲む聴衆の声に、志賀は首を振った。

「憶えてないかなあ。手紙には署名しなかったでしょう。だから、読み上げただけでは誰のものか分からないので、自分のものだと思った人は、大きなリアクションで応えてください。それでは先生、お願いします」

熊野先生は頷き、取り上げた五枚のカードを頭上に示したあと、そのうちの一枚を裏返した。

「『夢を捨てた大人には、なりたくない。雑巾《ぞうきん》みたいに社会に絞られ捨てられるサラリーマンには、なりたくない。だから三十三歳の俺は、きっとミュージシャンをしている』」

いきなり飛び出した尾崎豊かぶれの独白に、鳩村は噴き出した。

「『商業主義は嫌いだ。俺は生涯インディーズを誓う。そんな俺の隣には、いつもあいつが――』」

雄叫《おたけ》びが朗読を遮《さえぎ》った。声を上げたのは元生徒会長の沼《ぬま》だった。洗練されたビジネスマンといういでたちの沼は、きちんとプレスされたスーツにしわが寄るのも構わず、身体をよじりながらストーップと繰り返した。まわりの人間は笑い転げ、熊野先生は沼の懇願をものともせず朗読を続ける。

「『いつもあいつがいる。高校二年で知り合い、好きになった。卒業しても、その思いは――』」

誰だ、相手は誰だ。吐けよ、楽になっちまえよ。頭を抱える沼の肩や背中を、何人かが叩き、さすり、追いつめる。その様子を眺めながら、鳩村は不安を覚えた。じわじわと真綿で首を絞められるようだ。自分は何かまずいことを書いていないだろうか。

「ねえ、何書いたか憶えてる?」

耳元で支倉がささやいた。顔をしかめて振り向くと、彼女は胸元の赤いスカーフを手でもてあそびながら、チェシャ猫のようににやにや笑っている。

二枚目、三枚目――朗読のたびに、悲鳴と冷やかしの声が上がる。場が熱を帯びていくのに従って、鳩村の中でも興奮と不安が大きくなっていく。幸か不幸か、鳩村のメッセージはまだ読まれていない。

そして五枚目になった。

「いよいよ、これで最後だ」

皆の興奮が最高潮に達する中、わざとらしく一呼吸置いてから最後のカードを裏返した先生は、一瞬押し黙った。その沈黙を鳩村が不審に思った直後、先生は顔を上げた。

「――これは驚いた」言葉にするまでもなく、先生の表情には明らかな戸惑いが浮かんでいた。

「どうしたんですか、先生」

前列で身を乗り出していたひとりが尋ねた。今度はノストラダムスの大予言ばりのことでも書いてありましたか、と訊いているような期待に満ちた口調だ。

「ああ、いや。じゃあ、読むぞ」

慌てたことを恥じるように、先生は真面目な顔でカードに目を落とす。

「『卒業式の事件を憶えているだろうか。放送室をジャックした事件だ』」

食堂全体が虚を衝かれたように静まった。

「『――三十三歳の私は宣言する。あの事件の犯人は、私だ』」

卒業式の事件って、あれだよね――誰かのつぶやきがやけに大きく食堂に響く中、鳩村は自分の鼓動が強くなっていくのを感じた。卒業式。放送室。ジャック。犯人。過去を閉じ込めたタイムカプセルの中から、十五年前の言葉が飛び出して、記憶の扉をノックする。押さえることもできずに開いた扉の先には、あの雪の日の映像が、鮮明な色とともに待ち受けていた。

十五年前

卒業式の日は雪だった。

普段より一時間も早く登校した鳩村は、まだ誰もいない教室に荷物を置くと、すぐに体育館に向かった。いつものように下駄箱で体育館靴に履き替えようとして、今日はもうその必要がないことに気づく。新調したばかりでまだ足に馴染んでいない革靴のまま、鳩村は雪の舞う渡り廊下を駆け抜け、半開きになった体育館の扉をくぐった。バスケットコート二面分の広さの体育館には、すでに照明が点され、パイプ椅子が整然と並べられていた。とを誇るように、ワックス掛けされた床がつやつやと光っている。

ステージの右手に目を向ける。楽屋のドアを覆う紅白の幕の上、天井近くにある小さな窓から、光が漏れていた。その光を目にした途端、気持ちが高揚してくるのを感じ、鳩村はステージに向かって再び走りだした。

放送委員会は、二年生と三年生の各クラスから選ばれたひとりずつの委員、そして彼らを統括する委員長から成り立っている。委員の任期は一年だが、実際は二年間同じ生徒が務めることが多い。鳩村たち四人もそうだ。三年生で委員長になった一組の志賀、二組の石橋、四組の支倉——三人の同級生と二年間、鳩村は放送室で時間を共にしてきた。そして、彼らとの最後の仕事になるのが、今日の卒業式だった。

放送室のドアを開けると、三人の視線が一斉に鳩村に注がれた。

「ああ、皆の視線がまぶしい」

「遅いよ、ハト」渾身の第一声をあっさりと流して、濃紺のセーラー服姿の支倉が口を尖らせた。「鳩ならさっさと飛んでこい」

「悪い悪い。寒くて、布団から出られなくてさ」マフラーを外しながら、鳩村はあごで壁の時計を指し示した。「でも、集合は七時半だろ。五分遅れって、上出来じゃない?」

「遅刻は遅刻だよ、この遅刻魔」

「何だよ、大した迷惑には、なってないだろ」

「この間、寝坊で一時間も遅刻したのは誰よ」

「皆で勉強会やったとき?——三ヶ月も前の話だろ、もう時効だっつうの」

「時効は十五年だっつうの」

「二人とも、朝から元気だね」部屋の隅で備品のカメラをいじりながら、石橋がつぶやいた。

「少しはしんみりしたり、しない? 今日は卒業式なのに」

「何言ってるの、バシコ」支倉がぶんぶん首を振る。「皆家近いし、どうせいつでも会えるじゃない」

「はせっちさーん、俺は東京の大学行くんですが」

鳩村の突っ込みに、支倉は平然と首を傾げてみせる。

「あれ、そうだっけ」

「今日くらい素直に優しくしてくれよう、この天邪鬼《あまのじやく》」

「うざいよアンタ」

愚にもつかない話をしていると、背後のドアが開いて、熊さん——熊野先生が入ってきた。いつもの水色ジャージではなく、黒のスーツに身を包んだ熊さんの姿は、ひどく新鮮だった。

「おう、もう皆揃ってるな。それじゃあ、時間も時間だし、早速リハーサルを始めよう」お早うございますの挨拶をする一同に、熊さんは鷹揚《おうよう》に頷きを返す。

熊さんの指示に従って、鳩村はデスクアンプとミキサーの主電源を入れた。ブウン、という聞き慣れた音が、狭い室内に響く。石橋が体育館に面した小窓を開け、支倉が黒いデッキにCDをセットする。鳩村の隣に陣取った志賀が音量のつまみを調整し、準備ができたところで、誰からともなく頷き合う。

「——それでは、校歌、斉唱」

熊さんの言葉に、支倉がデッキのスイッチを慎重に押した。タイマーや巻き戻しなどの機能が一切ない、オンボロ極まりないデッキから、人を不安にさせる音が漏れ出す。そしてきっかり四秒後、いつものピアノ曲が始まった。緩やかな旋律が、体育館から放送室に入ってくる。

放送委員としての最後の仕事、それは式で歌われる校歌のピアノ伴奏を流すことだった。卒業生が入場してすぐの校歌、そして退場直前の「仰げば尊し」を斉唱する際に、放送室でCD

をかける。本来であれば卒業生を送る立場の二年生が担当しそうな仕事だが、この学校では昔から卒業生が執《と》り行う伝統になっている。そうしたいという要望が、十何代か前の卒業生から出されたのが始まりだという。自由な校風のためか、放送委員の特権として容認されているのだ。

校歌の二番が終わったところで、小さな回転音を残してCDが止まる。

「問題ないな。よし、次は『仰げば尊し』」

支倉はデッキから手際よくCDを取り外すと、別のCDと入れ替える。ふと、鳩村は彼女が手にしたCDケースに目がいった。どぎつい赤一色のジャケットに、強烈な違和感を覚える。その正体に気づくのと同時に、激しいドラムの音が体育館に響き渡った。ド、ド、ド、ドコドコドコ。打楽器を追いかけて、唸《うな》るようなエレキギターの演奏が加わる。

「おい、これ――」

唖然とする一同に、支倉が悪戯っぽい眼差しを向ける。

「『燃えよ北高、バーンバーンバーン』」

「お前なあ」

心底呆れたように、熊野先生は肩を落とす。ナルシスティックな歌声が、先生のため息をかき消した。

「燃えよ北高、バーンバーンバーン」略して「燃え北」は、昨春の学園祭用に放送委員会が作った応援歌だった。流行のロックナンバーに、鳩村たちが歌詞を添え、ミュージシャン志望の沼をボーカルに据えて、学園祭のBGMとして流したのだ。初めは遊びで、スーパーマーケットの店内音楽でも流すつもりで放送しただけだった。

ところが。

「燃え北」はなぜか受けた。それも、大受けだった。同輩後輩の圧倒的支持を得た歌は、生徒の間で季節を越えて流行し、秋の体育祭にまで流用された。「燃え北」は、図らずも鳩村たちの高校時代一番の功績になってしまった。

「『燃え北』の音源って、はせっちが持ってたんだ」志賀が感心と困惑をない交ぜにしたような顔をする。「道理でないと思った」

「体育祭のあと、熊さん——先生から私が貰っちゃった」

まるで音源を持っていることが、「燃え北」制作という晴れやかな功績と同義であるかのように、支倉は胸を張った。

「ずるいなあ。でも、どうして今日それを持ってきたの」

「ジャケットに皆の寄せ書きをもらおうと思って」

「その赤いジャケットはどうしたんだ」

「いいでしょ。うち、ワープロだけじゃなくてパソコンもあるの。こういうデザインとか作れるんだよ。CDも焼けるし」

「いいなあ。俺の分も焼いてくれよ」

「——私も、欲しいかな」

「あ、じゃあ俺も」

「ハトは駄目」

「何でだよ」

「はいはい」熊野先生が手を叩く。「まったく、お前ら、気を抜くのもほどほどに――おっと、もう八時五分前か。先生は仕事があるから離れるが、時間までには教室に戻れよ。それから、『仰げば尊し』も、きちんと確認しておくように」

「はーい」

ちゃんと確認しろよ、と念押しして、先生は忙《せわ》しなく放送室を出ていった。しぶしぶといった表情で支倉はCDを止めると、ケースに戻してデッキの脇に置き、本来のCDを手に取った。やがて、先生の靴音が遠ざかっていくのと前後して、「仰げば尊し」の曲が流れ始める。

小声で歌う支倉と石橋を尻目に、鳩村は放送室の奥の窓に寄った。放送室は、三面の壁にそれぞれひとつずつ窓がある。ドアを背にして左側の壁には、体育館側をのぞける二十センチ四方の小窓。右側の壁には屋外に面したはめ殺しの窓があり、雪の降りしきる様子がうかがえる。そして正面の壁には、ステージを横から見下ろすことができる大きなガラス窓が設けられている。ガラス窓の向こうには、水引幕や緞帳といった各種の幕、バトンと呼ばれる太いパイプやそこから吊るされている照明装置が見える。幕はガラス窓の左側の視界を縦に遮って垂れ、固定式のバトンはガラス窓の下の壁に突き刺さっている。窓を開けて手を伸ばせば簡単に届く距離にあるそれらは、ステージを挟んで向こうに見える体育準備室まで続いていた。

窓を背に、放送室を振り返る。

デスクアンプなどの機材や棚に囲まれた、六畳ほどの小さな部屋だ。左手の棚にはテディベアが置いてある。部屋の飾りにしようと石橋が持ってきたもので、学校指定のセーラー服と同じものを着せられている。赤いスカーフが妙な哀愁を誘う。

右手の小窓の横の防音壁には、ルーズリーフが何枚も汚れたセロテープで貼られている。先輩から引き継いだ手書きのマニュアルは、何年前のものなのか、劣化も甚だしい。

ペンキが剝げた古ぼけたドアには、それとは不似合いに綺麗な金属製のドアノブがついている。錠は押しボタン式で、本来は鍵がないと外から施錠はできないが、実はちょっとしたコツでロックすることができる。

放送室の外側。放送室の内側。どちらを向いても、あるのは散々見飽きた、面白みのない光景だ。それでも、この景色を眺められるのは——

「今日が最後なんだなあ」

鳩村の横に並んだ志賀が、ガラス窓を全開にした。冷たい空気が、鳩村の首筋をそっと撫でる。その冷たさに、不意に様々な記憶がよみがえる。

初めての仕事に遅刻し、まだ名前も知らなかった支倉に遅刻魔呼ばわりされたこと。放課後、下校時刻を過ぎたあともこっそり放送室に居残り、騒ぎになりかけたこと。「燃え北」の収録中、ボーカルの沼の歌声が誤って体育館中に響き渡り、バスケ部から失笑されたこと。

他愛もない日常のひとこまだ。けれど、鳩村たちがそうした日常をこの部屋で過ごすことは、二度とない。

そうだ、今日が最後なんだ。

室内から目を逸らしたくなって、鳩村は再びステージのほうに目を向けた。冷気に思わず目を細めたところで、鳩村はふとステージの隅で小さな影が動くのを認めた。体育館の二階と呼ぶには放送室は高い位置にあり、ステージは思いのほか遠く見える。それでも、影の正体が鳥であることは分かった。

「あ、鳩だ」

開けっ放しの扉から、迷い込んだのかもしれない。首を縮め、じっと体育館側を見つめる様は、館内に流れる卒業歌に耳を澄ましているかのようにも見える。

「外は寒いからな」

何気ない志賀の言葉が、鳩村の心を揺らした。

高校卒業後、鳩村は東京の大学に通うことが決まっている。慣れ親しんだ町から離れ、来月には未知の都会での生活が待っている。隣で笑う志賀、うしろで歌う支倉や石橋とも、別れなければならない。北海道より確実に暖かいはずなのに、鳩村は急に自分が極寒の地へ旅立つような錯覚をおぼえる。

――外は寒いからな。

突然、鳩は翼を広げると、そのままステージ上から姿を消した。いつの間にか曲は止んでいた。

「鳩も、春が早く暖かい風を運んでくるのを待ってるんだよ」

鳩村の心の動揺を知ってか知らずか、志賀はガラス窓の縁にもたれ、消えた鳥に語りかけるようにつぶやく。脇から顔を出した支倉が、暖かい風？と聞き返す。寒いから窓、閉めようよ、と石橋が小声で文句を言った。


卒業式は、あっけないくらいにさらさらと進んでいった。

定刻の九時、胸に造花を飾った詰襟とセーラー服姿の卒業生が入場し、諳《そら》んじている校歌を歌う。名前を呼ばれた生徒がひとりずつステージに上がり、卒業証書を受け取る。校長先生やPTAの会長といった、一度も話したことのない大人が、同じようにステージに上っては、長い話をする。

校歌斉唱の際の放送を終え、三組の列の一番うしろに戻った鳩村は、周囲を盗み見た。ステージでは二年生の現生徒会長がただひとり立ち、鳩村たちに向かって送辞を読み上げている。体育館の中央に座る三年生のうしろには、二年生と保護者が並んでいる。鳩村たちの右側では司会の教頭先生が、着席した校長先生や来賓たちと共にステージを見上げている。左側では、それ以外の先生たちが、同じように腰かけている。誰もが一様に、真っ直ぐステージに目を向けている。その様子に、鳩村は奇妙な居心地の悪さを感じていた。

機械的に、何の引っ掛かりもなく進む式典、興奮も涙もない行事――これが、高校最後の日なのだろうか。

「卒業生、答辞」

疑問は宙に浮いたまま、在校生の送辞が終わり、前生徒会長の沼がステージに上った。彼はぎこちない歩みで中央に立つと、鳩村たちに向き直った。ばっちりと整髪料で逆立てた髪とは不釣り合いな緊張を顔ににじませている。胸元の花の赤い色さえ、緊張が理由であるかのようだ。お調子者の沼の普段とのギャップに軽い驚きを覚えながら、鳩村は慌てて席を立った。式は沼による答辞、「仰げば尊し」の斉唱、そして卒業生退場で終了する。沼が喋り終える前に、放送室に着かなければいけない。他の生徒の目を極力引かないよう、そっと体育館の端から用具室に向かう。

ステージの左側には用具室、右側には楽屋があり、用具室の上に体育準備室、そして楽屋の上には放送室がある。用具室と楽屋はステージの裏側にある連絡通路で結ばれており、式の最中であっても自由に行き来ができる。座席から近い方ということで、一組の志賀と二組の石橋は楽屋から、三組の鳩村と四組の支倉は用具室から連絡通路経由で放送室に向かうことになっていた。考え事に夢中だったから、少し出遅れてしまったかもしれない。

——また、遅刻魔呼ばわりか。

思わず嘆息《たんそく》した、その瞬間だった。
ド、ド、ド、ドコドコドコ。
どこか壁が壊れたのかと勘違いしそうな巨大な音が、体育館中に響き渡った。ライブハウス並みの音量だ。鳩村の身体に震えが走る。

ド、ド、ド、ドコドコドコ。ド、ド、ド、ドコドコドコ。

一拍遅れて、体育館中が騒然とした雰囲気に包まれた。誰もが立ち上がり、けれど何をしていいのか分からずに茫然としている。

ギュイギュイーン。

重低音の唸りを耳にした途端、鳩村は無意識のうちに走り始めていた。紅白の幕に覆われた用具室のドアを目指しながら、ステージに目を向ける。沼が呆けたように口を開けていた。彼は一度うつむき、また顔を上げ、右手に握りしめた答辞用の紙に目をやると——

不意にそれを投げ捨てた。空いた右手でマイクを握る。

「俺たち三十二期生は今日卒業します！」

鳴り響く演奏に負けない沼の大きな声に、生徒が一瞬静まり返る。

「今日を迎えられたこと、本当に感謝しています。けど俺は口下手なんで、うまく感謝の気持ちを伝えられません。なんで、歌にして皆に伝えます！」

慌てた教師が止めようと動きだす中、沼は悪戯心に満ちた笑みを浮かべると、一気に言葉を吐き出した。

「俺たちの歌、燃えよ北高、バーンバーンバーン。皆、歌え！」

ボーカルの声に合わせて、大合唱が体育館中を覆う。事態を理解した生徒が、続々と合唱に参加する。

ふと奇妙な影が視界を過った。見上げると、鳩が飛んでいた。朝に見かけた鳩だろうか、ステージの幕の陰から現れた鳩は、まるで「燃え北」を祝福する天使のように、体育館の天井付近を悠々と飛んでいる。

その様にいつの間にか足を止めていた鳩村は、ふと我に返って紅白の幕の切れ間に飛び込んだ。ドアを開けて用具室に入る。薄暗い室内に、人気はない。右を向くと、マイクを握った沼の姿が見えた。沼に駆け寄りたい衝動を抑えて、鳩村は階段の脇を通り、ステージ裏の連絡通路に駆け込む。誰もいない連絡通路を抜け、用具室と対称構造の楽屋に出る。階段を上がると、放送室前で三人が立ちすくんでいるのが見えた。構わずドアノブを握る。開けっぱなしにしておいたはずのドアから、施錠の手ごたえが返ってくる。

何が起きた――息を整えながら、鳩村は考える。「燃え北」、そう、「燃え北」が突然放送された。支倉が持ってきたCDが、流されたのだ。事故、という言葉が頭を過り、けれど鳩村は首を振る。確かにCDは放送室に置いたままだったが、ケースに収められていたし、誤って曲が流れないようにデッキも空にしていた。それは校歌伴奏が終わったときに確認したはずだ。

最後に放送室を出た支倉も、そう言っていた。

つまり、誰かが故意に「燃え北」を流したのだ。

鳩村は顔を上げる。茶色い傷だらけのドアが、鳩村の前に立ちはだかっている。

「燃え北」が流れ始めたのは、沼がステージに立ったあとだ。そのとき、放送委員は皆放送室に向かっていた。仮に犯人が放送室を脱出していたとしたら、鳩村たち四人のうちの誰かと遭遇していただろう。そうでなければ――

その誰かは、放送室の中にいる。

鳩村は志賀を振り返った。志賀の右手に、無骨な鍵が握られているのを認める。放送室の鍵は、熊さんが持っている。けれどその他に、志賀も委員長としてスペアの鍵を持っている。志賀はなぜドアを開錠しないのか。目で尋ねる鳩村に、志賀は目で応えた。限りなく黒に近い茶色の瞳で、志賀は何かを訴えている。

靴音が聞こえて、熊野先生が階段を駆け上がってきた。先生が鍵を開けるのと同時に、鳩村は中に飛び込む。真っ先に目に入ったのは、床に転がった赤いジャケットのCDケースだった。デッキに目をやる。今朝見た「燃え北」のCDが、当たり前のように回転している。

機材や棚で狭くなっている室内に、人が潜めるようなスペースはない。開け放たれたステージ側のガラス窓から、館内の熱唱が飛び込んでくる。窓から見下ろすと、こぶしを突き上げている沼と、その隣で腰に手を当て、苦笑いを浮かべる校長先生の姿が目に入った。

希望のー、懸け橋をー、渡ろうよー。

「燃え北」の熱唱を耳にしながら、ふと、鳩村は全身がやけに熱くなっているのを感じた。放送室まで駆けてきたためとは違う、胸の高鳴りを感じる。その正体に気づく前に、「燃え北」の曲が終わった。一際大きな歓声が上がる。ありがとー。北高、万歳！　生徒の叫び声が、ひっきりなしに聞こえてくる。盛り上がる生徒と戸惑う父兄とで、体育館が混沌とした状態になっているのが鳩村には容易に察せられた。やれやれといった表情で、熊さんは流れ終わったCDをゆっくりとデッキから取り出すと、丁寧な手つきでケースに仕舞った。

＊

供された料理は、鳩村の想像以上に豪華だった。オードブルからデザートまで、バイキングスタイルの品数は二十を超え、そのどれもが美味《おい》しい。訊けば、札幌のケータリング業者によるパーティー用のデリバリーサービスだという。自分が高校生だった頃にも、こんなサービスはあったんだろうか——舌鼓《したつづみ》を打ちながら、何とはなしに考えていると、軽く肩を叩かれた。

空の皿を手にした女が立っている。タイムカプセルオープンのイベントの際、志賀に合いの手を入れていた女だ。

「久しぶり、鳩村くん！」

微笑みかけられて、鳩村は戸惑った。スキニーをはきこなすスタイルのいい女に、見覚えはなかった。

「私のこと、憶えてないかしら。同じ放送委員だったのに」

「放送委員って——もしかして」

「もしかしてのバシコよ」

「え」

自分がひどく間抜けな表情を曝していることに、鳩村は遅れて気づく。けれど、気にする余裕はなかった。学生時代の無口で目立たない印象だった石橋と、目の前の女との不一致が、鳩村の記憶を混乱させる。

「すごい」隣に立つ支倉が、素《す》っ頓狂《とんきょう》な声で鳩村の思いを代弁する。「バシコ、すごい綺麗になってる!」

「鳩村くんも料理の方に来たね」

目が点になっている鳩村の様子も意に介さず、彼女は言う。

「——空いているうちに、食いだめしておこうかってな」

「あはは、私も同じ」口に軽く手を添えて、石橋は笑う。「皆、過去からの手紙が気になって仕方がないみたいね」

タイムカプセルに群がる人で、中央のテーブルはちょっとしたお祭り騒ぎになっていた。カードの山に手を伸ばしては、自分のものを必死に探したり、誰のものとも知れない夢を読み上げて笑い合ったりしている。殺伐さのないバーゲンセールのようだ。

「鳩村くん、タイムカプセル掘り来なかったよね」

「ああ。仕事の関係で、時間が合わなくてさ」

「ハトったら、悪びれもせず遅刻したんだよ」

支倉の言葉を、鳩村は努めて無視する。

「もったいない。参加しなかったのは二人だけなのに」

「だから言ったじゃん。不精者」

隣で支倉が小ばかにしたような声を上げた。お前も参加してないだろう、と鳩村は心の内でつぶやく。

「それにしてもさ」

料理を盛った皿をテーブルに置くと、石橋はふう、と息を洩らした。

「最後のメッセージ、あれには驚いたよね」

「見事な犯行声明だったねー」まぶたを閉じた支倉が、恍惚《こうこつ》とした表情で言う。「十五年ぶりに開けられたタイムカプセルで、いきなり宣告だなんて、インパクト強烈だよ」

「その割には、皆もう立ち直ってるけどな」

盛り上がる集団に目を向ける鳩村に、石橋が同意する。

「温度差があるのは仕方ないよ」彼女はウェーブした髪を撫でつけると、皿からカマンベールチーズの載ったカナッペをひとつ手に取った。「私たちには自分の身に降りかかった大事件だったけど、皆にとっては、あくまで普通の思い出のひとつなんだよね」

あの日、体育館中に響き渡った「燃え北」は、そのまま卒業式のフィナーレとなった。「燃え北」を歌い終えた卒業生は、まだ騒然としている体育館の中を、列をなして退場していった。校長先生を始めとした教職員や保護者も、尋常でない事態であるにもかかわらず、式の盛り上がりに水を差すようなことはなかった。

唯一咎《とが》められたのは、鳩村たち放送委員だった。なくなった「仰げば尊し」の放送の代わりに、鳩村たちは式のあと、校長室に呼び出された。

「最初は、私たち放送委員の仕業だと疑われたのよね」

「全員で共謀したんじゃないか、ってな」

けれど結局、鳩村たちはあっさりと解放された。身に覚えのない鳩村はもちろん、他の三人も悪戯を否定したし、卒業してしまった以上、真相を追及する時間もないと判断されたのだろう。

そして、時間がなかったのは鳩村も同じだった。事件について三人と話す機会もないまま、鳩村は引っ越しの準備に忙殺され、そのまま北海道を去る日を迎えた。駅まで見送りに来てくれた志賀たちと言葉を交わしたのが、事件について話した最初で最後の機会だった。

――鳩村は、カメレオンみたいにすぐ状況に馴染むよなあ。鳩なのに、カメレオンだ。

――何だよ、急に。

――東京に行っても、すぐに馴染めるから安心しろ、ってことだよ。

――それさ、どっちかっていうと、すぐ染まる、芯のない人間だって聞こえるぞ。

――まあまあ。それに、最高の土産《みやげ》話ができたじゃないか。卒業式に放送室がジャックされたなんて経験を持つやつは、東京じゃあ、きっとお前だけだ。

――志賀、まさかお前がやったのか。

――残念ながら、俺はそこまで友達思いじゃない。

あのとき、駅のホームで握手を交わしたときの、志賀の手のひらの感触を、鳩村は今でも憶えている。

そうして、事件について深く語らないまま、鳩村は東京の大学を卒業して、東京の会社に就職し、三十三歳になった。

「卒業式の事件のとき、実は嬉しかったんだ」

ビールを一息に飲み干すと、鳩村は石橋に言った。

「あのときは、CDを止めようと必死になって放送室まで走ったし、高校生最後の日に校長室に呼び出されたしで散々だったけどさ。でも事件が憎いとか、そういう感情はなかった」

「どうして？」

「東京に行くのってさ、正直きつかったんだ。自分で決めたことではあるんだけど、皆と別れなきゃいけないし、初めての一人暮らしだし。だから、記憶に刻みつけたかった。有体《ありてい》に言えば、高校生の俺は思い出がほしかったんだな」

卒業式の最中に鳩村が感じていた不満――あまりに何事もなく進んでいく式へのやるせなさを「燃え北」は払拭してくれた。

「だから、あの事件には結構感謝してるんだ」

「熊さんが聞いたら、苦笑いしそうだけどね。式が目茶目茶になったんだぞ、とかって」

「はは。まあそれで、犯行声明が読み上げられたとき、犯人の自白を期待したんだけどな。結局分からずじまいで、感謝の言葉も伝えられない」

「生徒、保護者、教職員――容疑者は五百人以上いるからね」石橋がつぶやく。

「そう思うか？」

「え？」

「本当に、容疑者は五百人だと思うか?」

困惑した表情の二人に、鳩村はにやりと笑った。

「思い出してみなよ。あのときの、事件の流れ」

「えっと――」石橋が、数をかぞえるように指を折っていく。「沼くんがステージに上がったら『燃え北』が流れ始めて、慌てて放送室に行ったら鍵が掛かってて、先生が鍵を開けて中に入ったら誰もいなくて、CDだけがまわってて」

「はせっちが持ってきたCDが、放送室で流されてたんだよな」

あ、と支倉が口を開けた。

「当たり前のことだけど、あの日は卒業式だったんだ。生徒に限らず、ほとんどの人は席から離れることができなかった」

遅れて、石橋も何かを悟ったようだった。鳩村は一度頷く。

「最初から、容疑者は四人しかいないんだよ。『燃え北』のCDが放送室にあることを知り、機材の扱いに通じていて、卒業式の最中に自由に動きまわれた人間。それは俺たち放送委員だけなんだ」

誰かの嬌声《きょうせい》が、食堂に響いた。真ん中のテーブルは、相変わらずタイムカプセルを中心に盛り上がりを見せている。結婚した青木や中村、開き直ったのか一段とテンションを上げた沼、顔だけでは誰だか分からないたくさんの同期――三十三歳の大人たちが、子供のようにはしゃいでいる。その様子が不思議でもあり、逆に自然にも思えた。同窓会とは、学生の頃に戻ることが許される場なのだ。

「どうだい、気にならないか」鳩村は、黙り込んでいる二人に水を向けた。「俺たちのうちの誰が犯人なのか」

ラザニアを口に入れた石橋が、皿をテーブルに置いた。山盛りだった料理が、綺麗に平らげられている。鳩村の視線に気がついたのか、彼女は腹ごしらえが終わったと示すように口角を上げた。

「悪い、待たせたね」

突然の声に振り返ると、いつの間にか志賀が近くにいた。指輪をはめていない方の指先で、古びた鍵をまわして遊んでいる。

「持ってきたよ。体育館の鍵だ」

「志賀――」

「あれ、皆で謎解きをするんじゃないのかい」柔和な笑顔には、高校時代の面影《おもかげ》が見え隠れした。「せっかくこれ見よがしの挑戦状が届いたんだ。濡れ衣を着せられた身としては、受けて立つしかないよなあ」

支倉をうかがう。昔と変わらぬ悪戯っぽい眼差しで、彼女は微笑んでいた。

今日だけは、十五年前に戻ることが許されているのよ――彼女がそう言った気がした。

食堂に流れる、会話の邪魔にならない程度の音楽の、曲調が変わる。

「そうこなくっちゃ」胸の中に湧きおこる感情に身を任せ、鳩村は熊さんの口癖を真似た。

「さあ、始めようか」

ぼんやりとした赤から、橙色《だいだいいろ》を経て白へ。眠りを妨《さまた》げられて不機嫌そうな音とともに、体育館の照明はゆっくりと明るさを増していく。

十五年ぶりの体育館は、鳩村には思いのほか狭く感じられた。バスケットボールなら二面、バレーボールなら一面分の広さだ。床には五色のラインが引かれ、壁からゴールネットが四つ突き出している。ゴールネットの下で、鳩村はジャンプしてみた。精一杯伸ばした腕は、ネットにかすることもなく、鳩村は床に着地する。地響きに似た音が館内に響いて、石橋が呆れ顔を鳩村に向けた。

「昔から思ってたけど、ステージの天井って、よく分からない構造だよなあ」ステージの上で、志賀が仰ぎ見ながら言う。「幕とかパイプとか、とにかくいろいろある」

「演劇、式典、コンサート――いろいろな用途に備えてるのよ」

遅れてステージに上がった鳩村は、三人にならって顔を上げた。ステージ右上の放送室は、かなり高い位置にある。放送室のガラス窓は、室内の灯りが点っていないせいか、暗がりと同化してよく見えない。

放送室の反対側は体育準備室だった。折りたたみ式の机や椅子、布がかぶせられた正体不明の備品が所狭しと並んでいた部屋だ。鍵が壊れているのをいいことに、ときおり放送委員の皆で侵入して遊んだことを鳩村は思い出す。

「例えばさ」放送室と体育準備室の間には、いくつかの幕やバトンが渡されている。ステージの横幅と同じ長さだから、おおよそ十メートルくらいあるだろう。放送室と体育準備室、それぞれのガラス窓の下の壁に突き刺さったバトンは、鳩村の腕の太さほどある。足がかりにはなるかもしれない。「放送室から犯人が消えたとしたら、バトンを渡ったんじゃないかな」

「バトンって、あのパイプみたいなもののこと？」

「そうそう。幕につかまりながら。ほら、ステージの上からならともかく、卒業生側からは幕に隠れて見えないし」

「鳩村くん、それ本気で言ってる？」

「あんな高くて危険なところを渡る気になるか？」

「落ちたら死ぬかもしれないのに」

三人から一斉に非難を浴びて、鳩村は黙った。

「まあ、天井からワイヤーみたいなもので補強されてるし、高校生ひとりくらいなら支えられるだろうけどね。でもな、鳩村。でもなあ」

志賀が含みを持たせた口ぶりで言う。

用具室とステージ、楽屋とステージの間は、それぞれ幕で仕切る構造となっている。仕切り幕はいま、卒業式の日と同じく壁に寄せられており、ここからでもそれぞれの部屋の中を見ることができた。ステージから一段低くなったふたつの部屋は、どちらも奥に階段があり、ドアが二つある。卒業式の日には、教職員も体育館にいたので、どちらの部屋も無人だったはずだ。

「改めて見直すと、犯人の侵入経路ってあんまりないのね」どこか嬉しそうに髪を撫でながら、石橋がこちらを見る。「放送室に向かうには、楽屋にある階段を上るしかないわ。その階段にたどり着くには、体育館側のドアを通るか、ステージの上から直接楽屋に入るか」

「あとはステージ裏手の、用具室と楽屋をつなぐ連絡通路があるな」

「ややこしいよ、ハト。名前つけようよ」

「そうだな」支倉の文句に、鳩村はあごに手を当てた。「じゃあ、いわば表側である体育館側のドアから入るのを『表』ルート、ステージから乗り込むのを『ステージ』ルート、ステージ裏からまわり込むのを『裏』ルートってことにしようか」

「衆人環視の『ステージ』ルートは使いようがなさそうだけど。でも確かに、整理しておくと便利かも」石橋が得心したように笑う。

「じゃあ、天井のバトンを伝っていくのは『スーパーマン』ルートだね」支倉が茶化す。

「使えるかどうかは分からないけどな」

「ハトが提案したルートじゃん」

「ともかくさ」頬を膨らませる支倉を置き去りにして、鳩村は言葉を続ける。「念のため天井のも合わせると、四ルートか。犯人は、このいずれかを通って放送室に侵入し、逃走した」

「となると、重要なのは当日の俺らの動き方だ」志賀が自分の頭を軽く小突く。「俺、どんなふうに動いたっけなあ」

「志賀くんと私は、『表』ルートを使ったはずよ」石橋が言う。「卒業生は一組から順に、右側から整列してたでしょ。近い方のルートを使った気がする」

「そうだ、三組の俺と四組のはせっちは、用具室経由の『裏』ルートだったんだ」よみがえった記憶を反芻《はんすう》する。「ちょうど二対二で分かれてた。だけど、どのタイミングで皆が楽屋や用具室に入ったのかは分からない。式のときは、ほら、紅白の幕がドアを隠してただろ」

「でも、放送室に辿り着いた順番は分かるわ。私が着いたとき、志賀くんがドアの前に立ち尽くしてた。そのあと、はせっち、鳩村くんの順番で来たんだ」

「石橋、よく憶えてるなあ」

「ねえねえ」支倉がステージ中央のマイク台を指差した。「順番とか気にするんなら、ステージにいた沼くんの証言が、重要になるんじゃない？　ステージから楽屋は丸見えなんだから、犯人を見てるかもしれないよ」

「そうか――沼だ」

「目撃証言だろ？　任せてくれ。すでに聞いてきた」思わずつぶやいた鳩村に、志賀はジャケットの胸元を叩く。「結論から言うと、何にも見てないそうだ」

「本当に？」

「本当だろう。あいつ、お調子者だけど嘘つけないタイプだから。タイムカプセルのメッセージで動揺してたくらいだし」

卒業式の日、ステージの上でがちがちに緊張していた沼の姿がよみがえる。あの様子では、確かにまわりに気を配る余裕はなかっただろう。緊張が解けてからは、逆に生徒を煽るのに手一杯だったはずだ。

「ふうん」納得がいかないのか、石橋はじっと楽屋を見つめた。「階段の上り口は死角だけど、楽屋の中はよく見えるのに」

「卒業式の盛り上げでいっぱいいっぱいだったんだね」

「実は沼くんは共犯だったとか」

「本人は否定してたよ」

「まあ、いっか」ため息をひとつ洩らすと、石橋は細い両腕を上げて伸びをした。「それにしても、懐かしいな。『燃え北』聞きたくなっちゃうね。志賀くん、持ってたりしないの？」

「CDは事件のせいで熊野先生に没収されたから」

「そっかあ。じゃあ、せめて放送室に行こうよ」

「いや、それが。実は先日、機材がついに壊れて、閉鎖しちゃってね」

「壊れた？」

「それがさ」恥ずかしそうに、志賀は頭をかく。「デスクアンプとか、いろいろ機材あったでしょ。あれね、去年までずっと同じのを使ってたんだ」

「――私たちのときと同じ機械を？」

「うん」

「じゃあ、あの再生機能しかないCDデッキとか、変な音が鳴るミキサーとか」

「ずっと使ってた」

「うわ。学校は耐用年数とか減価償却とかいう概念ないの？」

「学校にないのはお金なんですよ、石橋さん」

天井を仰ぐ石橋に、志賀が満面に笑みを浮かべる。腰の前で揉み手をしながら、明らかに寄付金を要求している。

二人の会話を聞きながら、鳩村は目を閉じた。頭の中に、放送室の様子を描く。独特のにおいに満ちた、六畳ほどの小さな空間だ。ドアを開けると正面には大きなガラス窓。右手にはは め殺しの窓と棚、左手には体育館をのぞける小窓と、デスクアンプなどの機材。

記憶の光景の中で、鳩村はデスクアンプの傍に寄った。古い型番のそれは、骨董品のように傷だらけで、ざらついている。鳩村はそれを撫でる。

指先の引っ掛かりが、鳩村に何かを訴えている。

「あー！」

突然の甲高い声に鳩村は目を開けた。

石橋が万歳のポーズを取っていた。

「分かった。私、犯人が分かっちゃった！」

体育館から食堂に戻り、空いているテーブルで乾杯をしたあと、早速石橋は自説を披露する。

「私たちが明らかにしたいことは、放送室をジャックして『燃え北』を流し、あまつさえタイムカプセルに犯行声明を仕込んだのは誰か、ということ。最初に確認しておくけど、今のうちに自白したい人はいる？　あるいは、犯人を見た、とか」

　全員が首を振るのを見て、石橋は満足そうに微笑む。

「なら、安心して説明に入れるね。まず前提を整理しておくわ。その一、事件は偶然に起きたものではない。その二、犯人は放送委員四人の中にいる」

「おお、何か数学の証明みたいだ。整然としてる」

「これでも保険の営業で鍛えてるんだから」

　拍手をする志賀に、石橋は涼しげな顔で応える。石橋は保険の営業職だったのか――いまさらながら、鳩村は彼女の職業を知る。

「ではまず、その一だけど、なぜ事故はあり得ないのかしら。はい、鳩村くん」

「え、俺？」突然指名されて、鳩村は慌てて考える。「――ええと、『燃え北』のCDは、校歌伴奏の放送を終えて部屋を出るときには、CDケースに入っていたから、かな。機械の誤作動はあっても、CDが勝手にデッキの中に入ることはあり得ない」

「そのとおり。それに、答えは事故でした、では面白くないわ。よって、事故説は却下」

　身も蓋もないことを言って、石橋は事故の可能性を切り捨てた。

「だから、犯人は存在する。そして私たち四人の中にいる。前提その二について、これはさっき鳩村くんが説明してくれたとおりよ」

　俺は聞いてません、という志賀に、鳩村が大まかに説明をする。

「――以上を踏まえて、これから犯人を明らかにします」ビールをひと口含んで、彼女は説明を再開する。「犯人特定にあたって考えるべきことは、放送室からの脱出経路ね。侵入は誰でもできたんだから、問題はどうやって脱出したのか、ということよ。その経路は鳩村くんが場合分けしてくれたけど、もっと簡略化できると思う。つまり、窓からか、ドアからか。ただし、体育館側の小窓は狭すぎて人は通れないし、式典の参加者から丸見えになるのであり得ない。屋外に面した窓ははめ殺しだから、やっぱりあり得ないわ。そしてステージ側のガラス窓だけど——この可能性もないのは、もう説明しなくていいわよね？」

言葉を一旦区切ると、石橋は鳩村に慈《いつく》しむような笑みを見せた。苦笑いを浮かべて、鳩村は先を促す。

「つまり、犯人はドアから脱出した。ここまではいい？」

「とても論理的でいいと思うよ。うちの生徒にも見習わせたいくらいだ」

褒めそやす志賀に、石橋は一礼して応える。

「ありがとう。じゃあ、ずばり——犯人は脱出できない」

「は？」

石橋を除く三人の声が、綺麗に重なった。

「簡単なことよ」皆の反応を楽しそうに受けて彼女は言葉を続ける。「まず『ステージ』ルートは衆人環視のルートだから、犯人は通れない。だから、脱出経路は『表』ルートと『裏』ルートのどちらかしかないけれど、二つのルート上には、どちらも放送委員が通ることになっていた。つまり、放送室を脱出した犯人がどっちのルートを選択しても、必ず誰かと鉢合わせしたのよ」

十五年前、同じ推論を組み立てた自分を、鳩村は思い出す。あのとき、鳩村は犯人がまだ部屋にいると考えていた。けれど実際には、誰もいなかった。ということは――

「それでも、犯人はドアから脱出するしかない。その一方で、二つのルートの先には誰かがいる。結局、犯人にできるのは、せいぜい放送室の前に留まっていることくらいだった。最初に到着したふりをしてね」

皆の視線が、一斉にひとりに集まる。

「犯人は志賀くん」ブラウスの袖をまくると、石橋は彼を指差す。「以上が私の推理よ」

犯人と名指しされた志賀は、腕を組み、居眠りでもしているように下を向いている。

「落ち込むことはないわ」うつむく志賀に、石橋は優しい声を掛ける。「高校生っていうのはまだ子供よ。勢いで何でもできるから、ついつい悪戯をしてしまうことだってある。うん、でも熊野先生には謝ってね」

「――悪いな」

鳩村が慰めのビールを注ごうとしたそのとき、志賀が低い声を出した。

「私に謝る必要はないって。楽しかったし」

「いや、俺は君に謝らなきゃいけない」志賀はゆっくりと顔を上げる。プーさんの目は、三日月形に細められている。「何せ、石橋、いやバシコ――俺はこれから、君の推理が的外れだってことを指摘しなきゃいけないんだからなあ」

「え」

石橋の笑顔がひび割れて、固まった。

「途中まではいい線いってたと思う」教え子の健闘を讃えるように、志賀は深々と頷く。「でも惜しいなあ。最後で、方向を間違えちゃったな」

「どういうこと。まさか、途中で隠れてやり過ごした、とか言わないわよね」

先程行った体育館を頭に思い浮かべる。放送室の前、階段の途中、何も置かれていない楽屋――どこにも他の放送委員をやり過ごせそうな場所はない。

「もちろん。バシコはね、一点だけ見落としているんだ。俺、委員長だったのよ」

「そうだけど?」

それまで静かに聞いていた支倉が、怪訝《けげん》そうに言う。

「委員長の仕事のひとつは、放送室の鍵の管理なんだ」

――熊さんが持っている鍵の他に、志賀も委員長としてスペアの鍵を持っていた。

「ところでさ、今の今まで誰も話題に上げなかったけど、放送室のドアの錠、鍵がなくても外からロックできるって、皆知ってたか?」

「え、そうなの?」

心底驚いたと言わんばかりに、支倉が両手を上げる。偽りのなさそうなその表情に、鳩村は意外な感に打たれる。放送室のドアは、ちょっとしたコツさえ摑めば外から施錠できる。鳩村は、てっきり全員がそれを知っていると思っていた。

「実はさ、当時の俺は知らなかったんだ」

「――それが、どうしたの」

「あのさ、ドアの鍵が閉まってたら、鍵を持つ俺が疑われるに決まってるじゃない。そんなリスキーなこと、俺はしないよ」

「志賀くんが、その施錠方法を知らなかったというのは、自己申告にすぎないよ」

「俺は、皆が鍵なしで外からロックする方法を知っているのかどうか、それこそ分からなかったんだよ。仮に俺が知ってても、皆が知らなかったり、あるいは知らないふりをされたら、どちらにしろ俺が疑われるだろ」

　志賀以外の三人が知らないと言えば、志賀の容疑は一気に濃くなる。

「要はね、鍵が掛かっている時点で、俺は第一容疑者になっちゃうわけなんだ。もし俺が犯人だったら、そんな危ないことはしない。つまり、鍵を閉めないでおくよ」

「鍵を閉めなかったら、放送室に入った私たちに『燃え北』を止められると思ったからじゃないの」

　反論を試みる石橋の声は、心なしか弱々しい。

「俺は、鍵が開いていたとしても、皆を放送室に入れなかったよ」

「どうやって?」

　支倉が興味深そうに尋ねる。笑みをにじませた彼女の表情は、すでに志賀の答えを知っているように鳩村には見えた。

「熊さんには言えないし、今は少し違う考えだけど」

志賀が何を言おうとしているのか、鳩村は分かった。あの卒業式の日、「燃え北」の大合唱が響く中、放送室の前で無言で鳩村を見つめた志賀の眼差しの意味が、鳩村には分かる。

「当時の俺は、『燃え北』が流れた時点で、喝采を上げたよ」

——卒業式の事件のとき、実は嬉しかったんだ。

「こんな思い出に残る、こんな痛快な出来事はないってなあ。だから俺が犯人なら、先生が来るまで、誰も部屋に入らないように皆を説得したと思うよ。いや、説得するまでもなく、皆留まったと思う。だってあのとき、誰ひとりとして鍵を開けない俺を責めなかったし、先生を呼びにも行かなかったんだから」

食堂を包むBGMの音が大きくなった気がした。

少しの沈黙のあと、石橋は顔を上げ、そっか、と小さな声を洩らした。

「でも、志賀くんの言うとおりだとすると、犯人は誰もいなくなる——」

「そうでもないんじゃないか」

志賀が注いでくれたビールに口をつけると、鳩村は三人を見渡した。

「石橋の推理には穴があると思うな。まず、可能性がひとつ欠けている。最初から犯人が放送室にいなかった場合」例えば、と鳩村は指を立てる。「あらかじめCDをデッキに入れ、タイマーをセットした場合、これなら、犯人は危険を冒して脱出する必要はないだろ」

「でも、それは」

「分かってる。実際には、CDデッキは古くて再生以外の機能がなかったし、室内にも不自然な仕掛けはなかったから、タイマーの可能性はない」

「――結局、駄目じゃない」

「まあな。ただ、この時限装置の可能性を消しておかないと、次に進めない」

「次？」

「ああ。時限装置が駄目だとすると、犯人はやっぱり窓かドアのどちらかから脱出したってことになる。でも、小窓や外に面した窓は物理的に不可能だし、ドアに活路がないことは、石橋の推理が破綻したことで分かる。ということは」鳩村は先程のお返しとばかりに石橋に微笑んでみせた。「犯人は『スーパーマン』ルートを使った」

「スーパーマン？」

「ステージ側のガラス窓から脱出したんだ」口を開きかけた石橋を、鳩村は片手で制した。「言いたいことは分かる。そんな危険なルートは通れない、だろ。でも、時限装置も駄目、ドアや他の窓も駄目なら、とにかく犯人はそこから出たとしか考えられない」

「――百歩譲ってその、『スーパーマン』ルート？を通ったとして、それで？」

「すると、犯人は一気に二人に絞られる。石橋と支倉には不可能なんだ」

「どうして」

「それは――」

言い淀む鳩村を、石橋の視線が射抜く。その強さに耐え切れなくなり、鳩村は捨て鉢な気分で言い放った。

「なぜなら、沼がいたからだ」

「は？」

「つまりさ、沼が仮に天井を見上げたら、スカートの中が丸見えになるだろ？」

テーブルを沈黙が支配する。数秒経ってから、ああ、と誰かが気の抜けた声を上げた。

「それで、候補はあと二人」思いつくままに、鳩村は言葉をまくし立てる。「志賀は一番初めに放送室に着いたんだっけ。放送室からバトンを伝って体育準備室に入り、階段を下りてからまた『裏』ルートで放送室に向かうのは、さすがに時間的に無理がある。すると、答えはひとりに絞られて――あれ？」

遠くから、沼の笑い声が聞こえる。鳩村の脳裏に、先程カードの朗読でのたうちまわっていた彼の哀れな背中が、ひどく鮮やかによみがえる。

「はいはい、茶番だったわね」わざとらしく手を叩くと、石橋は微笑んだ。アルカイック・スマイルって、こんな表情だったな――なぜかそんなことを鳩村は思う。「鳩村くん、物事にはね、正しいとか誤っているとか、そんなことがどうでもよくなってしまうような、馬鹿らしいものがあるの。それでね、馬鹿らしいものにも、良い意味で馬鹿らしいものと、そうでないものがあるのよ」

「真面目に否定するなら」石橋と同じように、志賀も慈しみの面差しで薄く笑う。「天井近くから落ちる怖さに比べたら、下着を見られることなんて平気だろうなあ。それに、やっぱり落ちて死ぬかもっていう恐怖感を克服する説明がない以上、『スーパーマン』ルートは支持できない」

二人の笑顔に胸が痛くなって、鳩村は支倉に目を向けた。彼女は無言で鳩村を見つめ、ゆっくりと首を傾げ、白目をむいた。

「悪かったよ——でもおかしいな。窓もドアも駄目なのは、納得してくれるだろう?」

それは確かに、と頷く女性陣の横で、志賀が首を振った。

「いいか、鳩村」

「何だよ」

「問題に行きづまったということは、前提が間違っているんだ。だから、前提をひとつずつ検証するといい」

「なんか志賀、本当に数学教師っぽいな——それで、その心は?」

「本当に、時限装置はあり得ないんだろうか」

グラスのビールを一息に干すと、何かを決断するように小さく頷いてから、志賀は説明を続ける。

「窓とドアのルートがどちらもあり得ないことは、すでに二人の推理で証明されたと思う。だから、残るのは時限装置の可能性だね」

「でも、デッキや機材に仕掛けを施すことはできないよな?」

今ではもう化石と言える放送室の機材を、鳩村は思い浮かべる。

「確かに、デッキや室内に何か仕込むことはできない。だからね、発想を逆転させればいい」

「逆転？」

「CDに仕掛けを施すんだ」

志賀は両手で輪を作り、CDを表現する。

「CDにあらかじめ無音の部分を収録しておく。例えば三十分無音で、そのあとに『燃え北』、というようにね。そうしておいて最初からCDをかければ、三十分後に突然『燃え北』が流れる」

全身に電流が走った気がした。鳩村の中で、十五年前の記憶の断片が渦を巻いて集まる。それらはやがて、ひとつの大きなモザイク画へと変わっていく。

「曲を流すまでのだいたいの時間は、式次第と前年の卒業式に出席した経験から判断できる。沼が喋っているタイミングで流れれば、あとは沼がうまく皆を乗せてくれる。まあ、犯人は『卒業生の答辞』のタイミングにはこだわっていなかったのかもしれないけど」

では、犯人特定の条件は何だろうか——志賀はぴんと人差し指を立てた。

「それは、CDをセットする機会があったこと」

校歌伴奏が終了した際、最後に放送室を出たのは誰だったか。

「そして、CDに細工ができること」

——うち、ワープロだけじゃなくてパソコンもあるの。こういうデザインとか作れるんだよ。

ＣＤも焼けるし。

「だから犯人は、はせっちだ」

宣言する志賀に、鳩村は反論できなかった。

鳩村の横で、石橋は茫然と目を見開いている。

志賀の隣に立っている支倉に、鳩村は目を向けた。色白の肌が、わずかに上気している。

「違うよ。私は――」

「犯人は、はせっちだ」

かぶせるように発せられた志賀の言葉に、はせっちの視線が泳ぐ。必死で言葉を探しながら、それでも何も見つからないもどかしさに揺れる彼女の表情に、鳩村が志賀の推理の正しさを感じ取ったとき――

ブウン、という音が聞こえた。

食堂の中央、二つに割れたタイムカプセルの横で、熊野先生がひとつの機械をいじっていた。見覚えのある黒いデッキの蓋を開け、先生はテーブルに置かれたＣＤケースを手に取った。やはり既視感のある、けばけばしい赤のケースからＣＤを取り出すと、デッキにセットする。準備を終えたところで、先生は食堂全体に視線を巡らせた。

「皆、今日はいいものを持ってきた」先生はＣＤケースを右手で掲げる。「さっき、折しも卒業式の事件の犯人からメッセージが届いたところだ。あの歌を、聞きたくないか」

食堂を歓声が包む中、先生と一瞬目が合う。鳩村を認める先生の目は、悪戯っ子を見るそれだった。先生の手が、デッキのスイッチに触れる。

壊れているのではないかと心配になる音のあと、きっかり四秒後。

十五年前に卒業式で流れた『燃え北』が、何のつまずきもなく、あっさりと奏でられた。

先生が流したのは、確かにはせっちから没収したCDだった。そしてCDには何の仕掛けもなかった。つまり、志賀の推理は、間違っている。

「惜しいな、志賀ちゃん、惜しい！」

盛り上がる周囲から取り残されたテーブルに、陽気な声が割り込んだ。顔を真っ赤にした沼が、グラスを片手に、やじろべえのように揺れていた。

「そこまで来たらあと一歩じゃん。どうしてそこで止まるのよ」

にやにや笑ったかと思うと、ビールを呷り、顔をしかめる。揺れながら大声で喋る沼は、どう見ても完全に酔っ払っていた。

「何だよ、沼」

沼はぐるりと鳩村に向き直ると、身を引き気味の鳩村の肩を叩いた。

「だからあ、さっきから聞いててさ、志賀ちゃん惜しいって言ってんの。タイムカプセルの犯人捜しでしょ？　そこまで来たら、犯人は分かったも同然でしょ」早口で彼はまくし立てる。

「時限装置っていうのは合ってんのよ」

「沼くん――もしかして、犯人が誰か見たの？」

沼の目撃証言がないことに不満を呈していた石橋が身を乗り出す。

「は？　いや、だからあ、見てないって。そうじゃなくて、考えたら一発だって」語感が気にいったのか、一発、と彼は繰り返す。「あのね、時限装置の弱点は、何よ」

「弱点？――今、そういう細工がないのが証明されちゃったこと、かしら」

「だろ。熊さんが流したCDに細工がなかったのが問題なんだろ」志賀、鳩村、石橋――沼は三人の顔を順繰りに見やる。「じゃあさ、弱点を克服すりゃあいいじゃん」

「どうやって」

「すり替えるんだよ。CDがすり替わっていれば、問題は解決だろ」

「どうやって」

同じ言葉を、鳩村は阿呆のように繰り返す。

「堂々とすり替えられる人間が、ひとりだけいるじゃないか」何を当たり前のことを、と沼は身振りで示す。「熊さんだよ。CDを没収した熊さんなら、簡単にすり替えられるじゃん。何せ、十五年も時間があったんだから」

「そっか」支倉が目を大きく見開いた。「私、『燃え北』のCDは体育祭のあと熊さんから受け取った。だから、それまでは熊さんが持っていた。当然、複製も作れたんだ」

「音源がひとつとは言っても、厳密にはいくらでも複製の機会はあるだろ。場合によっちゃ、レコーディングし直してもいい。とにかく、熊さんは複製を持って卒業式に臨んだ。あとは、言うまでもないな」

「卒業式の日、校歌のCDの再生が終わって放送委員が一旦席に戻ったあと、熊さんは放送室にひとり悠々と向かった」支倉が言葉を継ぐ。「それで、仕掛けを施したCDとすり替え、スイッチを入れて、放送室をあとにした。あとは、CDが『燃え北』のところまで達して歌が流れ、皆が集まるのを待って放送室に向かい、没収という名目でCDを回収した。こうすれば、時限装置の証拠は自分で消すことができる！」

言うまでもないわけよ、とつぶやきながらテーブルのまわりを一周した沼が、突然立ち止まる。

「考えてもみろって。何でさ、十五年ぶりの同窓会で、タイムカプセルを開けたなんていう最高のタイミングで犯行声明が読み上げられるのさ。しかもラストで。都合良すぎだろ。でも、最初から自分で選んだなら、納得できるだろ？」

「すごい、沼っち、すごいよ！　十五年越しの大計画だ！」

無邪気に飛び跳ねる支倉を、鳩村は見やった。喜ぶ彼女の声が、心臓の鼓動のリズムと合わず、息苦しさを生み出している。

違う。それは違う。

石橋と目が合う。彼女もまた、苦虫を嚙み潰したような表情を浮かべている。思わず口を開きかけたそのとき、

「それはあり得ない」

静かな、けれど一本筋の通った声が、二人のはしゃぎっぷりに水を差した。

「沼、それはあり得ないよ」

威圧感さえ与える重みを持って、志賀は繰り返す。

「な、何でだよ」

うろたえる沼に、志賀は厳しい表情を向けた。

「俺はいま、教師なんだ」

彼の言葉は、十五年前、熊さんが生徒を窘《たしな》めたときと同じ声音に感じられた。

「俺は教師としてまだまだ半人前だと思ってる。だから、教師について語れるほど、人間ができていない。それでも、教師なら決してやらないことくらいは分かる」

ああ、と鳩村は思う。今目の前にいるのは、紛れもなくひとりの教師なのだ。

「なあ、沼。あれは卒業式だったんだ。百四十人の高校生が、いろんな思いを持って迎えた日なんだ。俺みたいに、つまらないな、と思いながら、式が終わるのを待っていた生徒もいる。でも、感慨で胸がいっぱいになっていた生徒だって、確かにいたはずなんだ。そんな生徒の思いをぶち壊すようなことを、教師がすると思うか」

それまで大はしゃぎだった支倉が凍りつくのが、分かった。

「悪戯を許す先生はいくらでもいる。でもな、悪戯を仕掛ける先生なんていない。まして熊さんが、そんなことをするわけがない」

あれは、十八歳の子供だからやる悪戯だよ——終始厳しい表情で、けれど声を荒らげることもなく、志賀はそう締めくくった。

隣のテーブルから、グラスを重ねる音が聞こえる。食堂に流れるクラシックが、滞留する熱を冷やしていく。

「なあ、沼」志賀は不意に顔を弛緩《しかん》させると、恥じらうように笑った。「どうだ。今の俺、先生っぽくなかったか？」

一瞬遅れて、沼が破顔した。いい先生になったみたいだな、と笑う。肩を叩きながら、沼は小さな声で、悪かった、とつぶやいた。恰好いい、と高い声を上げる石橋の横で、鳩村は支倉を盗み見た。彼女はひどくぼんやりとした表情で、一同を見つめていた。その唇がわずかに動くのを、鳩村は確かに見た。

「皆、大人になったんだなあ」

食堂を舞台にした同窓会は、午後八時にお開きになった。そのあとは、場所を移して、駅近くの居酒屋で二次会となった。戸締まりのため、遅れて登場した志賀と熊さんも囲んで、およそ三十人が参加した二次会は、一次会以上の盛り上がりを見せ、結局十二時近くまで続いた。

このままさらに三次会まで行くというつわものたちに手を振り、店の外で待っていると、石橋が店から出てきた。肌寒い夜の風に、彼女は肩を震わせてジャケットを羽織った。

「あんなに熱くなるなんて、やっぱり志賀くんは昔のまんまだね」

にこりと笑う彼女の眼差しの奥に、志賀に憧れていた昔の石橋の姿が見え隠れする。

「俺も変わってないだろ」

「うん。若干挙動不審なところとか」

「何だよ、それ」

「だって、今日も時々視線が宙を泳いでたし、急に振り返ったりするし」

「バシコがあまりに綺麗なもので、落ち着かなくてね」

「調子いいところも変わらない」

じゃあ、また会おうね——そう残すと、あとを引かない笑顔を見せて、彼女は駅と反対側の道に消えていった。遠ざかる、すらりと伸びた背筋は、ひとりの大人の姿だった。


「お、鳩村、もしかして待っててくれた？」

石橋が姿を消したのと前後して、志賀が店から出てきた。

「別れの挨拶くらいはな。俺、三次会には行かないからさ」

「サンキュー」本当に五月かよ、と志賀は無理やりジャケットの前を閉じる。「どうだ、鳩村。少しは楽しんでくれたか」

「十分だよ。幹事お疲れ」

「そうか、良かった」

裏表ない笑顔で嬉しそうに微笑むと、志賀は居酒屋を振り返った。店の入り口では、赤と白のネオンの明かりが煌々《こうこう》と輝き、夜を強調している。

「何だか、夢のあとみたいだな。あっという間だった」

「今日だけは、辛気くさい話はよそうって思ってたからな。皆も、会の間は弾《はじ》けてただろ？　熊さんの演説と、俺の沼への説教だけだよ、真面目な話は」

――十五年の間に、所在が分からなくなった子や、事故で亡くなった子もいる。

「そうそう。気になってたことがあるんだ」

心の澱《よど》みを振り切るように、志賀はことさら明るい口調で鳩村に訊いた。

「どうして、犯人はあんな悪戯をしたんだと思う？」

「事件の、動機か」

「うん。俺は、数学教師だからか、細かいことが気になるんだ」

タイムカプセルで犯行を告白した犯人。卒業式で「燃え北」を流した、その動機。

「もちろん、悪戯自体は何となくやりたい、っていう気持ちでやっちゃうものだから、いいんだ。ただ、はせっちが『燃え北』を持ってきたのは当日の朝だ。朝にＣＤの存在に気づいて、すぐに悪戯に結びつけた、そのきっかけは何だったんだろうって」

「支倉が犯人だったら、満を持して当日持ってきたと考えられるけどな」

喋りながら、鳩村は周囲を見回した。店の前に残って歓談している同級生の中に、支倉の姿はない。何も言わずに、彼女はいなくなってしまったのだろうか。

「確かに、あの悪戯は彼女に似合ってたなあ」志賀はどこか懐かしむような声を出す。「でも、もしもずっと以前から計画していたなら、ＣＤの存在を明かさないと思うんだ。だってさ、言われなきゃ、誰がＣＤ持ってたかなんてわからなかったんだし」

――『燃え北』の音源って、はせっちが持ってたんだ。

「だから、たぶん犯人は当日になって急に悪戯をしようと思い立ったはずなんだ」

何でだろうな、と志賀はつぶやいた。

店の前に屯《たむろ》していた集団が、大声で志賀に三次会の場所への案内を求める。今行くよ、と志賀が返事をする。

「宿題だな」

振り返った志賀に、腕を組んで鳩村は告げた。

「次回の同窓会で、もう一度考えてみる必要がある」

「――だね」星の見えない夜空を仰ぎながら、志賀が小さく頷く。「結局犯人にも、やられっぱなしだからなあ」

「もしかして、こうやって同期で集まる理由を作るために事件を引き起こしたんだったりしてな」

「それはない。どんな高校生だよ」

それじゃあ、元気でな――手を上げると、大きな身体をものともせず、志賀は軽やかな足取りで先の集団を追いかけていった。国道沿いの歩道を進む集団の姿が夜に呑まれたところで、鳩村は振り返り、ゆっくりと駅を目指して歩き始めた。うしろから、聞きとりにくくなって意味をなさない会話の応酬が、鳩村の背中をそっと後押しした。

*

「犯人は誰だったのか。俺はたぶん、分かったよ」

鳩村と支倉、二人しかいない駅のホームで、鳩村はもう一度繰り返した。

ホームの先に立つ時計の針は十二時を指している。電車の到着は、まだしばらく先だった。物音のしない駅のホームで、鳩村の声は思った以上によく響いた。

彼女は少しの間、瞬《まばた》きを忘れたように目を見開いていた。そして不意に顔をほころばせると、右手を鳩村に差し出した。続けてごらん。濃紺の袖に包まれた細い腕が、鳩村に先を促す。

「散々皆と知恵を絞っても、犯行方法は分からなかった。時限装置は駄目、ドアや窓からの脱出も駄目という具合にな。だから、俺は違うアプローチをすることにした」

「どんな?」

「今日、タイムカプセルに入っていた犯行声明を聞いてから、ずっと違和感があったんだ。のどに小さなとげが刺さっているみたいな、変な感覚がね。その正体を、探してみたんだ」

「それで、探し物は、見つかった?」

尋ねる彼女に、鳩村は努めて笑った。

「ああ。見つかったよ」

「えー、気になるな。何だろう」

子供っぽい、好奇心に満ちた言葉とは裏腹に、短い前髪の下の目は、鳩村の出した答えを分かっているようにも見えた。

だから、鳩村は覚悟を決めて、言った。

「何で今日、犯人は名乗らなかったんだろうって」

風が凪《な》ぎ、葉擦れの音が消える。

「『燃え北』事件といえば、俺らの代の英雄的事件だった。場は当然盛り上がるし、熊さんだってCDを持ってきたくらいだ、いまさら怒ることはしない。そんなときに、たくさんあるメッセージカードの中から、事件の告白文が朗読された。考えてみれば、こんなにお膳立ての調った舞台で、名乗らないのはおかしいだろう」

「何でかな」

無邪気に首を傾げる彼女に、鳩村は目を逸らした。鳩村と支倉、向かい合う二人を、単線の線路が隔てている。

「答えというのは、いつだって一番単純なんだよ。はせっち」

距離にしてわずか数メートル。けれど線路の向こう側に渡るには、改札口に戻り、踏切を越えなければならない。近いのに遠い、そのことが鳩村の心臓を強く締めつける。

「犯人は、名乗りたくても名乗れなかったんだ」

顔をしかめる鳩村に、小柄な支倉は黙って微笑む。

「なぜなら、犯人は同窓会に来ていなかったから」

濃紺のセーラー服に身を包んだ、小柄な姿。胸元で揺れる赤いスカーフ。

「犯人は、お前だ」

精一杯の笑顔を向けて、鳩村は十八歳のままの少女に言った。

「なあ、はせっち――支倉春美」


鳩村が支倉の訃報を受け取ったのは、大学一年の夏だった。八月初旬のある夜、コンビニに出かけた支倉は、信号を無視したトラックにはねられて、あっけなくこの世を去った。

高校を卒業して以来、一度も会うことのなかった友人の死に、最初は全く現実感が湧かなかった。身近な人がいなくなるということ、死という概念が、理解はできても実感できなかった。

鳩村がその重さに気づくには、それから数週間が必要だった。

実感してからは逆に、死ぬということが脳裏を離れなかった。人は死ぬ、そのあまりに単純な理屈が、鳩村を不安にさせた。夏休みで、暇を持て余していたことが、内省的な思考を助長させた。

しかし、時間は残酷だ。あれだけ衝撃的だった「死」は、大学の授業が始まるとともにあっという間に薄れ、いつしか歴史の教科書に載っている出来事と同じくらい他人事《ひとごと》になった。それでも、鳩村は支倉の死を完全に忘れたことはなかった。

なぜなら、「燃え北」事件の鮮明な記憶が、春が来るたびに思い出されたからだ。

忘れ、思い出し、忘れ、思い出し――季節が巡るごとに、記憶の再生を繰り返して、三十三歳の今日、鳩村は同窓会で支倉に出会った。

「今日、いきなりお前が出てきたときにはパニックになりそうだったよ」

会話が途切れたら、彼女が消えてしまいそうで、鳩村は必死に彼女に話し掛けた。

「出てきたって、人を幽霊みたいに」

「幽霊じゃないか。俺以外、誰もお前なんて見えてなかった」

志賀も、石橋も、沼も、その他の誰も、支倉の存在に気づいていなかった。支倉の言葉は、すべてが独り言か、鳩村に向けられたものだった。

「その割に、ハトは順応早かったね」

「俺は、場に流されるのは得意なんだ」

「志賀くんの言ったとおり、鳩なのにカメレオンだ」

「うるさいな」

苦笑しながら、鳩村は彼女を見つめる。おどける鳩村のぎこちなさを気にすることもなく、支倉は相変わらずの調子で会話に応じる。彼女のその、幽霊なのに当たり前のように鳩村に話し掛ける姿が、鳩村に非現実的な事態を受け入れさせたのかもしれない。

「それでさ、支倉」

「いまさら苗字で呼ばないでって」

「なあ、はせっち——お前は、どうやって放送室から脱出したんだ」

「なんだ、分かってなかったんだ」

「犯人さえ分かれば、犯行方法はあとで直接聞けばいい」

「やっぱり不精者だ」それでこそハト、と彼女は頷く。「簡単だよ。『スーパーマン』ルートを使ったの」

「何だって？」

「いい？　ＣＤに仕掛けがなかったことは熊さんが図らずも証明してくれたから、時限装置は無理でしょ。それで、私は放送室を鍵なしで外から施錠する方法を知らなかったんだから、ドアから出た可能性もない。当然、ガラス窓から出て、バトンを渡るしかないじゃん」

不意に、鳩村は卒業式の日の、ある情景を思い出した。「燃え北」の大合唱が始まった直後、一羽の鳩がステージの幕の陰から飛び出してきた。あれは、バトンに止まっていた鳩が、支倉に驚いて飛び出してきたのだろうか。

「どうして、ドアの鍵を掛けた」

「できるだけ長く、『燃え北』を流したかったからね」

そうか——鳩村は心の中でつぶやく。やはり、そうなのか。

「でもさ——はせっちは、どうしてステージのバトンを渡れたんだ。あんな、危険な道を。一歩間違えれば、死んでいたかもしれないんだぞ」

知らず、口調が厳しくなる。

ずっと幼さを見せていた支倉の表情が、一瞬切なげに揺れた。

「大人になっちゃったね。ハトも、志賀くんも、バシコも」

見えないはずのため息が、彼女の口から洩れるのを鳩村は感じた。

「答えというのは、いつだって一番単純なんだよ。ハト」

ついさっきの鳩村の言葉を、彼女は繰り返す。

「私は、怖くなかったの。だって、死ぬとか少しも思わなかったもん。怪我《けが》はするかもしれないけど、大事には至らないだろうって。死ぬということが、理解できても、実感できなかったから」

希望の懸け橋から落ちて死ぬなんて、想像できなかったから——そう言って彼女は笑った。

車の走行音が、駅舎の中に響く。国道を走る車のテールランプが、蛍の光のように遠ざかっていくのが見える。鳩村は時計に目をやった。電車の到着は、十分後に迫っていた。

「本当はさ、ハトの言うとおり、同窓会で名乗りを上げるつもりだったんだ」

車を目で追いながら、支倉が小さな声で言う。

「十五年越しの大計画なんて、恰好いいしね。それに、事件に怒る人がいたとしても、十五年後なら許してくれると思ったから」

時効は十五年だもんね——そうつぶやいて、彼女は黙り込む。

寂しげな彼女の素振りが、静かなホームの空気が、鳩村の心を揺すった。何の根拠もなく、終わりが近いことが、鳩村には直感的に分かった。

「なあ、はせっち」

思わず口にして、けれどそのあとが続かない。

支倉はどうして今日現れたのか。なぜ鳩村にしか見えなかったのか。また支倉と会えるのか。すべては鳩村の妄想なのか――訊きたいことは山ほどあるのに、そのどれもが喉の手前で泡となって消えていく。

彼女は首を傾げて、鳩村の問いを待っている。

一番訊きたいことは何だろうか。自問してみて、すぐに鳩村は答えに至る。彼女はなぜ、卒業式で「燃え北」を流したのか、その理由だ。

なあ、はせっち、あれは、俺のためだったのか。

あの日、放送室の窓から鳩を見かけたとき、鳩村の胸に湧き起こったとめどない感情。故郷からの離別に苦しむ彼を癒《いや》すために。志賀の言葉に仮託して、鳩村を励ますために。

――鳩も、春が早く暖かい風を運んでくるのを待ってるんだよ。

言葉にしようとして、けれど鳩村は思い留まった。それこそは、彼女に訊いてはいけないことだった。

鳩村は彼女を見つめた。大きな目で、彼女は瞬きも忘れたように鳩村を見返している。

「なあ、はせっち」

「なあに、ハト」

「お前はあのとき――見られて嫌だとは思わなかったのか。下着」

鳩村の言葉に、支倉は噴き出した。今、それを訊く?――うつむく彼女のまなじりに、涙が一瞬見えた気がした。

風が、吹き始めた。葉桜の枝葉が揺れる音が駅舎を包む。

「ねえ、ハト」

セーラー服姿の女子高生が、鳩村に尋ねる。

「私、消えちゃうかな」

三十三歳の自分が、少女に伝えられることは何だろうか。

「消えないさ」自分でも驚くような強い口調で、鳩村は断定した。「知ってるか、はせっち。今はもう、時効は十五年じゃないんだ」

支倉が呆けたように口を開けた。

「時効はもっと延長されたんだ。だから、お前はまだ許されていない。許されていない以上、俺たちは忘れるわけにはいかない」

余裕を見せつけるつもりで、鳩村は口角を上げた。

「志賀もバシコも、熊さんだってまだ真相を知らない。そして事件を忘れられないなら、次の同窓会のときだって、きっと話題になる。それに」

猫のような目が、じっと鳩村を見つめている。

「毎年春が来れば、思い出すさ。なあ、春美」

「――ありがとう」

高校生の支倉がにこりと笑う。彼女の口が、何か言葉を続けようとしたそのとき――

春の風が強く吹いて、鳩村の髪を揺らした。

見えない電車が走り抜けたような強風に、思わず目を閉じる。やがて、髪の揺れが収まり、まぶたが風を感じなくなってから、鳩村はゆっくりと目を開けた。

プラットホームには、誰もいなかった。

■スプリング・ハズ・カム

絶賛――そうとしか形容できないほどの賛辞をもって、第五回ミステリーズ！新人賞受賞作は梓崎優さんの「砂漠を走る船の道」に決定しました。第五回はミステリーズ！新人賞史上、とりわけハイレベルな最終候補作が揃いましたが、その中にあっても受賞作の出来栄えは他を圧倒していたと言えます。その受賞作を第一話に据えた連作短編集が、二〇一〇年刊行の『叫びと祈り』です。ロシアの修道院で発生した列聖を巡る悲劇、南米の先住民族の集落で起きた動機不明の大量殺人……ひとりの青年が世界各国で遭遇する数々の異様な謎を描いたこの連作は、矢張り数多くの称賛を受けました。

そんな梓崎さんにも、今回のアンソロジー企画にはぜひ参加して戴きたいと考えていました。海外を舞台にした作品しか発表したことのない梓崎さんが描く、日本を舞台にした学園ミステリとは、果たしてどんな内容になるのだろうか？その答えが本編「スプリング・ハズ・カム」です。

掘り出されたタイムカプセルに入っていたのは、十五年前の卒業式で勃発した放送室ジャック事件の犯行声明。密室状況下から忽然と姿を消した犯人は、いったい誰だったのか――同窓会に集まった主人公たちは、意気揚々と推理合戦に興じます。

現在（同窓会）と過去（卒業式）を行き来する構成も周到ながら、ラストには、とりわけ作者の個性が表れているように感じます（思えば『叫びと祈り』も、あの美しいラストに向けて形作られていった連作でした）。タイムカプセルから飛び出した過去の謎は、如何なる解決に辿り着いたでしょうか。小説としての完成度を重んじる梓崎さんらしい、結末の余韻をお楽しみください。

そして現在、梓崎さんは初の長編『リバーサイド・チルドレン（仮）』を執筆中です。次の舞台はカンボジアの予定で、優しい幻想と過酷な現実が交錯する、これまた個性的な本格ミステリになりそうです。初の長編執筆につき、しばらく時間がかかるかも知れませんが、刊行の日を楽しみにお待ちください。

検印
廃止

放課後探偵団
書き下ろし学園ミステリ・アンソロジー

2010年11月30日　初版
2020年10月23日　7版

著者　相沢《あいざわ》沙《さ》呼《こ》・梓《し》崎《ざき》優《ゆう》ほか

発行所　(株)東京創元社
代表者　渋谷健太郎

162-0814/東京都新宿区新小川町1-5
電話　03・3268・8231-営業部
　　　03・3268・8204-編集部
URL　http://www.tsogen.co.jp
暁印刷・本間製本

ISBN978-4-488-40055-2　C0193